面具女郎

MASK GIRL

俞梁波——著

東方出版中心

图书在版编目(CIP)数据

面具女郎 / 俞梁波著. —上海：东方出版中心，2018.7

ISBN 978 - 7 - 5473 - 1306 - 0

Ⅰ. ①面…　Ⅱ. ①俞…　Ⅲ. ①长篇小说—中国—当代　Ⅳ. ①I247.5

中国版本图书馆 CIP 数据核字(2018)第 124287 号

面具女郎

出版发行：东方出版中心
地　　址：上海市仙霞路 345 号
电　　话：(021)62417400
邮政编码：200336
经　　销：全国新华书店
印　　刷：杭州日报报业集团盛元印务有限公司
开　　本：890mm×1240mm　1/32
字　　数：226 千字
印　　张：9
版　　次：2018 年 7 月第 1 版第 1 次印刷
ISBN 978 - 7 - 5473 - 1306 - 0
定　　价：39.00 元

目　录

梦一：

很多年后的一天，一个白发苍苍的女人站在一条大河边。风把她的头发吹乱了。路过她身边的人听到她在自言自语地说，他会回来的，不是今天，就是明天。

太阳落山了，她依旧站着，一直站到了天黑。

有只铁壳船过来了，有个男人坐在船头吸烟，他身边的孩子朝着远处大喊："喂……"

"喂……"

孩子闭上嘴后惊奇地发现河边的女人泪流满面，她也在喊："喂……"

那个女人是我。

第一章　父亲的脸

“你是谁?”

她像条鱼一样从床上跳了起来。周遭漆黑。这个声音已经远去。她从卧室出来,走到客厅。她仰脖将一杯凉水全部灌下,透心的凉。她打了一个寒噤。身体像一个容器,睡衣裹着她。她把手上的空玻璃杯放到青色的桌面,嘴角的一颗水珠恰好掉下,溅在桌面的三只杯子上。每只杯子都缺了一个口,像是被谁咬过一口。她把手中的杯子排在三只杯子中间,不一样的阴影。

四只杯子。

它们像一家人。她落寞地看着杯子,壁灯柔和的光布纹般贴在杯子上,映着她鲜红的唇。所有的灯都亮了。她整个人倒在了沙发上,之后点了一根烟。她使劲地扳指甲,剧痛;她用劲拧脸,撕裂般痛。她把香烟摁灭了。她用手拭去额头新冒出的冷冰的汗,然后从沙发旁的茶几柜里扯了一张纸巾擦手,手指麻木地发出不连贯的响声。指甲锃亮又锃亮。当她把濡湿成一团的纸巾准确无误丢进绿色垃圾筒时,觉得有个巨大的声音穿透时空,似在逼问她——“你是谁?”

她慌忙地回头。

她看见了父亲。父亲的躯干像是扎根于墙壁的内部,无法再现,只露出脸,像个巨大的印章。墙壁是一抹寒冷的白,脸却是冒着热气的红,相当醒目,像某日在某地看过的一幅招贴画。

她恍惚地说:“父亲,是你吗?”

父亲点点头。他的头发有些凌乱，仿佛被一阵乱头风袭击。

"父亲，你又在这样逼问我？"在她的瞳孔里，父亲的脸快速收拢，流动成一个巨大的问号。

大片的暗红。

她疲倦地滑下了沙发，坐在地上的她垂着头说："你总是这样。父亲。"

父亲的脸在她的印象中就是这样固执的暗红色，仿佛世界上就剩下这么一种颜色。单调得令人想哭。父亲每次走出盖着灰瓦的低矮锅炉房，脸上升腾的是烟与水，跟在他身后的也是烟与水，持久不消，它们像金银匠一样精雕细琢打造他的脸的外观；它们散发着一股如同米饭香的气味，他走动的时候，那股气味不断被他踩在脚下，但它们生生不息，总是越过他的身体在他的头顶上方盘旋。

父亲16岁便开始在锅炉房干活，他烧锅炉。高耸的锅炉吃进煤，然后吐出许多烟，在空中妖艳地舞动。如果遇上大风天，那烟就成了传奇。它们拉下细碎的渣。父亲是锅炉忠诚的保卫者。师傅拍着他的肩说："工作不分贵贱，岗位不在上下，锅炉关系着全厂，德贵你要好好干。"这句话是师傅酒醉之后说的。说完这句话，师傅就躺倒在地上了，两腿抻得笔直，头歪向右边，嘴里还流淌着酒液。一条狗几乎是以百米冲刺的速度奔跑而来。如果那个晚上没有白德贵有力地挥动手臂，师傅肯定会被这条狗咬得面目全非。他嘴里除了流淌的酒液，还有肉末。

师傅醒来的时候已是第二天的上午，师娘肿着一张脸跑来，白德贵正在给师傅擦脸。师傅一副满足的样子，嘴里含糊不清地叫着："德贵，你好，好。"师娘将捂脸的手放了下来，走过来拧住了师傅的耳朵。她好像用足了一辈子的劲道，师傅咧大嘴站了起来。他们"哎哟、哎哟"地走了。白德贵看着他们的背影，用毛巾擦一下自己的脸。毛巾上还有酒的味道。

几年后，师傅变得特别奇怪，臂和腿骨瘦如柴，像腌制的怪异的香肠似的，肚子却是鼓胀的，好像倒扣了一口锅。师傅躺在床上，有气无力地呻吟。师娘脸上的肉挤在一起，使得她的眼睛成了一条缝。她的肚子却显得平坦，腹部的那些肉好像流淌到脸上去了。师傅已是肝癌晚期，他哼哼哈哈地说："德贵，医生说最多半年。"他接着抚摸了一下肚子，又说道："我现在知道肝腹水是什么东西了，它们迟早会要了我的命。"一个月后，师傅就咽气了。师傅一直没有合上双眼，尽管他的一只眼睛已经瞎了。据说被师娘筷子插了。白德贵知道师傅还有一件事未了，那就是一本高级锅炉工证书。师傅说过，有一天他死的时候，一定把那本迟来的证书丢进锅炉里，化成灰，伴随他一块儿走。他念念不忘这本证书。师傅说，周边六个厂，共有八个锅炉房，但只有他一个人有高级锅炉工证书。那时候，这世界上还没有办假证的，也还没有人想到用假证可以改变人生。

这本迟来的证书显得尤其珍贵，比师傅的命还珍贵。这本证书的样子很普通，厂人事科的干事将证书拿来的时候，漫不经心，好像这只是100本先进生产工作者证书中的一本。厂里每年会评上100位先进生产工作者。白德贵小心翼翼地接过证书，按照师傅嘱咐的那样，他洗净双手，在锅炉前磕了三个响头，然后将证书丢进红通通的炉肚内，瞬间成灰。他哭了。

父亲时常在热气腾腾中走来，像来自火星。他的脸上与裸露臂背上的汗像一颗颗圆荔枝。它们依恋般地缀连着。后来它们随着他身体的晃动，危险地滑动。烟与水一起在父亲的生活里来回地走动，永远不散。它们在父亲脸上拉出道道深浅不一的皱纹，还有半枯的白发。跟父亲同年进厂的学徒工有的当了车间主任，有的当了副厂长，有的离厂做了个体老板开起了桑塔纳，父亲还是一个在工厂人员花名册上最后一名的锅炉工。父亲走出锅炉房时总要喝上一碗盐水。那只缺口、碗底结着黄垢的瓷碗里长年累月落着煤灰，盐水表面浮着一层浅黑，但他没有嫌弃过它，他吹一吹便一仰脖全喝下了。喝完盐水用沾着煤灰与汗液的手臂擦嘴，左一下，右一下，然后沿着一条长满杂草、堆着废铜烂铁的小路回家。

他走得很孤独。

烟与水把父亲的脸衬托出沉重与粗糙，就像父亲所在的工厂一样，这个成立于 1958 年的大集体企业在 1990 年已经不堪重负了，陈旧的设备，单一的产品，僵化的销售渠道，拖沓的管理，一些爱泡病号的关系户，几百个退休工人，几个拍着桌子骂娘的离休老干部。

锅炉房外面堆满运来的煤，一些马尾巴草从煤缝中钻出，接纳阳光承受雨露。一到盛夏，马尾巴草与烂头青一片接一片郁葱。它们的生命如此生动，以至这儿成了一个微型南方森林。

父亲每天提着一筐筐煤。他的双臂很有力，提筐的时候，整个人都鼓了起来。他一锹一锹地将煤送入锅炉的嘴。它很饥饿。合上炉门便会听见煤在尖叫与呐喊，有时甚至是怒吼。诚然，父亲不大的眼睛里只有锅炉，他要让它熊熊燃烧。看到煤渣细碎，看到炉火纯青，他会露出不引人注意的笑容。那是他烧锅炉的最高境界。这个境界是多年来修炼的结果。他没有师傅那样的证书，但是师傅生前就说过："德贵，你烧锅炉的本事早就超过我了。"

锅炉房的东北角就是无数只热水瓶，父亲将它们灌满热水后，放在一辆推车上，等待老章头的到来。老章头身兼门卫和送水工。他比厂里的人提前半个小时上班，从锅炉房推着这些热水瓶，然后去办公楼的各个科室，将热水瓶放在门口。他每次来推车时，嘴里总是叼着一根烟。父亲似乎从来没有看到他用手夹烟。他嘴里叼着的烟的烟灰居然是直直的，好像永远不会掉下来似的。他不爱跟白德贵说话，每次推车的时候，目光里满是不屑。父亲看着他推着车走了，知道再过半个小时，他还会再来一趟。大概有 400 多只热水瓶。老章头只负责办公楼的那些热水瓶，余下的热水瓶是各个车间的，他们来提水的人员是不固定的，今天是小王，明天就是老王了。他们偶尔走进锅炉房跟白德贵打个招呼。父亲微笑着，佝着腰。

上午九点左右，锅炉房就安静了，重新变成了一个独立的小世界。父亲坐在锅炉房里，目光安静。他想一些心事，然后猜测老章头会不会走进他的锅炉房。那天是个雨天，穿着雨衣的老章头嘴里叼着烟走到了热水瓶边，他犹豫了一下，然后走进了锅炉房。他嘴里的烟被雨水打湿了，但他并没有取下烟，而是选择站在锅炉旁。他瞪着白德贵，好像他不应该站在锅炉房里。他摸出打火机重新将烟点上的时候，身上的雨衣已经被烤得皱了起来，他并不在乎这件变形的雨衣。他重重地抽了一口烟，然后走了。父亲走到门口，发现老章头推着车走了，那一道烟在雨中瞬间消失了。他们没有说过一句话，更没有争吵过。

后来，父亲想起了一件往事。

三年前，老章头来锅炉房推车，一只热水瓶的软木塞找不着了。他四处寻找，一无所获。父亲发现了那只软木塞，它滚落到了锅炉房的墙角，被一片树叶给遮蔽了。他捡起软木塞，刚想开口说话。老章头一阵风似的从他手里抢走了软木塞。他推着车走了。尽管老章头年纪超过五十岁了，但却是厂里的新职工。听说他在原来的厂里是个工会干部，负责发放劳保用品。他贪污了 200 双棉手套，50 块毛巾，还有一箱肥皂。在被扫地出门前，他还做了一件事：烧了工会的账簿。据说他与这个厂的厂长当年曾经是老乡，他们同一个村的。他的名声早就坏了。他闷闷不乐，但是至少有了一份糊口的工作。只是，有一天父亲发现了老章头的一个秘密。他往厂长办公室的热水瓶里吐痰。父亲担心厂长因此会怪罪自己。他后来专门做了试验，发现一口痰在热水瓶里马上就化开了，就跟没有吐过痰似的。尽管如此，他还是忧心忡忡。

往厂长办公室的热水瓶里吐痰成了老章头的习惯。他吐痰的时候，嘴里的烟依旧叼着，那口痰好像是从嘴的缝隙里不经意滑出来似的。如果不是父亲亲眼所见，他也不相信老章头居然有这个本事。老章头知道只有白德贵知道他的这个秘密，但是两人都不吭声，便也相安无事。直到有一天，厂长来到了锅炉房，他以安全检查的名义找父亲谈话，他说水里怎么会有红色的东西。其实那是血丝。老章头的痰里有血丝。厂长走了之后，就不再饮用锅炉房的开水了，而是从国外买来了一台饮水机。他只喝饮水机里的水，是一瓶瓶矿泉水倒进去的。老章头有些颓废。他后来就不来推车了，而是换成了另外一个人，那人的脸上长着一撮毛。

她曾经看到过父亲在锅炉边时脸的模样，是欢喜的，是舒展的。熊熊火苗把父亲的脸映照得清晰无比。她站在锅炉房的外面，听到了煤块燃烧发出的响声："啪，啪啪，啪啪啪……"她借着耀眼的炉火看到父亲蹲着，把大半个身子倾向锅炉。锅炉像个巨人一样俯视父亲。锅炉上的一些仪表在飞快走动。在她的眼里，这个锅炉倒像是火箭，随时都会腾空而起。平常，她总是在放学之后来到锅炉房，星期天偶尔也会来，但好像有根绳子拴住她似的，她的脚步有些犹犹豫豫。到了锅炉房的门口，她总会转身看一下四周。那是张望，更是提防。她害怕那些调皮的孩子们会在她的背后偷袭。他们的手段五花八门，而且不计后果。有一回，他们中的一个用弹弓将老章头嘴里叼着的烟给射了下来。据说老章头大发雷霆，像疯了一样。他双手叉腰在宿舍区的楼下走来走去，骂骂咧咧。直到天黑之后才离去。他走得很缓慢，脚上戴着镣铐似的，每走一步，就骂一句。她并不害怕弹弓，她不像别的孩子，受了欺侮只会哭泣，她会像个疯子一样追，绝不罢休。她害怕的是他们突然在背后冒出来，然后骂："武大郎，武大郎。"她那时就没有证据了，因为只要他们一合嘴，这些话语就烟消云散了。

父亲有时对着锅炉轻声叫唤，叫着母亲、妹妹还有她。他一遍遍充满感情地轻声叫着。锅炉发出轻微的嗡嗡响声，似在回应他。他手中的铁锹把煤送进锅炉的嘴巴时，便轻声地叫一声，十分默契。他从来不叫自己。她站在锅炉外面感到热浪滚滚，她只有后退几步，当父亲对着锅炉叫到她的名字时，白丽便应了一声，但是父亲似乎没有听到。她只得放声大叫父亲。那一刻，父亲的整个身子颤抖了一下，煤块撒地上了；当父亲显得胆怯地转过身来，她便看到父亲满脸是汗，几乎无法寻到那双眼睛，嘴巴紧抿，仿佛根本没有发出过一点响动。他整个人是湿淋淋的。搭在父亲脖子上的那条毛巾也失去了本来的颜色，大块黄色的汗渍如同染上去似的。父亲看着她，相当手足无措，他脸上流着大股的汗水。她一直有个模棱两可的想法，那或许不仅仅是父亲的汗，还应该有眼泪。泪水也有颜色，那块毛巾有一半是泪水染黄的。因为在家里，父亲的脸从来不是这样的。多年以后，她突然想到了父亲脸部的秘密之一。当时她站在一个展览馆的一幅《父亲》的画像前。画面尤其突出的是父亲的脸。脸仿佛是泥土地，仿佛是岩石壁。那是日出而作、日落而息的农民父亲的脸。唯一不同的是，父亲的脸沾着煤灰、嵌着煤灰，还有汗水流淌。脸在恍惚与交错。她突然抑制不住地流泪了。她在心里呼喊着父亲。她掩面逃也似的出了展览馆。

沉默寡言的父亲一回到家便越加沉默寡言。他带着烟与水进家，家被这两股不可捉摸的气息围绕着、笼罩着，父亲走动的响声是沉闷的，那也许是因为他脚穿笨重黄牛皮鞋的缘故。父亲的脸上有一块经常像墙壁上不起眼的因长年漏雨而变成的斑黄，那是红色消退之后的情形。父亲无法用什么来掩护自己的脸，他的双手沾满了煤灰。父亲低头，因为低头可以让他的脸半隐半现。父亲从来没有高声地发过言，也没有高昂过头。在他的口袋里，是一些细小的煤粒，在他的指甲缝里，是乌黑的煤灰。

她躲在大门后，或倚在房门口，谨慎或大胆。事实上，她一直在默默无语偷窥父亲的脸，还有他因生活而显得佝偻的身体。父亲的脸总是模糊多于清晰。她时常努力地睁大眼，像看一个她所不知的稀奇的景物。父亲的脸依旧隐在了那些从来不会散去的烟与水之中。他总是这样。父亲有一天如安睡一样闭上了眼睛，那或许是过于疲倦的结果。他的脸在那个时候呈现平静与洁白，仿佛是一个新生儿的脸庞，那些因岁月、因生活而出现的皱纹像面粉一样细腻。她高兴，她手舞足蹈，她站在房门口簌簌发抖。然而那只是她的一个幽幽梦境。

从她感知父亲的存在时起，就有种异常早熟似的怀疑。随着年龄增长，内心的怀疑越来越深。父亲的脸迥异于别的男人的脸。他们欢笑的时候，咧开嘴露出焦黄的牙齿与肉红色的牙床，烟渍集中在牙缝里，褐色的或者黑色的；他们粗鲁地大笑，胡子抖动，吐痰，或者夸张地做着表情，或者破口大骂女人与孩子。他们生气的时候脸上肌肉僵硬，像柿饼。父亲的脸遍布阴郁，像一块长年浸在冷水里的灰色石头。他的胡子似乎永远就这么长，像住在她们这幢楼里的一个女人的两道眉毛，她的眉毛稀疏，淡淡的，有人说这是短寿的症状。

她姓赵，所以有人叫她赵眉毛，其实是“找眉毛”。她身材矮小，却很壮实，声音也是宏亮的。她一头短发，有时候剪得跟男人一样短。如果站在她的身后，如果她不发出声音，很容易让人误认为她就是一个男人。她的手指很粗，据说力气也很大。她曾经有一次把她男人摁倒在地上，男人发出杀猪般的叫声。据来调解的厂政宣科老田说，那绝对是家庭暴力。只不过，赵眉毛是施暴者，她用她粗壮的手指和粗短的手臂完成了一次完美的家暴。

赵眉毛的男人很瘦，仿佛这辈子就没有吃过一口肉似的。他有一次站在河边不停地摇晃，身体的上半部分开始倾斜，仿佛比萨斜塔，而他身边的赵眉毛纹丝不动。赵眉毛指着他道：“多大的风，你就跟杨柳似的，有个屌用?”赵眉毛的男人之所以会被揍打，那是因为他犯了一个错误。不是河边的错误，也不是床上的错误。他喜欢晚上蹲在楼道里。赵眉毛三番五次告诫他，不许摸黑蹲在楼道里。之前有女人向她告状了，说他这是想要流氓，还是想怎么的。赵眉毛是个聪明人，她知道这句话的分量。她第一次揪着男人的耳朵，第二次就变成摁在地上打了。

这一次家暴被女人们津津乐道。赵眉毛在女人堆里的地位直线上升，茶余饭后，她们喜欢谈论她。即使不谈论她，只要一听到她的声音，她们马上就会谈论她。赵眉毛喜欢她们谈论她，尤其是当她们说着她的那些"英雄壮举"时，她的眉毛就很舒服地松开了。她全身上下无比愉悦，简直跟中了奖似的。那时候，城里刚刚流行体育彩票摸奖，在城郊的某条路上摆着的一排桑塔纳轿车是一等奖，特等奖是三十万元现金，二等奖就是冰箱和彩电了，三等奖数量特别多，一次性照相机和电吹风等，小奖则是洗衣粉。人们蜂拥而至，几乎要将那条路踩离这个地球似的。赵眉毛也去摸奖了。结果摸来一箱洗衣粉。她亲眼看到一个女人摸到了一等奖。女人站在桑塔纳轿车前幸福得快要发疯了，销售人员给她戴上了大红花。喇叭里大声喊着："又一个一等奖出现了。"人们流着口水，目光里满是嫉妒。这好像跟潮水一样，每次台上出现一个一等奖，台下的人就会掏光口袋。一波又一波，就把赵眉毛的存折掏空了。她第一天抱回一箱洗衣粉，第二天摸到了一只一次性的照相机。第三天她再去摸奖的时候，一口气买了一蛇皮袋彩票。这些2元一张的彩票里，可能就有一辆桑塔纳轿车。她离开人群，在一棵元宝树下，兴奋而又激动地刮着彩票。刮一张丢一张。当她刮到只剩下一张时，全身都颤抖起来了。除了几张中了小奖之外，一无所获。她哭了。手里的最后那张彩票被风吹走了。她沮丧地走着。当她走了一段路的时候，听到喇叭里说道："真是太幸运了，有人捡到了一张彩票，居然中了一辆桑塔纳。"她疯狂地奔向领奖台，大声地说道："这是我掉的彩票，是我的，是我的。"她声嘶力竭，但是没人理她。因为昨天也有人捡到了一辆桑塔纳。她痛哭流涕，始终认为被风吹走的那张彩票就是一辆桑塔纳。

她生病了。楼道里时常可以听到她男人的喃喃自语：“现在好了，现在好了。”关于赵眉毛的话题从家暴转换到了买彩票将积蓄买光，她显然属于败家娘们。事实上，像赵眉毛这样的人并不少。当销售彩票活动结束的时候，至少有三个人疯了，一个人自杀了。赵眉毛躺了一周之后就起床了。只是她的声音变弱了，眉毛也更加稀疏了。有一天，这幢楼里的人们看到赵眉毛和她男人站在河边。男人站得笔直，赵眉毛却摇摇晃晃，好像是在荡秋千。

她怀疑父亲的脸是不是有两张皮，就像马戏团的演员稍稍几笔就可以成为一个典型的小丑，他在家的时候按上一张痛苦的皮，在锅炉旁边换上一张快乐的皮。那年她也许只有八岁，或者九岁。为了揭开怀疑，获得真相，她曾经与父亲有过一次对话。他们站在离锅炉房不远的一块空地上，几棵卑贱的狗尾巴草被她踩在了脚下，但一场雨后它们便会重新复活。用不着担心它们。煤堆高过了他们并且呈包围态势，这样他们显得远离了或者隔绝了外面的世界一样。她将成绩单递给了父亲。父亲看了之后，一层煤灰掉了下来，他的脸霎时亮了。

“你有几张脸?”她像个大人似的背着双手问。

父亲望了望煤堆与高耸的锅炉，低头说：“一张。”

她踢了一块离群的煤，歪着头说：“我知道你骗我的，你有两张脸。你脸上戴着一个面具。”她喜欢“面具”这个词。在他们班上，有个同学有一天拿来了一个面具，那是一个京剧脸谱。他戴上面具，吸引了众多的同学。他们围着他叽叽喳喳，好像他是个神奇的人。她突然有了一种渴望，希望那个面具戴在自己脸上。放学后，她跟踪戴面具的同学，记住了他家的位置。她牢牢地记住了他家的门是白色的。白色的门是很稀奇的。她见过的门都是红色的，或者黄色的，防盗门刚刚在市面上流行，校长室的门刚刚换过，是一扇防盗门。她听老师们私下议论,为什么总务室不换防盗门,而非得给校长室换上防盗门呢?她专门摸了防盗门,并没有什么神奇之处。白色的门给了她许多想象。直到一年之后,她才发现那其实就是一扇普通的木门,白色是贴在门上的一层膜。

父亲缩了缩身子说:“每个人都只有一张脸。”

她不依不饶地说:“不,你一定有两张脸。”

那一刻,愉悦脱脸而去。阳光把父亲的影子投在了煤堆上。父亲低下了头喃喃自语:“两张脸,两张脸。”

“哦!”她惊呼起来,把父亲吓了一跳。她像着了魔似的狂奔。她甚至听到了风声,像吹着奇怪的口哨,从四面八方跑了过来。她终于站在了一个煤堆上,双手叉腰,俯视着那间锅炉房。她是胜利者。她那时候觉得轻而易举地把父亲问倒了。其实这个问题折磨她很久了。现在,就像拔掉脚心上的一根刺一样。她昂头挺胸地过了一段日子。

在她的记忆里,这样的日子少之又少。她把心情写在脸上,也写在了通往锅炉房的路上。她不再害怕孩子们的偷袭了,他们哪怕就是拿着喇叭喊“武大郎”,她都不在乎了。尤其是当她看到楼里的孩子因淘气被他们的父亲提起,用鸡毛掸子打他们的屁股蛋时,她大摇大摆地敲门,然后看着因痛而哭得哽咽的孩子与愕然的大人,她笑了一声,然后走了。哭声便也停止了。她乐此不疲,好像是上天派来的拯救者。

小胖的遭遇就是最好的证明。他全身上下就肚子肥,好像全身的肉都流到肚子上去了。他走路的时候有些吃力,会不停地喘气。但是他很调皮,至少在这幢楼里的人们看来,他天生就是一个捣蛋鬼。他在楼道里撒尿,有一次他居然站在窗口撒尿。一个新烫了头发的女人咬牙切齿地找上门来,结果小胖被他父亲按在了地上,他发誓要打死他,他说小胖的脑子坏掉了,所以才会这么胖。小胖杀猪般地嚎叫,声音响彻这整一幢楼。小胖的父亲那天肯定是喝酒了，所以他打得很过瘾。后来，小胖的声音越来越虚弱了，好像只剩下一口气了。那个烫了头发的女人也吓坏了，她担心小胖被打死，会变成厉鬼报仇。她特别相信因果报应。她站在门口抖抖索索地说："你，你不要把他打死。"小胖的父亲说道："我的儿子，我想怎么打就怎么打！跟你没关系。"地上的小胖好像不动了，他父亲却依旧拿着一条断了的床腿，像一支粗大的红蜡烛。

就在那会儿，她像一阵风似的刮到了门口。她看着地上的小胖翻着白眼。小胖一直以来就跟她作对，每一次都把"武大郎"叫得特别响亮。可是现在的小胖快要死了。她站在门口，突然哈哈哈地笑了起来，那不是幸灾乐祸的笑声。小胖的父亲愣住了，他听说了她的事，她现在俨然是孩子王了。小胖父亲的酒好像也醒了，他扔掉了手里的断床腿，然后抱着小胖去了医院。半个月后，当小胖回到这幢楼的时候，人们惊奇地发现他的肚子不再像以前那样肥胖了。小胖父亲逢人就说："幸亏去医院，割了他的瘤。"小胖肚子里的一个大瘤被割掉之后，他变得聪明了。至少他不再叫"武大郎"了。他听父亲说，她是他的救命恩人，如果不是她的及时出现，说不定会死在自己手下。不管怎么说，小胖的母亲去世后，小胖父亲的口碑还是不错的，他从来不带乱七八糟的女人来家，唯一排解忧愁的事就是喝点儿酒。男人喝点酒，上帝都同意的。小胖那天找到她，说他以后什么都听她的。她看着变得聪明的小胖，觉得自己像是掌握了这幢楼的总闸开关似的。只是，她尚摸不到那个闸刀，它被电力局的人挂在了高高的地方。她还差一只手的距离。

父亲却开始躲避她了。他有时显得紧张地看着她的嘴巴，有时一句话也不说，就用手掩着脸，蹲在灯光不易到达的地方。此后的日子里她更加仔细地观察父亲的脸，她用不着偷窥了。很多个时候，脸像是一块模糊的云，无法清楚分出天上的浮尘一样，无法分出脸上的五官。晚上与白天同样模糊。但那却是父亲的脸，真真切切。

那一年，她感到有群怪兽在身体内悄悄走动，在静夜它们显得狂妄，发出啪啪啪的脚步声。她倾听时，觉得声音是那么的熟悉，就像煤在锅炉里因燃烧而哼唱的快乐歌声。她有时睁大眼睛听着，听着，在不知不觉中睡去。

一个傍晚，天边的云像血一样红，红得刺眼与触目惊心。她独自走在回家的路上，感觉身体似被一股火在燃烧，是从体内开始的，然后沿着她身体上的纤细血管向外流动，流动的火苗像是金黄色的，在她的眼前诡秘地出现又消失；书包像一块巨大的石头一样压得她几乎无法喘气；她的腿在一阵阵发软，步子在拖动，好像远处那辆进城抛锚的拖拉机，满头大汗的拖拉机手正在用力地拉扯着皮带。

哒哒哒。

哒哒哒哒。

哒哒哒哒哒。

她仿佛看到了一团红色的火腾空而起，与天边的云合在了一起。很快整个世界变得血红，她恍惚不已。她的身体终于全然崩溃了，血水混合物冲出了她的身体，奔流的速度像可怕的管涌。隔着裤子，哗哗啦啦，滴滴答答；哗哗啦啦，滴滴答答。她木然地站着，地上的尘土随风扬起，却盖不住地上的血滴。那是她初潮来到的一天。她手足无措。她只有无力地站着，好像世界不再存在了。就在这种固定的姿势里，前面路旁的那排高耸的水杉树不见了，僵直的目光里一片灰蒙，如同一个巨大而又真实的梦境。她仿佛看到了从天而降的父亲。她想喊一声："父亲，你帮我一把。"可是她看到烟与水像垒高的泥土，一层接一层将父亲埋葬，像海市蜃楼一样突然呈现。

她因恐惧尖叫起来："啊……"

阔大的天空将她的尖叫声传到了父亲那里。事情终于发生。在烈日下，那台制造烟与水的锅炉再也无法忍受干裂的火热的枯燥生活，它疲倦了，它像个丧失了理智的人一样大吼一声猛力地挖开了自己的胸膛。烟与水便汹涌地喷泻，流动着层层叠叠的纹路。到处都是这样的纹路。父亲像棵被冲垮的树一样在这密密麻麻的烟与水之中轰然倒地，然后消失。

也是多年以后，她还能想象出当时的那个情景。年代在印象中显得可有可无，面目全非。印象在年代中只是个调皮的孩子与发辫上的蝴蝶结，但却像一幅夺人心魄的画一样醒目，悬在她心的高台。壮观的场面，一个人的死是如此寂寞又如此震天撼地。她甚至认为父亲在那一刻一定很自然、很快活。他其实愿意这样把他埋葬。他愿意的。烟与水散尽后，父亲便出现了。如同翻动书的封面后浮现的一幅插图。在遍地瓦砾之中，在尚在升腾的水汽当中，他安静而又满足地躺着。他身上所有的衣裳全部融化，有点不易觉察的乌黑像菌斑一样粘在他的身体上，也许是他脸上的煤灰转移了位置。他蜷缩着的样子使得他的骨头一根根地凸出，像是要撑出他单薄的身体来。皮肤已成了红色。在他身体下方铺着一块宽大白布，与蓝天面对，被风吹起来，不时地要掩盖他的身体。

有人像是要失声痛哭，但却被旁边的人及时地捂住了嘴。他们站在煤堆上，挤在煤堆下，狗尾巴草被他们踏在脚下。他们的工厂便在这天的上午像这个锅炉似的开膛剖肚，四肢尽断，粉身碎骨，从此死亡。他们心有余悸地看着那个已不复存在的巨大的锅炉，回忆着那一声惊天动地的巨响。那原来是一颗定时炸弹，世纪经典般准时，而白德贵却是唯一的奉献者，他与他所钟爱的锅炉融于一体。他是这个工厂最坚贞的殉情者。

焦头烂额的厂长宣布了一个决定，说锅炉的爆炸是人为的，是白德贵违章操作的恶果，因此此事只能由白德贵负责。厂长第一次遭到众多工人的强烈反对，虽然他的头发掉得差不多了，成了一个秃顶。办公室主任上个月突然病了，她住院了三天，之后就消失了。据说她去了香港，她顺便把厂长的保险箱也掏空了。这好像是一个处心积虑的骗局。两个月前，她把厂长灌醉了，然后取了他的存折。之后，又要到了保险箱的钥匙，然后消失。厂长灰头土脸，他发现自己几十年的奋斗被一个女人轻而易举地攫取了。不，是被她整个儿地摘走了。他现在身体虚弱得很，好像一阵风就会倒下。他不相信办公室主任五年来的陪伴都是假的，一个女人怎么会用五年光阴来设一个局呢？但是，他不得不承认办公室主任就是一个骗子，她的姓名是假的，履历是假的，还有她的家庭住址也是假的，她根本就没有老公。那个看上去老实巴交的男人跟她一点关系都没有，是她从劳动力市场雇佣来的。他只露过一次面。从办公室主任失踪之后，这个男人就惶惶不可终日了。

一个人的死惊醒了一群人。

厂长住院了，他的秃顶上新增了一个大包，为了治疗，不得不把所有的头发剃光。门牙缺了三颗，肋骨断了五根。他将在病床上躺上三个月，或者半年。整个厂到处乱哄哄，像一场暴动。

她脑子里空荡荡一片。领着她的那个人就是小胖的父亲，他说白师傅……白师傅……白师傅他……他的眼睛红红的。她走着，她已经知道了父亲的生死。这像冥冥之中的呼应。在她的幻觉中，父亲已准确无误地被埋葬。她的脚踝仿佛被刺了一针，钻心的疼。

到了现场，她发现很多人默默无语地看着她。他们有低头的，有淌着泪的，有掩住嘴巴的，有窃窃私语的。最后，他们变得安静。唯有风还在叫着，把天上的白云驱赶着。她哭泣着："父亲，父亲。"父亲同样安静，对她的呼喊置之不理。风微微地减了减自己的嗓门。一个完全安静的、与生俱来安静的世界。她的脑袋摇晃了一下，仿佛有一种不能承受之重。她想寻找父亲的那张脸，她弯下身去，踢开瓦砾，她无力地抱住了父亲，可是那张脸却奇迹般地消失了。她无力地松手了。她看到了她想看到的另一张脸的最终模样。父亲是一只透明的红虾。她流出来的泪水像一道道明亮的光，把周围又开始重复再生的烟与水驱赶得一干二净。她的身体再一次反射般地颤动，无法停止。最后，她看到了一大片红色如密云盖来。她便躺下了，像是在牙牙学语时躺在父亲的怀里。

“你是谁？”

墙上父亲的脸开始清晰了，父亲像是在问她。现实就是这样摆着的，铁板一样坚硬。可是父亲应该认识她的，难道自己已经变得父亲无法相认，还是父亲已经丧失了他的记忆？她摸了一下脸。她又摸了一下脸。

胆怯？茫然？怀疑？

多年来，父亲也容忍了别人对他的怜悯。当厂里加工资时，依照他进厂的年份与工龄，他加一级工资是理所当然的，但是，厂里没有加他一级，有人在锅炉房里替他抱不平，说跟厂长闹去，他凭什么不给他加工资。但他拄着铁锹淡淡地喝了一口盐水，说算了。那人在走出锅炉房时，惊奇地对别人说：“白师傅，不，白德贵是个软蛋。”

她也听到了这句话，从小胖的嘴里流淌出来。但是小胖声明这句话是他听来的，不是他父亲那儿，而是从一群人里听来的。这群人就是楼里的闲人们。他们有时候会聚在一起说些厂里的事，内容五花八门，从锅炉房的煤说到北京天安门，从燕子河说到长江黄河，从一件衣服说到美国日本朝鲜……生活中有太多的废话可以重复，有些人总是乐此不疲。他们的口水他们的喉咙他们的表情都是巨大的，光辉的，尤其是当他们说到宏大的全世界时，仿佛全世界都由他们主宰，只要他们一句话，就可以发动第三次世界大战。往往，某个不知趣的女人会突然说一声：“听说小商品市场夜市开张了，两双袜子三块钱。”顿时，他们兴奋地打听夜市几点开张。他们的表情霎时变得贪婪。

这是一种病。

这幢楼里的人们都病了，他们极度鄙视有钱人，可是他们心里又天天在向传说中的财富献媚，恨不得跪倒在银行前，只要里面每天能滚出几十元钱来。父亲的锅炉房世界很单调，这仿佛成了一种高贵。他永远不会融入那样的话题之中，也不会跟他们当中的一个有任何瓜葛。他就像一个生活在这幢楼里的异类，用天生的盔甲保护自己。他总是孤独地走着。虽然，一个侏儒如果与哲学家挂上号那是伟大的讽刺，但是当人群热闹时，他总是安静的。他像是活在一个人的世界里。“白德贵是个软蛋。”这句话最终并没有全部流传开来，至少在流传的半途夭折了。好像一个感冒的人总想打一个响亮的喷嚏告诉全世界，他感冒了，结果这个喷嚏突然变成了鼻涕。厂里很少有人知道锅炉房里还存在着一个男人。在更多人的眼里，白德贵更像是一个符号，一个微不足道的人，随便哪一天就会被一阵大风刮走。准确地说，他们也只有在发现热水瓶空了之后，才会想到锅炉房，然后才是那个烧锅炉的人。

在那幢楼里，父亲往往像个忧郁的女子一样。他从来没有男人天生具有的粗鲁。男人们有时会在楼旁附近的空地上解开裤裆哗啦啦地小便，也不管对面来了人，他们才懒得提一下裤子；他们有时还会捧着茶杯，穿一条肥大的裤衩走门串户，大大咧咧地，也不管那家的女人只穿了一件无袖短衣裳；有几个男人会在晚上大声地训骂女人，用粗大的手掌打孩子的屁股，深更半夜像牛一样把女人抵在墙上。他们发出的声响有时简直就是震天动地。父亲在那个时候却缩着身子，仿佛是个从未经过人事的童男。

女人们看到父亲，像看到了她们的孩子一样，尽管她们很想跟他开个玩笑什么的，但话到嘴边，她们便生生地咽了下去。她们觉得戏弄他的话，那她们将是这个世界上最没心没肺的人。他们不能欺侮最著名的老实人。所以，她们在路上遇见他时，只是朝他点点头，叫他一声白师傅，却从来不跟他说一句沾腥带荤的话。当她们与他擦肩而过时，她们转头的时候发现他低着头若有所思地走着，那个背影让她们突然觉得自己很善良。有时候，即使她们聚在一起，说着一些了不起的话题时，她们偶尔会想到白德贵，他好像什么都不知道，他的世界只是锅炉房。她们后来发现，其实她们的男人，无论是车间钳工，还是车工，其实跟锅炉工并没有多大的区别。眼前的这些男人们爱吹牛，爱说大话，爱把自己吹嘘成全世界无敌，可是他们其实还不如一个沉默的锅炉工。锅炉工从来不会有这么多废话假话大话，也不关心全世界人民的命运。他在他们说话的时候，埋头在锅炉房，拿到了高级锅炉工的证书。据说这本证书在别的工厂，工资会加好几级。她们心想这个消息白德贵肯定不知道，他除了对锅炉了解之外，什么都不了解。她们便又有些沾沾自喜，好像她们的男人还有点儿价值。

“父亲，你能吹口琴吗？我想听听你吹口琴。”她对着墙壁上的父亲说。因为她看到父亲的脸又变得沉重起来。父亲悲哀地说：“我的口琴不是被你母亲扔了吗？”她似乎看到了父亲在流泪。他在怀念那把口琴——那快乐之源与痛苦之终。是啊，那把银灰色的口琴，那把不会再现的奢侈的口琴，那阵阵不会再有的悠扬……

什么都不会有了。

父亲与母亲结婚的那天，平常得像那天的日子，那天的太阳。在简陋的宿舍楼里，父亲的师傅主持了婚礼。在双方交换信物的时候，父亲给了母亲一本银行存折，那个数字令母亲感到满意，她没有想到父亲居然存了不小的一笔钱。那个数字除了师傅和父亲，还有母亲，没有人知道了。师娘对这个她猜测中的数字耿耿于怀，她觉得她应该知道，哪怕不是一个确切的数字，至少也得了解大概情况，这可以成为她未来一个重要的谈资。她喜欢说话，更喜欢居高临下地说话。师傅这些年来只有白德贵一个徒弟，而且这个徒弟还是一个侏儒，这多少有些扫师傅的威风。她曾经幻想过，如果师傅像别的车间的师傅一样，收上五六个徒弟，那么家里一年四季或许就会显得热闹，过年过节就会收到各种东西，像几个糖水橘子罐头、一罐麦乳精、两瓶酒、一条烟，还有荔枝干什么的，总之，都是她喜欢的东西。如果徒弟多了，她还可以使唤他们给家里搬煤饼、换把锁之类的活。但是厂里就只有一个锅炉房，她所有的幻想都只是幻想。她因此也特别痛恨师傅的无能，她一点也没有享受到师娘的待遇。

她可是亲眼看见一车间的吴师傅一口气收了六个徒弟，他们正月初一来拜年的时候，手上都拎着东西：香烟与酒，还有糖，还有荔枝干。她喜欢吃荔枝干，那味道常常会令她不知不觉地流口水。吴师娘特别爱显摆，她每次嗑瓜子的时候，嘴里可是一刻也不闲，她说过了正月初一，她就等着五一国际劳动节了，然后是国庆节，她说她们家吴师傅说了，一年里这三个节，徒弟们不许忘。有人说，劳动节和国庆节跟师傅徒弟有什么关系？吴师娘洋洋得意，说了一番道理。劳动节，是劳动者的节日，没有师傅带，徒弟们怎么劳动，都是技术活；国庆节，是举国欢庆，这个国家是怎么来的……她说得有些混乱，很明显她在转述吴师傅的原话时，犯了一个致命错误，那就是她只记得后面的内容，前面的诸多内容自动过滤了。事实上，吴师傅是技术水平一般的师傅，后来听说他的六个徒弟联合起来，揍了他一顿。因为他要求徒弟们除了正月初一、劳动节、国庆节之外，在清明节、建党节、建军节也得孝敬他，他有他的理由。徒弟们忍受不了这种盘剥，更何况，他们发现吴师傅并不是一个尽职的师傅，都说“传帮带”，他连第一个字“传”都没有做到，更别说“帮”和“带”了，他们就在清明节的那天揍了他。吴师娘当时吓坏了，她发现他们下手可真够狠的。从此以后，她得了病，首先是不爱嗑瓜子了，然后是不爱说话了。她一天到晚闭着嘴，好像多说一句话都会遭来灭顶之灾。奇怪的是，她的牙齿却坏掉了，每隔一个月就会掉一颗牙齿。又一个正月初一，一个徒弟也没有来。她跟吴师傅一直等到了晚上九点，然后夫妻俩抱头痛哭，她哭的样子有些可怕，原来她的牙齿掉得差不多了，那暗红色的牙床好像鲶鱼的嘴唇。

不管师娘如何诱导，师傅从来没有透露过这个数字，包括他酒醉后，师娘再三问他，他总是说："我不知道。"他明显是想守着这个秘密。师娘无法理解师傅心里在想什么，她后来便有些怨恨白德贵，他之所以存了这些钱，那是因为每年只有正月初一这一天，才来拜年的，如果像吴师傅以前一样，一年三个节……她不敢想一年六个节这种太过分的事……白德贵成亲的那天，她闷闷不乐，板着脸。这桩婚事她心里很清楚，就是一朵鲜花插在牛粪上。但是，她毕竟不了解细枝末节。师傅一直守口如瓶，白德贵也是如此。她的好奇心在那个晚上并没有爆发，她甚至有一种心灰意冷的挫败感。白德贵成亲之后，一年三个节会变得越来越渺茫了，恐怕正月初一都无法保证了。女人们都爱管钱，她们恨不得一夜之间，这城里的全部钱都飞到家里来了，而她们毕生都不用花一分钱。看上去，新娘子也不会例外，她将掌管白德贵的钱，一分一厘都会算得清清楚楚，以后，每年正月初一白德贵来拜年肯定会少带一包糖，或者少拎一瓶酒什么的。

师娘以前就这么算计过。师傅自从与她结婚后，在她的精打细算之下，这份额外的支出成了她的心病，她唠唠叨叨。师傅就不太去自己的师傅家了，后来索性就不再上门去了，他没脸见师傅了。有一次，她在菜市场遇到了那对老人，她只给了他们一个白眼就顾自走了。虽然她也听到了一些风言风语，说她做人太精明，迟早会吃苦头。她有时候也有一些不安，毕竟吴师娘的遭遇可是她亲眼见到的，吴师娘享过福，也吃过苦头，现在吴师娘的牙齿全部掉光了，听说每天临睡前，她取下嘴里的假牙之后，那张空洞的嘴就变得很可怕。但她认为吴师娘之所以牙齿掉光，跟一年三个节或者一年六个节并没有直接关系。她曾经听说吴师娘一直没有生育的原因是因为她有病，她年轻时走路是那么的春风杨柳，哪知道居然不会生养。这一点她是很自豪的,她生了两个儿子,虽然他们都夭折了,大儿子三岁时死了,小儿子五岁时死了。这是命。她认命了。师傅并没有因此而怪罪于她,相反,师傅一直认为这是自己的缘故。他的两个儿子都死于一种奇怪的病,这种病好像是早衰症,他们从一出生开始,额头上的皱纹就显得“与众不同”,他们早早就进入了普通人一生中的中年状态,几年后,他们就绝望地进入了老年。既然是老年,那么死亡是无可避免了。他之所以收白德贵做徒弟,那是因为他是个侏儒,在师娘看来,他是想积点德。她一生都郁郁寡欢,后来,她终于将一个秘密说了出来。她说完这个惊天秘密之后就闭上了眼睛。

母亲出乎意料地拿出了一把口琴,把它当作信物递到了父亲手中。在场的人们惊呆了。他们总以为她会送一只手表,或者一根皮带什么的,女人送给男人的大抵都是这些东西,而男人送给女人的则显得五花八门,服装类、珠宝类、化妆品类,汽车,还有房子,等等,当然最重要的是将钥匙和银行存折交给女人。他们绝对没有想到居然是一把口琴。平时他们粗糙的手只适宜做那些粗糙的活,像机修工、搬运工、钣金工等,他们的女人也没有一个像母亲这样细皮嫩肉。母亲的皮肤特别白嫩,远远超出了他们对“白嫩”的理解。“白”是可以理解的,那是一种肤色,只要不晒太阳,女人们对自己的皮肤是有信心的。至于“嫩”,那是需要有资本的。他们择偶的圈子因他们的工资与工种显得狭窄,比如戴口罩的纺织工、三班倒的挡车工,连商场站柜台的营业员都很少。她们疲惫不堪,从单位回到家里,还得操持家里的烦心事,做饭,洗衣服,带孩子,侍候男人,她们常常会觉得心力交瘁。如果男人脾气坏,好吃懒做的话,意味着她们还得像牛一样拼命地加班,每一元加班工资都可以抚慰她们的心灵,以致她们当中的相当部分早早就绝望了。

当然这幢楼里的女人们是不会送口琴这样的玩意儿的,要送也送在她们眼中认为可以派得上用场的东西,比如一件厚实的棉衣，或者一双经久耐穿的胶鞋什么的，哪怕就是一副毛线手套也比口琴来得实用。比如师娘送给师傅一只茶杯，上面刻着“松鹤延年”的图。吴师母送给吴师傅是一根皮带，皮带头上刻着“发家致富”四个字。赵眉毛送给她男人的则是一块围巾。母亲的这个举动显得独树一帜，她有一点洋洋得意。

父亲接过这把口琴时，眼中含着泪花。这好像师傅带着他去相亲时，见到母亲的那会儿，他愣住了，以为师傅在跟他开玩笑。这样漂亮的姑娘怎么可能嫁给他呢？这不就是潘金莲与武大郎吗？他知道这个故事最后的结局会是悲惨的。但是师傅却用眼神肯定地告诉他，跟他相亲的就是这个姑娘。他眼中含泪地看着她，好像看到了自己的命运，但即便是像书中说的那个结局一模一样，他也愿意。没有一个青年不喜欢漂亮的。

五桌喜酒是在厂食堂里办的。

厂长被师傅请来了。据说那天他的目光直盯盯地看着母亲，惹得他身边的办公室主任用力拧他的大腿。师傅是那天最高兴的人，好像他才是新郎。父亲绕着桌子转来转去，身材矮小的他屡次被一些男人的身体遮挡。他的声音有些怪异，类似金属拉成丝时发出的声音，这从他出生时就这样的，据说出生时没有哭声，是他的父亲打了他的屁股他才哭出声来的。这些都是传说。人们并没有见过他的父亲，也不知道他父亲是不是跟他一样，是个侏儒。关于白德贵的身世，没有人说得清楚。师傅的话具有一定的可信度，他说白德贵是个孤儿，父母早亡，他是看着可怜，就收留了他。人们对他的说法深信不疑，因为他曾经死了两个儿子，他如果再生一个儿子，悲剧很可能依旧。他收留白德贵，相当于收了一个义子。厂长在那个晚上喝醉了，办公室主任扶着他离开的那会儿，人们看到办公室主任的目光里有一股杀气，好像痛恨师傅邀请厂长参加喜宴，动机不纯。师傅也喝醉了。不知道为什么，他后来就稀里哗啦地哭了。人们都说，师傅一定是想起了他死去的两个儿子，如果他们现在还活着，今天的新郎或许就是他们。师娘扶着师傅离开时，目光里有些愤怒，好像痛恨师傅在这样的场面上丢脸。总之，那场喜宴，很多人都喝醉了。有笑着、哭着离开的，有骂人的不肯离开的，有趴在桌上睡着的，也有躺在地上撒泼的。父亲默默无语地收拾着。因为这些人几乎都是师傅请来的，他没有自己的朋友，一个都没有。从师傅带着他进锅炉房的那一天开始，就跟他说，他以后的活动范围就是这个锅炉房，不要跟人去交朋友，也不要跟人去多说话，只有这样，他才能活得更长。他一切都听师傅的。他没有理由不听师傅的，师傅手把手地教他烧锅炉，教他怎么看温度表，教他什么时候关炉门……父亲在那个晚上没有沾一滴酒。他不会喝酒。这也是师傅给他定的三十条规矩中的一条。

有一天，父亲的手与嘴合上了口琴。他是无师自通的。一个整天烧锅炉的锅炉工有一天吹出了许多优美的音符，这像是一个传奇。工厂里的人稀奇不已，尤其是那幢楼里的人们，他们时常带着孩子来听白德贵吹口琴。在夏夜，在虫鸣声里，在月光之下，他们坐在藤椅上、小马扎上，或者蹲在地上，他们瞪大眼睛。尽管他们的眼睛里容不下白德贵的身影，他们认为他出现在他们中间是没有必要的，但是他们陶醉于这美妙的琴声。他们鼓掌。他们惊呼。但是琴声总有歇息的时候。后来，男人们脚踏一地烟头似睡非睡，女人们忘了该在房间里点上蚊香，孩子们嘴角流着涎水睡着了，头枕在他们父亲的膝盖上。父亲闭着眼睛，浑然不知，他完全沉浸在了口琴的吹奏之中。他的演奏显得笨拙，因为他的手指短小，看上去，好像他的手指是粘连在口琴上的。如果他一动不动的话，就像一座雕像。

母亲也没有想到父亲居然能把口琴吹得如此之美。她从一个商店出来时，恍惚不已，她为自己会买一把口琴而迷惑。那只是她的一个即兴念头。她当时好像听到了歌声，不知道是从哪儿飘过来的，也许是从河里，也许是从树丛里，抑或是在屋顶上。总之，歌声来得莫名其妙，有一些不正经。她的身体因此而颤抖了一下。她用手抚摸了脸，然后走向柜台，买了那把口琴。她将口琴握在手里的时候，体温快速上升。

她离开商店的那会，心神荡漾。母亲不知道父亲吹奏的是什么旋律，似曾熟悉却又有些陌生，好像父亲自创的。尽管如此，但一股心旷神怡还是扑面而来。她目不转睛地看着父亲，还有父亲沾着煤灰的手，简直无法把它们联系起来。在傍晚，她睁大眼睛，发现最为粗糙的手抚住了光滑透顶的口琴，她想到了锅炉房，那个地方总让她觉得害怕，好像随时都会爆炸，都会埋葬她。她一走近锅炉房，就变得战战兢兢，额头上的汗珠密密麻麻，心跳也变得不同寻常。她用手背擦着额头上的汗，她发现自己忘带毛巾了。她对自己的这个失误有些不可原谅，就像她不可原谅自己为何会在这个锅炉房前一样。她讨厌锅炉房。在她的视线里，远处的一根进水管架在了空中，另一根管道则沿着河边蜿蜒向前。后来，这根输送热量的管道被改变了方向，从他们的宿舍楼前通过。她觉得两根管道和一间锅炉房构成了一个奇怪的图案。

好像一张网。

奇怪的人，奇怪的旋律，还有奇怪的夜晚。这一切就像一个梦境。母亲始终怀疑自己是否存在于这个梦境之中，她或许就是一个局外人。那个喜宴的晚上，她像个木偶。她没有一个女伴，当她坐在桌边的时候，感到了许多目光无情地射了过来。尽管她保持着平静，可内心早就波涛起伏了。她完全没有想到身边的父亲脸上的表情是那么的不知所措，就像一个未成年的孩子被硬生生推进了一个成人交际圈。她现在听着琴声，感到不可思议。她的手反复地擦着系在腰上的围裙。她甚至忘了饭已烧焦，熊熊火苗把锅底烧穿了，有一个拇指大的洞。

一年四季，在饭后，或者在闲时，父亲吹着口琴。他自编了许多调子。当他吹奏时，人们像被一股魔力诱惑了，他们纷纷停下手中的活，竖耳倾听。男人在这个时候会不失时机地点上一支烟，让青烟扭得麻花一般，或者吹出一个个浑圆的烟圈，让它们徐徐上升。女人训骂孩子的声音消失了，孩子们趁机像泥鳅一样溜走。他们的委屈早已不翼而飞，他们充满期望地冥想那个窗口。琴声从那个窗口飘出来，掉下来。父亲吹着，吹出了美好的生活；父亲吹着，吹出了对母亲的一腔深情；父亲吹着，吹出了他们的幸福生活。在他们婚后的一段日子里，母亲像所有天下的妻子一样，在夜幕降临的时候，听着父亲的口琴声，然后满足地睡去。

父亲的吹奏像是一处不会消失的古迹，以至多年后的白丽重新站在那块空地上，还能听到许多人的赞叹，他们说："他吹得太好听了，简直跟仙乐一样。"尽管那些人后来有的离开了人世，但她却仿佛看到了他们，在空地的某处占据着一个位置。生者和死者其实并没有多少差别，生者在世界上像死者一样，而死者却在另一个地方像生者一样。她无论是活着还是死去，命运永远就在某个角落站着，等待着她的臣服。她有一阵子特别相信命运，买了一堆关于阐述命运的书，什么根据掌纹揭示命运，根据脸型测算命运，关于生辰八字决定命运……她发现她的命运总是起伏不定，好像波涛中的一条船。她又看了佛学、哲学类的书，发现命运越来越无法测算。她后来发现，如果她相信这些书，那么她没有必要活着，还不如去死。这真是一件滑稽的事。她时常认为活着是一件无聊的事，至少有三次她想死，但是最后都没有死成，干脆说她根本就不想死。她有时候觉得自己无耻透顶，想着死，却不去死。

她抚摸着这些闪烁耀眼光泽的口琴，掉下了泪。她把这些口琴全买来了，一共有八把。她关了灯，房间变得黑暗，口琴在微微发亮，隐隐约约有响声，像是在轻声说话。她喜欢在这样的夜晚回忆一些以前的时光。她仿佛听到了小胖的呐喊声。他们最后一次见面是在小胖跳楼前的半个月。

赵眉毛越来越虚弱了，后来她干脆做起了另一项事业。她称之为事业。那就是开了一个婚姻介绍所。小胖父亲与那个女人见面的那天是个雨天。细雨绵绵，像雾也像网，将四周笼罩了。她记得小胖坐在楼道口，一脸寂寞地看着雨。他张大嘴，吸着空气也吸着雨丝。她走上楼去的时候，个子长高了许多的小胖站了起来，他可怜巴巴地说："我活不长了。"她以为小胖又挨揍了。因为她不止一次听说小胖这阵子像发了疯似的，他们父子俩成了仇人。小胖父亲曾经站在楼下破口大骂，那样子，就像一个泼妇。而小胖就趴在窗口跟楼下的父亲对骂。他们情绪激动地骂着，手指着对方，如果他们手里有枪，早就开枪了。只是人们不明白小胖父亲为什么不上楼去，把门关了。不仅仅是骂，就是打，别人也不好插手。眼前更像是一场表演，而观众就是楼里的人们。他们骂得精疲力竭，小胖父亲干脆坐在了地上，喘气。而窗台上的小胖，也是像狗一样吐着舌头。第二天，他们照常走在一起，勾肩搭背。仅仅过了几天，他们又表演了一次。这一次，他们是打。小胖手里拿着一把菜刀追他父亲，他们在楼下跑来跑去，直至小胖将手里的菜刀丢在地上，他们才都站着喘气。那把菜刀后来还是被小胖父亲捡了起来。他握着菜刀的样子不如小胖精神，小胖握着菜刀时，刀锋向前，一副所向披靡的样子，而他父亲握着菜刀，刀锋向后，明显是无精打采。

表演这个词是赵眉毛说的。她现在一副看透人间的样子，经常背着手在楼下踱步，好像在思考人类命运。她的婚姻介绍所没有生意，这很让她伤脑筋。她看了这两次表演之后，便将目光聚集在了小胖父亲身上。这个男人长得还算不错，国字脸，身材魁梧，以前是一车间的班长，现在则是另一家机械厂的仓库保管员。他虽然喜欢喝点儿小酒，但是下酒菜很简单，总是一碟花生米，从来没有买过猪耳朵。赵眉毛便上门去了。她的一番话勾起了小胖父亲的心事，她那天是拿着一碟猪耳朵上门的，估计让小胖父亲动心的还有这一碟猪耳朵。小胖父亲答应她，试一试。赵眉毛拍着胸脯表示，如果成功，她不收一分钱的中介费。

赵眉毛给小胖父亲介绍的女人是一个寡妇。他们在赵眉毛家，也就是完美婚姻介绍所内见了面。赵眉毛滔滔不绝地说着小胖父亲的故事。当然，很多内容都是她自己编造的，包括有一次一车间发生了一起事故，一名工人的手指被绞断了，是小胖父亲拿着这根断指赶到医院，交给了医生，医生说再差五分钟，这断指就接不上去了。另一件事则是关于锅炉房的白德贵的。她说有一次白德贵，也就是那个侏儒他突然昏倒在锅炉前，当时那锅炉的炉门开着，情况很危险，是小胖父亲在白德贵身上泼了一盆冷水，灭了这场就要闯祸的大火。寡妇听着，微笑着。她的左手始终搭在右手上，一动不动。小胖父亲终于发现了寡妇的秘密，她右手的食指好像是粗细不均的，也就是说，十有八九是断指接上去的。他有些沮丧。他死去的女人的双手可是健康的，漂亮的，虽然算不上细皮嫩肉，但却肉乎乎的，摸上去特别舒服。可眼前的寡妇的手却显得瘦，有点儿像鸡爪，更何况其中的一根手指并不健康。寡妇始终没有说自己的故事。赵眉毛对寡妇的了解也仅仅局限于基本情况，比如年龄、身高、工作单位，等等，那些生活的细部她并不清楚，基本上可以说一概不知。然而寡妇却喜欢上了小胖父亲。赵眉毛喜滋滋地将这个事跟小胖父亲说了，她说得唾沫横飞，嘴里的大蒜味儿令小胖父亲头昏脑涨。小胖父亲的一丝犹豫被赵眉毛给剔除了。他答应跟寡妇再见一次面。

这次见面地点换成了电影院。那个晚上，他们在电影院看了一场电影《寡妇村》。寡妇哭了。电影里寡妇的遭遇引起了她的共鸣。小胖父亲就喜欢上了寡妇。他们第三次见面的经历十分复杂，本来，小胖父亲计划是安排在自己家的。小胖这一关必须得过，他太了解小胖的性格了，他要是发起疯来，恐怕半夜三更会把他们俩都杀了。但是寡妇天生有洁癖，她的意思是去她家见面。小胖父亲去了寡妇家，他看到墙上挂着寡妇的男人遗像，他心里就开始慌张起来了，他不敢说话了，总觉得墙上的男人死死盯着他。寡妇的男人是个络腮胡子，那一脸的胡子简直就跟草原似的。小胖父亲打退堂鼓了。他逃跑了。全身虚弱的他站在楼下抽烟，他看到窗口的寡妇一脸忧郁。

赵眉毛给小胖父亲介绍的第二个女人是个姑娘，小胖父亲硬着头皮跟姑娘见面，他发现姑娘的脖子上有一块红色的斑点。起初他认为这是胎记。姑娘说话的语速极快，就像机关枪一样。她好像并不害羞。小胖父亲沉默无语地听着机关枪的扫射。赵眉毛提醒小胖父亲说，你必须表个态。他们第二次见面是在小胖家，姑娘依旧是机关枪似的，这令小胖父亲感到不快。他需要一个温柔体贴的女人，而不是一把机关枪。他们下楼的时候遇到了小胖，小胖仇恨地瞪着他们。小胖父亲战战兢兢地说："这是赵阿姨。"姑娘不乐意了，她大声道："我不是什么阿姨。"那个晚上，小胖饭不吃、话没说地坐在房间里。他手里捧着母亲的遗像。小胖父亲知道，从这一刻开始，他们父子俩将会变得水火不容。在小胖父亲跟姑娘第三次见面的前一天，小胖抱着母亲的遗像跳楼了。他在跳楼之前，做了一件事。他在家里的墙上写满了"我恨你"。小胖死后，小胖父亲就把赵眉毛的完美婚姻介绍所砸了。

那个闹哄哄的晚上。父亲第一次与母亲争吵。母亲刚刚从外面回来，脸上还荡漾着兴奋的红色，她在狭小的房子里来回走动，手臂挥动，似乎她是站在一个大厅之中准备演讲。她挥舞了一阵后终于去了卧室。父亲那天喝了酒。那天应该是他们的相识纪念日。事隔十多个年头父亲还清楚记着。从来不喝酒的父亲在那个晚上像一个快乐的孩子，红通通的脸，一桌子菜却都已凉了。

他们在卧室里争吵起来。母亲对着梳妆台梳理头发，擦去残缺的口红，没有理会父亲，她说："不要来烦我。"

那是一场灾难性的争吵，一些家具都落得支离破碎的下场，它们碎在地上。它们全是母亲打碎的，母亲像是要彻底毁灭这个家。

灯也灭了，日光灯管落在地上发出了巨大的爆破声，散布着寒冷的气息。父亲在那个晚上打了母亲。他是跳起来打的。他的身体在空中的那一刹那，他其实后悔了，但是他的手掌还是脱离了他的身体。当他收回火一样烫的手时，他的脸是极其痛苦的，像纸一样白。酒气消失得无影无踪。母亲在一阵不相信与惊愕后像只发疯的母老虎，尖叫一声扑倒父亲，又撕又咬。父亲像个木头人。母亲一边撕扯父亲的衣裳，一边骂道："你这个没用的东西！"

年幼的白丽捂住了耳朵。她什么也不想听。

母亲满足地站起来，重新手舞足蹈一番。可怜的父亲还躺在地上，鲜血从他的额头流淌下来，迷糊了他的眼睛。母亲像是一个彻底的破坏者，她得意洋洋，仿佛捉住了父亲的要害——放在木柜子上的口琴。她似乎已经遗忘了口琴的来历，似乎已经遗忘了她曾经被口琴迷得烧坏了一口又一口铁锅，她什么都不在乎了，她很得意地把它抛给了夜空。那个晚上天上几乎不见一颗星星。那把口琴在划向夜空时有一道耀眼的光，像一颗流星。从此，那把口琴消失了。父亲在那个晚上静静地坐着，看着窗外黑沉沉的夜，直至天亮。也就是那场争吵后一年，也是那个日子，父亲成了一只红虾。不知道这是不是一种因果。那一年中，父亲苍老异常，是灵魂飘散的一年。

她疲倦了。

那个声音又一次渐渐远去，依稀听到的正是它越来越轻微的足音。"你是谁?"现在只剩下自己问自己了。没有人会来拷问她。当没有人拷问她时，她觉得她已经失去了自己。所以，她得时常站在墙壁前，像等待黎明一样等待父亲的出现，然后又像审讯犯人一样让他拷问自己。父亲却越来越苍老了，他像个虚弱的人无法集中精神地面对这个逐渐让他陌生的世界。他的拷问显得失却了力量。她需要像刀一样锋利、像铁一样坚硬的拷问，切入肉中，痛彻骨底。父亲让她失望。父亲真是老了。一个人失去他的最爱后，能不老吗？父亲的锅炉都不见了；还有口琴，不知躺在哪个地方锈迹斑斑。他只能老了。

她从回忆中走了出来，发现墙壁上的父亲不见了。她叫唤着："父亲，父亲。"父亲始终没有回应她。父亲那张脸出现的地方，现在只有烟与水在流动。它们也渐渐淡去了。像一只鸟飞离了巢，像一只成熟的苹果落地，像一颗子弹消失在响声之后。

要走的，终将会走的。

梦二：

稻草人站在了旗杆上；老鼠像牛一样大；蚂蚁在埋怨这个世界不公平；声音像刀一样闪亮；人的模样不可辨了……

我站在一本书上，看到整个世界变了模样。我站在飞毯上，找不到我的眼睛了。我对着一个陌生人说："你看到我的眼睛了？"

他走开了。

我对着一个又一个女人说："你们看到我的眼睛了吗？"

女人们纷纷地站住了，她们把自己的眼睛取了下来，然后一只只地安在我的眼眶里。我以为我有眼睛了，但是，当我望着远处的时候，发现远处依旧是一群没有眼睛的女人。而我，也站在了她们当中。

后来，我身边的女人一个个地消失了。她们在走之前，又在我的眼眶里取走了她们自己的眼睛。我感觉自己越来越轻。当最后一个女人消失在我身边时，我像羽毛一样飘了起来。有一个声音留住了我。那是一个巨大的腹腔。它一张一翕发出声响。我钻进去的时候悄无声息，我躺下来的时候，感觉到一只手按在了我的头顶，是一只女人的手。好像一下子亮了。女人坐了下来，然后张大嘴，我便重新钻了出来，我站在她面前的时候，发现这个女人太熟悉了。

"母亲。"我叫了一声。

她却尖叫了一声，然后软绵绵地滑倒在地，仿佛因为恐惧。

第二章　潮湿的母亲

几个护士在打盹。当日的报纸摊在她们的桌面上，日子显得就像纸一样单薄。红色的指甲慵懒。一支圆珠笔掉在了地上，一面小圆镜镜面朝上在天花板上映出一个刻板的小光圈。

她在电梯门打开时，便感到了安静。她轻轻地走动，感到脚步同样地安静，仿佛地面铺着绵软的地毯。在这个医院，一切都是柔软的。她每一次来探望，总是把自己的双手合在一起，仿佛是在祈祷。

她推开了319病房。这是一个小间，窗户挡着铁栅栏。床上躺着一个女人，床位正对门。病人的脸被一块黑布蒙着。白天，她用这块黑布蒙着她的脸；夜晚，她也用这块黑布蒙着脸。黑布的料子很好，是柔软的金丝绒，那些筋脉一样的金丝在黑布中点缀与布网，像夜空中的满天星。病人很容易发怒，尽管是间歇性的。一旦发怒她便会用力地踢门，用玻璃杯砸窗。她已踢坏了三扇门，砸坏了八块玻璃。她还会用自己的头撞墙壁，一共有六次。每一次都显得惊心动魄，但是没有一次成功。因为护士们及时地将那块掉在地上的黑布蒙在了她的脸上。黑布蒙上了脸，她才会安静，仿佛她是一条鱼，而那块黑布却是一张网，挣扎也多余。

护士们已不止一次地抱怨了。她们说，病人很难控制自己的情绪。就这而言，她们对付的不仅仅是一个女病人了，而是一个相当野蛮的粗鲁人，她们付出了很大的辛劳。在她们的叙述中，她们每个人都有胆战心惊的时候，不知道自己哪一天便会香消玉殒。

不光如此，她们还必须团结协作。有的时候，她们三个人都按不住她，仿佛病人是一头发狂的非洲狮子。有的时候她会在她们的手臂上狠狠地咬一口，如果不是那块黑布及时出现的话。那将给她们带来巨大的灾难。倘若她们其中一人的手臂被咬下一块来，到时完美的手臂破相了，没有男人会喜欢一个臂上有伤的女人。

病人有时偷了她们的针管，扎自己的手臂。不知病人到底想干什么，想干什么呀。想寻死也不像。如果想求死，绝食是最简单的办法。病人只须静静地坐着，脸带微笑，甚至可以哼着小曲，就可以把生命一点点地送走。直到有一天，身体再也不动了，像坐禅的和尚一样。也许，病人只是狂躁。这种病没完没了地折磨病人，也折磨她们。这样古怪的病人她们还从来没有遇见过，在她们有限的职业生涯里，这个病人是最令她们头痛的，也最令她们手足无措。她们只能使用更多镇静剂。这种液体进入病人的体内之后，她们才得以喘息。当然，她们也曾经建议把整个病房装扮成黑暗的世界，这样省得整天蒙一块黑布，像个邪教组织成员俱乐部。她们说时脸上呈现厌恶与幸灾乐祸并存的神情。

她明白护士们的年龄喜欢快乐，而不是长时间安静与错乱。她有时会捎给她们一些小玩意，譬如一串手链、一个挂件，一只品牌小坤包、一块围巾，却也都是价值不菲的。偶尔她也给她们每人发点“奖金”。有一回，一名护士将一张在酒店吃饭住宿的发票递给她。她有些不悦，但还是给报销了。她们这样才可以在她不来探望的日子里，多尽一点责，少一点抱怨。当然，也只有这样，她们会团结一心，然后絮絮叨叨地说着病人的所有情况。她们深谙此理。

现在，看到病人在安睡，她心里很踏实。她想起刚才在一楼看到一个病人不顾女护士的劝阻，在拼命撕拉自己的衣裳，然后又解开自己的裤裆，把玩自己的玩意。他的样子就像死亡路上的一个勇士。当时，一个年轻的女护士蒙上了眼睛。病人是紊乱的，完全失去理智的。他的整个后背都是一道道红色。那可能是他的血。他后来贴着墙根，转头与她对视了一下，那是一双可怕的眼睛，让她霎时感受到冰冻的冬天。“来看呀，来看呀。”那个人摆弄着自己的玩意说。她逃离了。到电梯的门口时，她转头发现两个男护理把那个人拉走了。

母亲与他相比之下好得多了，这让她放心。她甚至想吁出一口气，让紧张全部松弛。从心底里讲，她很不情愿来到这个特殊医院。因为当她一旦踏进医院时，她就成了病人的家属。仿佛是这个集体的一部分，她可以想象当她走出这个建筑物的大门时，那些四面八方投来的目光都在猜测同一个问题。据她所知全市的精神病患者都会来这里治疗与恢复，但实事求是地说大部分只是治疗，他们将不再恢复了，他们中的一些将在这里死去。神经是敏感与脆弱的，好像头发上的跳蚤。他们无法逃出自己的心。她走了进去，适应了光线，才发现房间里很乱，还有一股莫名的类似硝酸的气息，像刚刚经历了一场战争。母亲像个战死沙场的战士一样躺在黑暗之中。她赶紧站在门口回头叫护士。

一个揉着眼的护士跑过来，看了她一眼后发牢骚：“她刚刚闹过，现在总算安静了，真是烦死了。”说完简单地收拾了凌乱的地面，把门重重一带，走了。

过堂风使得门轻轻晃动，发出轻微的声响。她听着门的余音走到熟睡的母亲身边，听到平和的呼吸声。刚才护士摔门的声响一点都没有惊醒她。显然，这扇门是特制的。她想起了第一次送母亲来这个病房时的那扇门。一扇脆弱的门，被母亲一脚踹坏后，露了内里的纸。一扇纸糊的门。母亲当时哈哈大笑，好像踹破了世界一样。之后便换了门。先是实木门，那种摸上去有纹理的门，它们原来是一棵树，现在成了一扇门。实木门最后毁于一起事件。那天，母亲突然要求离开医院，她用头撞门，撞得血肉模糊。当她接到电话，赶到医院时，母亲躺在了急救室，戴着氧气罩。抢救过来后，医生仔细地看着门，然后说，换门。之后换了这扇门。据说这扇门是一家厂特制的，从它安装上去的那一天起，母亲就没有再撞过门。因为门的外面包裹着一层黑色的海绵。

她凝视躺着的母亲，那块黑布在微微地颤动。精神病患者与正常人的唯一相同之处也许是在安睡的时候，呼吸没有错乱，脉搏那样平稳。或许梦境也是正常的，很难保证她现在是否在做梦。母亲像个远古的神婆，这样躺着是在作法。她想揭去母亲脸上的黑布。可是当她的手指触到那块黑布时，她犹豫了，她想母亲会不会突然醒来，然后狂呼大叫，又一次把地面弄得凌乱。在她发怒的时候，她不再是个女人了，她变成了一头野兽。而且母亲有警觉性。她已领教过许多回了。她记得有一回坐在母亲的床前，熟睡中的母亲突然跳了起来，高喊一声："打倒白德贵。"然后重又睡去。如果那张床没有微微地摇晃着，她会认为是自己的幻觉。她害怕出现幻觉，在这个世上，她只能清醒，不能有任何一丝幻觉，更不能有一丁点儿幻想。母亲有时候也会梦游。她下了床，手拿黑布绕着床转，一圈接一圈，好像永不会疲倦。终于，她停了下来，然后爬上床，盖上黑布。她躺的姿势标准，双腿抻直，双手放平，就像一棵放倒后的水杉一样。她在那一刻想到了死亡。母亲的这个睡姿就像死亡。她闭上了眼睛。

他是三弄街上一个貌似潘安的男人。据说他的双手比他的脸更有魅力，温热、柔软但又不乏刚强。他的祖先是北方人，三代之后，他诞生在南方这座城市。从小时候开始，他就是中心，就是焦点。他是学校的公众人物，也是老师们的宠儿。总之，他注定是一个美男子。三弄街的女人们看到他便觉得自己像是顿时被吸住了。男人像一块磁场巨大的具有魔力的柱状磁石，她们是附身的铁屑。她们总是奋不顾身，像飞蛾扑火一样。

姣好面容与苗条身材的母亲第一天看到那个男人时，便把一颗心一厢情愿地挂在了男人轻巧的手指上。她撑着一把伞在那个男人的门口徘徊。母亲的打扮像戴望舒《雨巷》中丁香般的女子。油纸伞接纳细细微微的雨，舒开着一个姑娘的脉脉情意。江南的雨一直在母亲心里发芽。那是春心的初次萌动。可他的生活中离不开漂亮女人，一如离不开一日三餐。他喝着旧时的花酒，油头粉面，四处招摇。他的房子里，终日飘着香水味，常令过往的行人抽动鼻子。房子位于三弄街的拐角，二层楼房，屋顶是红瓦，窗框上漆着绿漆。在阳光下，窗玻璃的反射显得特别张扬，令三弄街的拐角特别明亮。

窗户就是巨大的镜子。

那些窗玻璃会在某个夜晚被石头击碎，装上去不过半天的工夫。碎了，装上。装上，碎了。很多时候，人们常常会看到那个戴着帽子的安装工人站在窗前装玻璃，他一丝不苟。他因此娶了一位漂亮姑娘。漂亮姑娘嫁给他的唯一理由是因为他是这房子的常客。奇怪的是，安装工人娶了漂亮姑娘后，他就不再在窗户边出现了。他的徒弟，一位十六七岁的少年成了他的接班人。少年有些害羞，他始终低着头，专心地装着玻璃。他偶尔会回望一下室内，然后，他又低下头。那会儿，少年就像一个间谍。后来，少年离开了三弄街，他去了很遥远的地方。

这是命运。

那个男人喜欢说这么一句话。他每次说这句话的时候，总是一副懒洋洋的样子，仿佛命运于他而言，就是这么松松垮垮。那时候，女人们心里只有浪漫，只有爱情，她们还不知道接下来的那些年金钱的魅力将远超一切。她们目光短浅。不得不说，他天生就是一个感情专家。他对每个女人都有一套高明的理论与手段，甜言蜜语滔滔不绝。她们常常像受宠的鸟一样在他的怀里簌簌发抖，那都是一番钻入心中的甜言蜜语发酵后的反应——陶醉。他把她们轻而易举地征服，然后又随意抛弃。很多女人为他泪水长流，死去活来。种种传闻落入母亲的耳中，母亲并没有因此擦亮眼睛。披着羊皮的狼不可能会在城市出现，它只是在草原上游荡。况且，虚荣心强烈的母亲需要被征服者，她一旦征服了他，那么她就是众山之巅。在一颗跳动不安的春心驱动下，母亲明明知道那是一只甜美的裹着毒药的馅饼，她还是毫不犹豫地吞了下去。

在一个雨夜，母亲把最初的身体奉献给了他。她甚至为他跪下来，亲吻他的脚趾。她以为这样也许可以拴住他的心。她憧憬着有一天他会娶了她，然后生活在诗情画意之中。她心想他就是一个远古的贵族，而她将是他生活中的仆人。她心甘情愿。那个晚上，她又一次听到了玻璃被击碎的响声，她走向窗户，用她少女般柔弱的手安装玻璃，仿佛是要捍卫她的领地。碎玻璃划破了她的手，鲜血流淌。那男人抽着烟，望着她，好像这只不过是一个平常的故事。母亲强自镇定，安装了一块玻璃。当她安装第二块玻璃时，传来了敲门声。他披着衣服去开门，一股香水味顿时弥漫在房子里，这股香水味特别浓郁，将所有的香水味覆盖了。母亲震惊了。灯光下，他们根本无视她的存在，他们热情接吻。母亲再也装不了这块玻璃了，她将玻璃丢了下去。砰的一声。夜晚的地面被重重地击打了。母亲知道她从此再也不能进这个房间了。因为那个接吻的女人向她竖起了中指。

那个男人最后娶了另一个女人，一个三弄街上的女人们都没有见过的女人。她从城市的深处而来。她会弹钢琴，每天晚上，三弄街的拐角处便响起悠扬的琴声。琴声就是最好的倾诉。无论是姑娘们，还是女人们，她们都知道琴声一响，她们就成了那消逝的音符。

母亲伤心透顶。在那个男人的洞房花烛夜，母亲像林黛玉一样痛哭，她的理想生活破灭了，她泪水涟涟大声地叫着那个男人的爱称——宝儿，宝儿。母亲曾想离开这个世界，从那个房子的二楼上跳下来，就像她扔玻璃一样。但是，那个男人很快就搬走了。那扇门加了一把大锁。母亲走不出这样的痛苦。一个清晨，她站在了火车站台上，准备结束自己。她像任何一个准备殉情的女子一样对自己不久的死充满着悲壮。她觉得这是一种伟大。如果当时响起一首悲壮的歌的话，她一定会踏准节奏。她穿上了他们初次见面的一身洁白衣裙，一双丁字皮鞋，一把油纸伞。在她胸口还贴着一封信，是写给那个男人的，是爱的遗书——这封信她保存了很多年，后来在小女儿失踪的那一年撕了。她想等她死后，那个男人会捧着这封信大哭一场，会跪在她的墓前磕头忏悔，会为她献上一束花，说不定他悲痛之余还会与她一样殉情，他们会像梁祝一样双双起舞。她被想象鼓舞着，想象怂恿着她。她似乎没有想到如果她真的殉情于滚滚车轮，整个人就将是血肉模糊了，那些忧伤的文字将毁于一旦谁也分辨不出。她没有那种涕泪俱下、痛不欲生的表情。她只是不安，像是有只跳蚤在她身上爬。她走来走去。她在等待那列快要进站的火车。她不停地踮脚眺望。

年轻的父亲便在那个时候出现了。他从煤场回来，还来不及洗一把脸。师傅让父亲去火车站接一个人，是师傅的亲戚，她叫罗英。父亲高举着一块纸牌，在出站口张望。遗憾的是，他没有接到罗英。他好不容易说服火车站的管理员，走了进去。他挥舞着纸牌，心想或许罗英会看到。师傅只告诉了对方叫罗英，并没有说清楚罗英长什么样，多大年纪。父亲的纸牌被另一个管理员没收了，他训斥父亲这是存心要捣乱，如果不是看在他个人情况特殊的分上，会扭送他去车站派出所。没有了纸牌的父亲基本上就抓瞎了，他看到一个女人就上前去问——你是罗英吗？但是，她们都很厌恶地避开了。父亲后来才明白，她们是把他当成车站前乞讨的胖子侏儒了。那个胖子侏儒很多年前就在车站前乞讨，他还会化装。有时候在脸上画几道血痕，就跟真的一样。要不就在手背上插一把刀子。总之，他把裸露在外的部分身体当成了试验场。

罗英没有出现，这意味着父亲无法向师傅交代，这违反了三十条规矩中的其中一条：师傅让做的事，必须做到。他着急却无计可施。这时候，母亲进入了他的视线。他起初以为母亲就是罗英。但马上排除了这种想法。母亲看上去的样子绝对不是在找人，而是在寻找火车。这个年轻女人神色恍惚，艳阳天带一把厚厚的油纸伞，不伦不类。她像个无头苍蝇一样转来转去，嘴巴一开一合念念有词。他怀疑这是一个离家出走的女人，一个脑子有问题的女人。也许家人正在寻找她，贴了无数张寻人启事，也许广播正在播着。反正，他注意了她，样子有点像小偷盯上了目标。他们相距有十来步。他想上前跟她说一句话："火车危险。"可是他还没有与女人说话的经验，除了师娘，一年之中，他跟师娘说的话加起来也不会超过三十句。他看过许多女人，背面，侧面，乃至在夏天看到女人裸露的肩、腿，甚至肚脐眼。那种与生俱来的害羞感让他没有这个勇气。他没有任何经验。师傅没有教过他如何与漂亮女人搭讪。他是一个老实的人。在他的生活中，女人基本上还是一个空白的称呼，一个没有感性的物体，一个复杂而神秘的东西。尽管师娘偶尔露笑脸，跟他说上几句话，但他心里明白，那是因为师傅的面子。师傅曾经骂过师娘，说她整天板着一张脸，不把德贵当徒弟看。进入锅炉房之后，他几乎就没有接触过女人，看到她们他只会脸红，只会逃。况且他平时说话就木讷，与这个女人说话肯定木讷一百倍。但他当时却有了一种预感。真的，她是一个危险的人。他在心里说。他没敢在邻近的水龙头下洗那张黑脸，怕她一不小心会消失在他的视线外。他用手臂简单地擦了一下脸，把湿在脸上的雾驱走，他发现她似乎有一个预谋，而这是一个危险的预谋。

他离她越来越近了。就在火车豪情万丈汹涌奔驰而来时，就在她擦了一把刚涌出的泪，像只蝴蝶一样准备纵身一跃把这个危险的预谋实施时，父亲一个箭步紧紧地抱住了她，父亲的整张脸贴在了母亲的背上，在母亲洁白的衣裙上印了一个黑色的印，正好一张脸那么大。他用足了气力，让她动弹不得。父亲说："你干什么！

好端端地干什么跟火车过不去?”

母亲挣扎着说:“你是谁? 你放开我,我活着已没有了意思,让我死。”

父亲越加抱紧了母亲。他的猜想完全证实了。他说:“你不能死。”

“谁说我不能死? 我就要死给他看!”

“你不能死,死了就没办法活过来了。”

“你放开我。让我死!”

“有什么想不开的,非得死呢?”

“你这个混蛋,无赖,你放开我,放开我。”

“我不会放开的。”

……

父亲在那个时候变得相当机智,他仿佛顷刻之间已换了一个人。他对自己能如此精彩对话惊讶不已,这个寻死的女人有一股令人迷醉的体香,她的背部更有一股天生的温暖,他觉得整张脸像被浇了一层热油,他心里涨潮了。他很想告诉这个女人,她要是死了,真的是世界上最令人伤心的事了。他在这一刻忘掉了那个罗英。他眼里只有眼前的她。没有人对他们的这种纠缠感兴趣,奇怪的是那个管理员也是远远地站着,不肯走过来。此时的火车慢慢停了下来。旅客下来,上去,一片乱哄哄。父亲还是不敢松手,他怕母亲等下会用头去撞火车的头。只要一下就行了。

“喔! ……”火车走了。轨道空了。

站台上的人变得稀疏。母亲渐渐平静下来。她对父亲说:“你放手。”

父亲坚决地说:“我不放手,一放手你就又那样了,下一列火车不久又来了。”

“我那样了跟你有什么关系?”

“我一放手,我就成了一个罪人。”

“你放手,再不放手,我便咬舌自尽。”

父亲怕了,便放手了。

母亲看了父亲有一会儿,说:“你为什么要救我?”她看到父亲的脸的外圈是黑色的。她没等父亲回答便哭着扑入了父亲的怀里。事实上,母亲的身高远远地超过了父亲。她扑入父亲怀里,意味着父亲的脸正好对着她的胸部。父亲幸福得全身哆嗦。母亲在他怀里哭泣,后来哭声越来越低,当她止住哭泣抬起头时,发现那个管理员正抹着嘴巴上的口水。父亲傻傻地笑。父亲没有想到真的会有这么一天。不久前,师傅带着他去算了一命。那个瞎了一只眼的算命的人说:“你以后娶媳妇不用愁,有一天会自动送上门来的。”没有梧桐树,哪来凤凰栖?父亲当时不信,自己长没长相,家里又没老底,而且还是一个孤儿,幸好有个师傅照顾着他。有谁会这么心甘情愿嫁给一个矮子?他从来都不愿意承认自己是个侏儒,他喜欢“矮子”这个词。但是父亲在抱住母亲的那一刻,信了,完全信了。

师傅听了父亲的叙述,并没有痛骂他。师傅说,罗英已经走了。师傅说得轻描淡写。父亲的脸上依旧洋溢着春光。他忘不了在火车站的那次艳遇,简直就像一场大地震一样令他刻骨铭心。过了半个月,师傅带着他去相亲,他发现居然就是她。那一刻,他欣喜若狂,好像全世界最幸福的人一样。她对父亲的出现并不显得惊讶。师傅显得胸有成竹,他介绍父亲的情况时,特意说到了一件事。他说父亲还有一个亲戚在外地,那个亲戚无儿无女,但是却有一幢房子,以后亲戚死了,这幢房子就归父亲所有了。父亲第一次听到这件事,他吃惊地看着师傅,发现师傅的目光很清澈。回到锅炉房后,他与师傅都沉默不语。他心里有许多问题,但师傅却在抽烟。三十条规矩里有一条便是:不许问师傅许多问题。他把这些问题都咽了下去。他努力地想着接下来的日子,他怎么跟她在一起。他突然想到了火车站前的胖子侏儒。他也是有一个女人的。那个女人既高又瘦,就像一根竹竿似的。她很听胖子侏儒的话。有一回,她还背着胖子侏儒走过火车站前。既然胖子侏儒有这种待遇,那么他这个矮子理所当然会拥有这份感情。他很珍视这份感情。虽然那天相亲几乎全是师傅在说话,他一句话也插不上。师傅抽了一会儿烟后,站了起来。他拍拍双腿,然后走了。他望着师傅的背影,心想师傅以后会跟他说的,他为什么会突然冒出来一个亲戚?他对这个素未谋面的亲戚有着一种天然的好奇,总觉得这个亲戚跟自己的命运息息相关。他心想师傅有时候会带着他去火车站前,就那么站上一会儿,什么话也不说。他们寂寞地站着,看着出站与进站的人们。然后,他们就一声不吭地走了。师傅似乎有许多秘密,但却从来没有透露半个字。

当父亲母亲在喜宴上各怀心事的时候,父亲还一厢情愿地认为,那次他们的拥抱是命中注定的。父亲以为从此他抱住了母亲的一生。后来的事实证明,他抱住的只是母亲的不完全的身体,近似于一个空壳,母亲的心根本就没有被他捧住过。母亲的心其实早就随着火车开走了。

母亲与父亲平静地生活了十多年。这十多年里,也发生了许多事。师傅突然病了,这是一件大事。师傅那天告诉父亲,他病了,活不长了。他说话的时候,用手轻轻地抚摸了一下父亲的肩膀。以前,师傅总是抚摸父亲的头,但自从父亲成家后,他就只抚摸他的肩膀了。关于父亲的那个亲戚,师傅说其实就是罗英。几年前,他让父亲去火车站接罗英,不是父亲没有接着,而是罗英不想与父亲见面。罗英随着人流出了火车站,她站着静静地看着举着纸牌的父亲。她不愿意跟他见面。她后来上了火车,又走了。师傅说到罗英的时候,眼中含着泪水,他的咳嗽在这会儿也变得富有节奏。

师娘突然骂人了。以前师娘无论如何是不会骂人的,哪怕有什么委屈的事，她都憋在心里。但是这几年她学会骂人了，而且见了什么人都骂。她纯粹是在骂这个世界。偶尔，她会来锅炉房，像个上门来寻仇的人。她狠狠地瞪着父亲。父亲以为是正月初一不去拜年的缘故。成家后，母亲对父亲每年正月初一去师傅家拜年感到不悦，这并非因为去拜年要带礼品的缘故，而是因为母亲不喜欢师娘。她们几乎不说话。师娘见了母亲，一脸厌恶，好像见了妖怪似的。母亲见了师娘，则是冷若冰霜。她们天生就是两类人。父亲在权衡利弊之后，选择了听母亲的话。师傅并没有为此而生气，相反，他喜欢在正月初一这一天来到父亲家，独自坐在小桌子边喝酒，父亲的任务就是站在师傅身边，倒酒。师傅从上午喝到下午，他始终脸上挂着微笑。白丽出生的那一年，师傅在正月初一那天喝多了，他说这是一个新的开始。当白丽的妹妹出生的那一年，师傅在正月初一这一天又喝醉了。他回去的时候，在半路上摔了一跤，并住了院。也就是这次住院，医生检查出了师傅的病，是绝症。

其实，生下白丽后，母亲的生活又开始滑入了原先的那条轨道。那条轨道一直没有生锈，它在母亲心里伸展着。十多年的平静生活只是一个假象，母亲似乎从来没有心甘过，平静只是她对自己的一种制裁和惩罚。她强逼自己面对琐碎而又平常的一切，强逼自己承认有这么一个烧锅炉的男人，他是个矮子，她从他的身体上闻到煤和汗液的混合气息，那些在地底下埋了几千年的乌黑的东西散发出一股极为浓郁的气味，像某种药水。而汗液则有一股衰败，无穷无尽的衰败的气息。

她有一天走进了一家商店，闻到了香水味。她呆若木鸡，直至她的鼻子不再敏感。她失魂落魄地离开了商店。她慢腾腾地走着，最后她捂着脸无声地哭了。那个晚上，她失眠了，耳边响着无数个陌生的声音。她打亮了灯，坐在窗前，用手抚摸着那块玻璃。她听着锅炉工熟睡中的呼噜，看到那双开裂的干燥的手搭在她光滑的腿上，再仔细些可以看到他粗粗长长的鼻孔毛黑乎乎的，至少沾了一两煤灰。她闭上了眼睛。她想对这一切认命，但却那么艰难。她对着窗玻璃无声地落泪。凌晨的天空总是那么单纯，好像处女的身体。她总是整夜无法入眠。小床上的女儿嘤嘤一声。这好像某种提醒。母亲擦干了泪水，摇摇晃晃地走到小床前，凝视着熟睡的女儿，一滴泪水滴在了女儿的小脸上。

那时，天亮了。

从那一天开始，母亲开始了再一次多愁善感，仿佛找到了另一条河流。在某天的中午，一声惊雷一场暴雨之后，仿佛有什么东西牵引着她。她大口呼吸，仿佛燕子河里的鱼。她恍惚不定地站在窗前，看着那遍地流淌的水，眼泪汩汩地涌出来。

她家所处的是第三宿舍区。第一宿舍区是厂领导的宿舍区，房子面积是最大的。第二宿舍区是中层干部和班组长居住的。第二宿舍区是最奇怪的宿舍区，中层干部，包括车间主任和各个科室的科长和主任，以及享受中层待遇的干事，他们自认为高人一等，常常与班组长们保持一定距离。据说，他们在宿舍区里是从来不打招呼的，哪怕就是散步，中层干部们永远不会跟班组长走在一起。班组长心里憋着一股气，他们在单位里是搞不过中层干部的，但是在宿舍区他们才是老大。他们都是技术工。门窗坏了，管道堵塞了，换玻璃，上油漆，修自行车，等等，对于他们来说只是小菜一碟。有时候，他们会捉弄这些高高在上的中层干部，自行车轮胎上扎个钉子，锁眼里塞根火柴等，这些都能让他们所痛恨的人手足无措。那时候，他们好像才捡回了尊严。但是一走进单位，他们就得经受中层干部们的指手画脚，就得服从命令。

第三宿舍区是这个厂的“贫下中农”。母亲知道这三个宿舍区，只有第三宿舍区里是最热闹的，吵吵闹闹那是家常便饭。第一宿舍区内绿树成荫，第二宿舍区内道路整洁，只有第三宿舍区最脏也最乱，而且几乎每隔一阵子，都会听到自行车被偷走的消息。在这个厂里工作的人，很少有人会向往第一宿舍区的生活，他们羡慕第二宿舍区的人们。中层干部不用说了，他们手里或多或少有点儿权力。而班组长们基本上都有徒弟。第三宿舍区的他们什么都没有。当然，锅炉工父亲就更不用说了，一无所有。母亲很想让父亲收一个徒弟，至少她也可以被人叫师娘，她也可以享受正月初一这一天。但是，父亲从来没有对这个问题下过结论。父亲不吭声。哪怕母亲逼着他，他也不说话。他想他毕竟不是师傅，师傅收了他做徒弟，那是因为师傅有一颗爱心，师傅怜悯他。而他没有资格去怜悯别人，因为他是个矮子。

母亲像个从记忆中走出来的人，时常面对着寂寞的单调的门发呆。那是一扇孤独的门。陈旧与衰败遍布门的里里外外。在这幢楼里，全是这样的门。它们开始慢慢衰老，风总会从门缝里钻进来，然后发出呜咽声。这扇门关不住任何秘密。有时候，她走在楼道里，便听到了议论声，窃窃私语。一般都是女人们躲在门背后嚼舌头。她们嗑瓜子的嘴在门背后窃窃私语是最合适的。她像个木偶一样上楼，下楼。来自陌生地方传来的呼喊声像勇敢的士兵们一样占领了她的双耳。在她的脸上，那一双耳朵失去了活力。曾经，她可以听到楼下某个房间里的男人的喘息声，也可以听到楼后的燕子河里的鱼跃声。她沾沾自喜，觉得这是上天赋予她的能力。现在她突然丧失了这个本领，她一点儿也不沮丧。

傍晚，残阳掉下来的一抹红涂在她的脸上，她的整个身体被网在了这红色之中。像一条无法再自由游动的鱼。下雨的时候，她像个落魄的人，站在雨中长时间地不动。许多个脑袋从各个窗口探出，他们大张着嘴，感觉到丝丝寒意。他们对着他们的女人或者男人说："白师傅的女人有病。"雨把她从头到脚淋得浑身湿透。头发长长地搭下来，蒙住了她的脸，脸上全是水，也不知全是雨水还是混杂着泪水。

赵眉毛有一回走到了母亲身边，她打听到了一个惊天秘密。

这个秘密似乎跟父亲有关。她有一种冲动,想把这个不知真假的秘密告诉母亲。但后来她终于还是走了。她觉得如果这个秘密是假的,那么母亲会非常痛恨她。痛恨是一件很痛苦的事,不仅痛恨者痛苦,就是被痛恨者也会感到痛苦。赵眉毛后来并没有机会跟母亲说这个秘密,因为不久以后,她被汽车撞死了。

母亲厌倦了这样的生活。她在一个雨天离开了家,她什么也没带,像个轻装上阵的战士,她的两只手一前一后地摆动,显得轻快与生动。她甚至连门也没带上,让年幼的白丽发呆地坐着。然后在两天后的又一个傍晚她回来了。天已晴了。最后一缕阳光一路跟着她,越来越泄气。她回来的时候整个身体像是轻盈许多。走路的时候,她简直是在跳。她的膝盖一顿一顿的,身子像一只鸟一样准备展翅。她的脸显出从来没有过的红润。她的身体奇迹般地丰润起来。到了房子前,她所有的欢喜不翼而飞。她犹豫了一会儿,才垂头丧气地进来。那时候房子里空荡荡的。父亲带着白丽去了锅炉房。他在规定的时间内是无法离开锅炉房的。母亲坐在窗前,重新梳着头发。她发现这个宿舍区里的人们好像一下子变得衰老了。

师傅上门来,这是令母亲没有想到的,至少她感到了意外。很显然,师傅知道了母亲的短暂失踪。他不再是以前一脸精神的师傅了,而是变成了一个典型的病人。他瘦得有些可怕,那张曾经红光满面的脸变成了一块暗淡的皮,这块皮无可奈何地粘在头骨上。他说他轻了 30 斤。他说话的时候,咳嗽声不断,偶尔还有血痰。他说他活不长了。母亲平静地坐着,一副懒得说话的样子。师傅又说到了父亲的亲戚,他说以后亲戚死了,这房子就归德贵了。母亲突然变脸了。她讨厌师傅旧话重提。师傅好像看透了她的心思,便又说,如果有一天自己和师娘都死了,他的房子也归德贵了。母亲心动了一下,她并不像市侩的女人一样,眼里只有财产。师傅看上去离死不远了,不是今年就是明年。而师娘长年都是一副病恹恹的样子，说不定会赶在师傅之前死去。死，总是出乎意料的。母亲突然想到了自己的父亲，他死的时候手里还抱着一个酒瓶，她以为父亲睡着了，结果却是死了。师傅后来就不说话了。他沉默无语地抽烟，医生的话在他看来都是废话，他不想在死之前还戒烟。

师娘上门来的时候，依旧板着脸。师娘的理由是来搀扶师傅回家的，但母亲知道她是来看笑话的。师娘一直对母亲耿耿于怀，她痛恨母亲把正月初一这个日子生生地抹去了，好像一年里根本就没有这一天。心有触动的母亲被师娘给激怒了。因为师娘说了一句话："你不要得寸进尺。"师娘这句话的本意是告诫母亲别欺侮父亲了。虽然师娘并不喜欢白德贵，但是她更不喜欢母亲。之前师傅所有的意味深长在这会儿被师娘的一句话全部颠覆。师傅连声咳嗽，脸涨得通红，好像再咳几声他就要倒下了。母亲瞪着师娘，她很想咬师娘一口。师娘在师傅的背上拍了几下，搀扶着师傅走了。

在楼道口，他们遇见了父亲。父亲背着睡着了的白丽，她的一条手臂在空中荡来荡去。师傅流泪了。在昏暗的楼道灯下，父亲看到了一个虚弱至极的师傅，他全身上下失去了师傅的威严，失去了往日的气场。他现在就像是一个值得同情和怜悯的人。他们没有说一句话。父亲听着师傅下楼的脚步声，就像踩在云端一样。他知道师傅失败了。父亲在这个世界上只有师傅才是亲人，师傅所说的那个叫罗英的亲戚他至今没有见过，他不知道在哪一天才会见到罗英。父亲把母亲失踪跟师傅如实地说了，他记得师傅当时很愤怒，好像要把母亲活活掐死似的，但后来师傅就变得软弱了，他说他会想办法说服母亲的。父亲认为师傅总是有办法的，这么多年来，师傅就是他的庇护神，他的人生轨迹是师傅规划的，也是师傅决定的。包括他女儿的名字也是师傅取的。师傅说是个女孩，那就叫白丽吧。但是，师傅却出人意料地败了。

师傅的失败给父亲造成了很大的压力，他安顿好女儿后，不知道接下来该怎么办了。母亲顾自睡了。她的呼吸有重有轻，显示她并没有睡着。父亲有些紧张地坐在了床沿。他的臀部正在慢慢地下滑，仿佛要离开这张床。母亲坐了起来，怒火还在脸上。她诘问父亲为什么要这么做？父亲竟然哑口无言。母亲发现父亲根本就不是自己的对手，于是，她心里对他的那种轻蔑快速上升，瞬间到达顶峰。父亲依旧沉浸在师傅的失败之中，失败是会传染的，师傅失败了，他这个徒弟的下场肯定只有失败。母亲惩罚父亲的手段就是让父亲睡在这个房间外面。至于外面具体是指哪儿，母亲并没有说。父亲选择睡在了房间门口。他头朝着房门，脚朝着燕子河。他以为母亲这样惩罚了他，便会结束这场事故。他认为这是一场事故，就像锅炉房里的锅炉上那只显示温度的表坏掉了，然后修一下就好了。父亲太天真了。后来，父亲一直埋怨自己，他应该在母亲第一次短暂失踪之后，就彻底封死这条路的。其实他有办法，换句话说，他有高人指点。因为他现在有一个朋友，那就是火车站前的胖子侏儒。

胖子侏儒成为父亲的朋友是因为一次偶然事件。胖子侏儒的女人居然逃到了第三宿舍区，躲在了小胖父亲家。这真是一件奇怪的事。小胖父亲自从小胖死后，就完全变了一个人。他独自生活，有时候总嚷嚷说要去外地，说小胖十有八九逃跑了。他有点儿精神错乱。傍晚，他就在火车站闲逛，一副准备随时离开这座城市的样子。胖子侏儒的女人那天跟随小胖父亲到了第三宿舍区，她央求小胖父亲收留他。小胖父亲居然答应了。他们坐在桌边喝酒。胖子侏儒的女人趴在桌上就睡着了。第二天一早，小胖父亲觉得女人打扰了他的生活，使得他的梦变得很复杂，于是就要赶她走。女人苦苦央求。小胖父亲终归是个善良的男人。女人又住了一个晚上。世上没有不透风的墙，这件事很快传遍了第三宿舍区。人们对这个女人的好奇超过了对小胖父亲的谴责。尽管女人整天躲在房子里,可她却逃不过门缝和窗缝里的偷窥,那扇门被小胖踢过无数遍,那扇窗被小胖父亲拍打过无数遍,那些缝隙足以看到室内的一切。有人认出了这个女人,就是火车站前的那个高个子女人。

很快,胖子侏儒找上门来了。他走得慢腾腾,全身上下的肉抖动得很缓慢。女人躲在小胖父亲的身后,簌簌发抖。小胖父亲的英雄气概完全爆发了。他完全轻视了眼前的这个肥胖的侏儒。结果,胖子侏儒让小胖父亲吃了大亏。他向小胖父亲泼了辣椒水,小胖父亲捂着眼睛,躺在地上来回打滚与惨叫。那个时候,父亲刚刚回家,他听到了三楼的动静。他认出了胖子侏儒,他现在正在训斥女人。女人连大气都不敢喘。父亲听了一会儿后,发现胖子侏儒正是个天才,他说话的声音不响,但调子很高。他说女人的这次私自外出损害了他们之间的感情,作为她的男人,他必须要让她长长记性。他让她跪了下来。他扇了她两个巴掌。女人服服帖帖跟着他走了。父亲莫名其妙地跟着他们走了一段。胖子侏儒转过身来,跟父亲握了手,然后说了一句话:“有困难找我,没有解决不了的事情。”父亲认为胖子侏儒说的是真话,他可以统治高个子女人,也可以打败小胖父亲。他的确有本事。

从此,母亲每隔几天便消失一回,然后又奇迹般出现。没有人知道她去了哪儿?这座城市有太多的地方装满秘密。她的短暂消失只是证明她在另一个地方出现。她有第二个家的传言在这幢楼里蔓延。这是一件令人兴奋的事,尤其是那些女人空闲、无聊的时候,她们的神经像是突然被一只大黄蜂蜇了一下,令她们手舞足蹈。她们三五成群,不停地描述着母亲的不间断失踪。终于有人开始尾随母亲。母亲到了三弄街拐角处的房子前,开了那把锁,把门关上了。尾随者将耳朵贴在门上倾听。一阵凌乱的钢琴声,好像有人胡乱地按着琴键。尾随者的倾听没有结果。于是,出现了更多的尾随者。她们成群结队,仿佛是去赶集。母亲知道她们就在身后，她不会回头，她昂头挺胸走过街头。尾随者们聚集在门前，用她们的耳朵倾听。照例是凌乱的琴声。她们猜测房子里有一个男人，他手把手地教她弹钢琴。她们甚至不太明白那么昂贵的钢琴有什么用，不如换成存折上的数字更好，或者换成天天红烧肉、老鸭煲。她们离去的时候，个个愤愤不平。这样，在这幢宿舍楼里每天都会有新故事的版本在流传，从母亲到钢琴，到那幢房子、那个男人，最后又回到钢琴。

不久，母亲生下了妹妹。但是她并不因为妹妹的诞生而失去她的那份自由，她让妹妹独自一人躺在床上，在妹妹脖子上系一只盛满牛奶的奶瓶，妹妹饿了便会自己摸索着吞咽与吮吸。而母亲却耸动着鼓胀的乳房离开了家。她回来的时候，妹妹的咿呀声像一首轻微的歌谣在房间里悄悄扩散。她有时静静地凝视着这个弱小的身体在草席上爬行。稀而黄的头发杂乱地搭着。她想起来了，她几乎没有给她梳过一回头。她走近这个小东西时，一股混合着汗液的酸臭味扑面而来，这是妹妹声嘶力竭之后的产物。她把妹妹放进那只红色的洗澡盆时，发现自己的手是麻木的。她加着热水，丰富的水汽如同无数烟齐齐升起而又消逝。后来，她听到了妹妹的尖叫声，她把手伸入水中同样发出了尖叫。滚烫的水。

她在一个晚上回来的时候，喝了许多酒。她坐在陈旧的沙发上，把一条修长的腿搁上沙发边沿的扶手。她打扮得有些妖艳，红色的裙子像一块地毯。她有点语无伦次。但在一个接一个酒嗝后，她又显得相当清醒。她甚至说起了她少女时代的梦想，姑娘的憧憬。这一切对父亲而言都是陌生的。她忠心耿耿地守卫着自己的秘密。

父亲容忍了她的沉默，父亲从来不问她的过去。父亲以为她的过去只是过去了。父亲以为每个人都有过去，在过去里每个人都会犯一些错误。他没有吭声，甚至装作不知，他想她的过去已经死亡了，不再复活。父亲在她神秘失踪的那些天里一声不吭。他对着锅炉一动不动，他的头发霎时白了一半。父亲只是低着头。

终于，她所有的秘密从她自己的口中滔滔流出……她清醒的时候看到父亲像个雕像一样坐着。她的两个女儿正惊恐无比地看着她，眼睛里流露出惊人的可怕与非常的不信任。她们已经能简单地分辨正确与错误。她们童真的心学会了颤抖。她是她们的母亲，尽管她并不称职与合格，甚至可以说是耻辱，但她们的心跳她能感觉到。她明白她无法再继续守着这个秘密，她也不想再守着这个秘密了。她说她还爱着那个男人，那个男人也同样爱着她，并不因为她生育了两个女儿而觉得她容颜已衰。他居然还记得她的生日、腰围，她最爱穿的是红色露膝短裙。他们在一起很快活，她根本离不开那个男人，无论怎样。父亲像被电击了一样摇动了一下身子，连一句愤怒与反击的话都没有。他的头低得要碰到地面。父亲觉得全身的骨架正在跳动与吟唱，它们非常努力地撞击他身体上所有坚强的地方。父亲在那个晚上去了锅炉房。他宁愿睡在那个弥漫烟与水的地方，也不愿看到这个没有羞耻之心的女人，或者听到她的半点声响。

母亲对父亲的这种无声的抗议显得很不以为然。她不再是锅炉工的妻子了，她不再是两个孩子的母亲了，她是一个纯粹的女人，仿佛是完全独立的，包括精神上的放荡与肉体上的纯粹。在她心里，父亲只是一个无关紧要的人，一个只会勉强养家的木讷的男人，一个不能让她感受一点爱的男人，一个永远不会有出息的人。她甘愿使用自己的身体，用它去做她想做的事。她显得极端个人主义。没有人能对她说什么了，或者指手画脚了。即使她的父母活着，也不能这样。

师傅和师娘他们再一次来家，此时的师傅好像灯油燃尽，他每说一句话都会极其痛苦地咳一阵。至于师娘，她除了板着一张脸，没有别的办法。他看着父亲。他们用目光交流，静默无声，只有房间里母亲的喘气声隐约传来。这好像是三十条规矩中的一条：都不说话的时候，就不要说话。师傅走的时候，将一封信递给了父亲。那是罗英写给父亲的信。父亲并没有看信，他像是什么都明白了。他当着师傅的面将信撕了，撕得粉碎。他似乎用尽了所有的力气，撕完信后，他一屁股坐地，垂头无语。师傅犹豫地伸出了手，他的手在父亲的头顶上方停留，他终于将手收了回去。师娘俯下身子，利索地将这些碎纸片拢到了一起，一点不剩地装进了口袋。她做得极其自然，她好像早就在等着这个结果。她仿佛不愿意在这个房子里留下一片碎纸。他们离开的时候，父亲并没有送他们。他垂头坐在地上。

师傅离开后不久，就去世了。

有一天，一个更大的新闻爆发了。其实跟母亲私通的并非那个叫阿宝的男人，而是那名少年。阿宝早就搬离了那儿，他将这房子留给了一个少年，一个叫小木头的少年。据说小木头是阿宝的远房表弟，也有说是他的亲弟弟。总之，他们有着血缘关系。父亲是第一个知情者。在母亲的心里，父亲从来不会去寻找这些证据，也不会去查证这些事。然而，父亲在一个下着瓢泼大雨的夜晚去了那幢房子。湿淋淋的他静静地站在门前，看着那把锁。他摸出钥匙，开了门。这个钥匙是他从母亲身上拿来的，母亲喝得烂醉如泥。父亲推开门的那一刻，他胆怯了。他害怕见到叫阿宝的男人，他永远不是阿宝的对手。他们根本就像两个世界的人。房子中央放着一架钢琴。父亲慢腾腾地走到钢琴前，他的双手在颤抖，好几次他想把手放在钢琴上，令自己镇定下来。父亲最终选择了将双手放进裤兜，这样令他更显得男人一些。

终于，小木头下楼来了。他的嘴唇上有浅浅的唇毛，他的脸还显得稚嫩。两人沉默无语地站了一会儿。小木头把双手也插进了裤兜，然后说："你找谁？"

"阿宝。"父亲说，他打量了一下四周。

“他早走了。”小木头轻笑一声，“有四年了。”

父亲看着小木头，发现眼前的少年并非少年了，他长大了。他的脖子有些长，喉结特别显眼。人总有长大的一天，也总有衰老的一天。当小木头点着一根烟的时候，父亲知道原来眼前的人才是他要找的人。他自惭形秽。他低了头，那一缕香烟飘了过来，他打了个响亮的喷嚏。

小木头无声地笑了。

父亲黯然地离开了那幢房子。他之前所有想说的话都没有了，消失得干干净净。他站在门外号啕大哭。雨越下越大，好像排山倒海似的。他踏进雨幕里……他回到家站在门前，像一个上岸的水鬼。他把表情收了起来，开了门，关了门。门外的世界一下子消失了。他望着这房子里的一切，每一样家具都是他从商店扛回来的。他记得师傅说过，一个家，就是由简单的家具营造的。他特别喜欢吃饭的小方桌，当他背着这张小方桌回来的时候，他心想他一生都将在这张桌边度过，现在他感到这张小方桌就要完成使命了，它迟早会消失。

他站着，水滴滴答答。

此时母亲醒来了。她醉眼蒙眬的样子。她嘴里嚷着：“水，我要喝水。”他像往常一样倒了一杯水，送到她的手里。

母亲一饮而尽，咂了咂嘴，又说：“你见鬼了?”

他沉默不语地将空杯子放在桌上，转身想要离开。

母亲大声地训斥他：“你耳聋了?！我问你，你见鬼了?”

那会儿，父亲心里的一股怒火像一条蛇一样弯弯扭扭地爬了上来，他摇晃着身体。怒火却被堵在了某个地方。父亲抓了一下头皮。

母亲爬了起来，身体还在摇摇晃晃。她手指着父亲：“你哑巴了?!”

怒火在父亲的身上乱窜，令他痛苦不堪。他再次抓了头皮。

他全身开始打摆子。他弯了腰，之后他突然跪了下来。母亲愣住了。她的酒全醒了。她盯着湿淋淋的父亲，发现父亲的另一只手紧紧地攥着。她走了过来，强硬地扳开父亲的手。一个烟蒂。母亲拿着这个烟蒂，脸色惨白。她比谁都明白小木头抽的是什么牌子的烟，况且这个烟蒂仍然散发着一股独特的气味，气味无情地穿透煤块的气味。她无语地坐了下来。

“不要再去了。”父亲说，“求你了，不要再去了。”

母亲快步走到窗前，拉开窗，将烟蒂丢向了空中。大雨哗啦啦。母亲转过身来，看着跪着的父亲。她突然狂笑起来。她笑得歇斯底里。她将那只空杯子抓在手里摇晃，就像摇晃着父亲的身体一样。她将空杯子丢出了窗外。

那个晚上，父亲喝了酒。他第一次醉了，像一团烂泥似的瘫软在桌子下。他的眼睛时而睁开，时而闭上。他的嘴叽里咕噜。可笑的是他的双腿，右腿抻直，左腿弯曲，一副随时准备进攻的样子。他的双手却泄露了他内心的秘密。双手紧紧抱着身体，身体在持续颤抖。

母亲却离家出走了。那个晚上，大雨滂沱之中，母亲迷路了。她差点掉进了河里。她湿淋淋地走来走去，直到天亮。她精疲力竭坐在河边，喘着气。雨停的时候，有人发现了母亲，她在河边喃喃自语，像个疯子。

小木头离开那幢房子是因为父亲。

显然，父亲一直在酝酿，他的计划进行得悄无声息。没有人想到一个锅炉工居然可以将计划设计得如此精心。父亲迈出了第一步。他在那扇门上贴了一张告示。告示内容如下：此房子的主人是个败类，必定会殃及左邻右舍的名声，请大家监督此人。父亲抓住了众人的心理。这些年，三弄街上的人早就想毁灭这幢房子了，用石头击碎玻璃只是一种警告罢了，之后也曾有人泼油漆在门上。众人围着这张告示，心里阳光灿烂。在父亲的计划里，这仅仅只是第一步，他比谁都明白，他独自无法毁灭这个地方，只有依靠众人的力量。

那张告示一夜之间成了三弄街上最大的话题。人们开始声讨小木头，以及曾经的阿宝。他们唾沫横飞，群情激昂。仿佛无数干柴堆在了一起，就差那么一颗火星了。曾经的一些受害者也开始对着这幢房子指指点点，她们明白，梦早就碎了，现在只剩下一地狼藉。所有的舆论呈现一边倒。

接着出现了第二张告示，同样贴在门上。这不是父亲的杰作。告示的内容如下：道德败坏的人必将受到惩罚，青春可以远去，但仇恨永远长在这里。

紧接着又出现了第三张告示，只有一句话：我恨这一切。

第四张告示简化成了一个字：恨。

第五张告示变成了一幅图，一个赤身裸体的男人搂着赤身裸体的女人。

那扇门成了一堵墙。人们往上贴着各种纸，涂着各种画。还有唾沫。有一天，居然钉着一条女人的内裤。这是一件了不起的事，至少在那些曾经的受害者心里，她们觉得自己突然长了牙齿，而这扇门成了她们最好的试验场。毫无疑问，个人的恩仇在此时完全成了一起公共事件。很快，戴着大盖帽的人来了，他们找小木头去谈话，做笔录，口头警告……奇怪的是，任何事情的热度好像总是在一定的时间之内，超过了这个时间，也就平淡下来了。父亲曾经偷偷地看着那扇门，他心里估算着众人的这份热度到了什么程度，他本以为一张告示可以解决问题，但现在看来，他必须实施计划的第二步了。他严格地按照计划分步实施，就像他专一地对付锅炉一样。

有一天晚上，那扇门前放着一只柴油桶。这只柴油桶里盛着水。天亮的时候，人们对突然出现的柴油桶十分吃惊。他们想到了火。或者只需往这只柴油桶里扔进一根火柴，这扇门将荡然无存。这毕竟涉及犯罪。人们紧张而兴奋地等待着这只柴油桶燃起火星，之后，星星之火可以蔓延一样，变成熊熊大火。柴油桶在门前放了三天。这三天里，据说小木头被派出所叫走了。现在他成了派出所的常客，他们像玩一只猴子一样玩弄他。传唤。做笔录。传唤。不停地做笔录。第四天，这只柴油桶燃起了火。那是一个炎热的中午，它突然熊熊燃烧了。没人知道这火是怎么着起来的，也没人知道这桶里的水怎么就变成了汽油。父亲没有往桶里倒汽油。或许是某个男人路过的时候往桶里丢了一个烟头，或许是某个心怀仇恨的人在晚上将水换成了油。总之，这扇门着火了。

傍晚，小木头站在冒着余烟的门前，一声不吭。他想到了那个找上门来的男人。他沿着河走着。他站在父亲的楼下，仰望。父亲站在窗口，俯视着楼下的小木头。母亲摇摇晃晃地走来了，她刚从菜场回来，手里拎着一块肉和芹菜，还有一瓶酒。现在，她每次都会买一瓶酒回来，然后在晚上喝尽。母亲看到小木头的那一刻，她手里的酒瓶掉了下来。她慌里慌张的样子令父亲心里疼痛。他离开了窗口。

仰望着父亲的小木头走了。

母亲开门的那会儿，流淌着泪水。她把门轻轻地关上，然后走到小厨房。她把手里的肉和芹菜放下。她擦了一下脸，然后慢腾腾地走到父亲面前。她一句话也不说。她楚楚可怜。父亲在那时有了强大的犹豫。他的双手有一种不知往哪里摆放的不安。

母亲流了一会儿的泪后，走了。

敞开的门就像一个扩音器，把母亲下楼的声音放大得很是响亮。父亲双手抱头地蹲了下来，计划的第三步还要不要实施了？他觉得目的已经达到了。那扇门已经烧掉了，小木头也臭大街了。他甚至相信母亲再也不会去那儿了。她应该知道去那儿的风险，她分得清从地下到地上的危险。

没有人知道父亲在那个晚上想了一夜，这一夜比他的一生都长。他用锅炉工的脑袋反复地想了第三步,也就是最后一步。他要保证最后一步毫无破绽,天衣无缝。他的眼睛红通通的。他不得不像精心谋划的凶手一样,下了最后的决心。他下楼的时候,不时地回头,好像他将不再回来。

梦三：

跳来跳去的一个东西，像个火球。

我汗水淋淋，头发全湿了。不一会儿，遍地燃烧起来。我仿佛站在火的中央。那些人在火圈外面奔跑与喊叫，他们的脸疲惫不堪。我跳不出圈子去。火的圈子越来越小。他们的奔跑越来越远。这时候，我太需要水，哪怕是一盆肮脏的污水。

我跪在地上，等待一盆水从天而降。

第三章　不是悲剧

母亲对两个女儿也像是对待两个她所讨厌的人一样。虽然白丽的名字是师傅取的，妹妹的名字却是妹妹长到三岁时父亲取的，父亲以为母亲会取一个名字，但是母亲却根本没有想过这事。对这一团从她身体里出来的蠕动的肉她有的只是漠不关心，仿佛死活与她无关。她用漫不经心的眼光打量她们。她不会把她们抱在怀里说一些亲昵的话。她的高耸的胸脯是那个男人的，她的柔软的手臂是那个男人的，她的修长丰满的双腿是那个男人的。她的生活的全部意义就在那个男人身上。至于父亲，她有的只是轻视，她始终认为，父亲像个穷人捡了黄金一样捡了自己。

自从小木头去了远方之后，父亲再也没有跟踪与盯梢的念头。他一次次看着母亲出去，回来。他一次次保持沉默。他像房子里的一个摆设。他没有一次说过——不。他唯一一次表示他的态度是那天他深深地看了母亲一眼。父亲静静地站着，他的眼球停止了转动，皱纹像是底色，衬托着灰白的眼球，整个眼球似乎都在被逼出眼眶。

借着扑入窗的阳光，年幼的白丽看到了那一眼的力量，相信如果母亲看到那一眼，或许会被震醒，也许她会安静地坐下来，面对阳光的镜子检阅一下自己的阴影。遗憾的是母亲根本就不拿正眼看父亲，她失去了看那一眼的机会。或许，母亲根本就不想看这一根木头。在房子里，在她的眼里，父亲就是一根僵硬的木头。尽管她知道父亲这个人心里有着巨大的能量，他可以把一个计划设计得如此精心细致，最后又全身而退。父亲也许是个天才，一个搞阴谋诡计的天才。但是，小木头走了，一切都不重要了。

母亲无所谓。她也从来没有一点忏悔的意思。她陷入一种自以为是的逻辑之中，没有爱的人待在一起，哪怕只有一分钟都是痛苦的；而心爱的人在一起哪怕一个眼神都可以陶醉一生。她的每一次短暂失踪都是张扬的，露骨的。她向腋下喷香水，往头发上涂发胶，在脸上擦白粉霜。她开始精心地护理这张脸，一段日子里，她不分优劣地买时新的衣裳。母亲想象着有一天她会与那个男人生活在一起，她就不用再回到这个简陋狭小的房子里来。她梦想自己千辛万苦找到了阿宝，她再也不想失去他了。阿宝其实并没有变，他好像正在回心转意。他只是把那幢房子搬到了城市深处罢了。她激动万分地憧憬着那一天。那一天到来时，她会用经济补偿的办法补偿父亲。她甚至可以去帮父亲重新寻一个女人。有一天，她把这个想法直截了当跟父亲说了，她的意思是让父亲主动放手。父亲什么态度也没有。他像一块没有温度的石头。从他的脸上看不出他表示赞同或者反对。这反而让母亲犯愁。母亲知道她一旦提出离婚，第三宿舍区的人不会同意，厂里也不会同意。只有父亲主动放手了，让他这块石头说话，叫一声“芝麻开门”。

母亲表演着，一天天实施着，她不会厌烦的。母亲动了心机。有一天，母亲带来了一个女人。那是一个害羞的女人，她的脸上有一块小小的胎记，就在左眼下方。女人的衣服有些旧，泄露了她的生活窘境。母亲破天荒地笑着，陪着女人吃饭。女人时不时地瞄一眼父亲，好像相亲时的偷窥。父亲一声不吭。

夜晚，母亲送走那个女人之后，开始与父亲进行一场谈话。

“她去年死了男人，没有孩子。”母亲说。

父亲不吭声。

“你们很适合。”母亲说。

父亲低了头。

“对我，你不要再抱有幻想了。我们从一开始就不适合，我们以后也会一直都是这样的状况。我们不如都放手吧。”母亲说。

……

那晚，无比耐心的母亲开导父亲。

多年来，母亲这一次最像女人，也最像一位母亲。她几乎把父亲所有的顾虑都考虑到了，包括未来的生活。母亲为这次谈话准备了好久，她必须一次成功。她觉得她太了解父亲了。除了父亲的三步计划令她震惊，那是意外。她想不出父亲还有什么抵抗的力量。

父亲一言不发。他想起之前的那个计划。他正在酝酿一个全新的计划，他内心有些激动。他突然发现自己越来越不像锅炉工了，倒像一个处心积虑的阴谋家。母亲显然看到了父亲嘴角边的微笑，那是掌控者的微笑。她皱起了眉头。她觉得父亲走火入魔了，难道他又有什么特别的计划？她有点儿忐忑不安。她的双手下意识地捋着前额的头发。她刚刚剪了一个时髦的发型。据说最好一晚不睡，这样才能保持发型长久定形。她特意选择了这一天，彻夜长谈。然而父亲的沉默令她心里的不安时沉时浮。她不得不拿出最后的撒手锏了。她走到窗前，望着燕子河，冷静地说：“我必须告诉你一件事，如果你不答应我，她们的日子将永无宁日。”她手指着床上的两个孩子。她们早早就进入了睡眠，现在他们就是大声争吵，也无法吵醒她们了。这是父亲的软肋。不得不说母亲的这个撒手锏威力巨大。父亲的身体马上摇晃起来了。仿佛秋季提前降临，仿佛他现在就是一棵秋风中的树，身上的叶子无情地离他而去。

“这是我的预言。”母亲冰冷地说，“你不用再想什么计划了，你以前的计划之所以成功，是因为你运气好。这一次，你想都不用想了。”

父亲终于走了过来。他站在距离母亲一步之遥的地方。他大胆而无畏地盯着母亲，好像目光可以穿透母亲的身体。母亲依旧冰冷，她身上看不到一丝热气，一丝活着的气息。她已经死了，站着的她只是一个空洞的躯壳，一个鬼魂。

父亲妥协了。但是父亲有一个附加条件，他不会跟母亲带来的女人结婚。

母亲一直不肯躺下睡觉，她用手抚摸着前额的头发。她是一个胜利者，现在她必须要以胜利者的身份发号施令了。她坐了下来，然后让父亲寻找结婚证书。之前，她翻箱倒柜寻找过结婚证书，但奇怪的是，证书不翼而飞了。

父亲无语地走到门边，他回头看了一眼母亲。

母亲着急地说："快拿来。"母亲一分钟也不想耽搁了，一旦拿到结婚证书，她就拉着父亲去厂里打证明，然后去民政局婚姻登记处。

父亲还在犹豫，仿佛心里还有事情没有放下。

"你反悔了？"母亲大声说。她柳眉倒竖，双手叉腰，完全变了一个人。

父亲突然转身走了。

母亲气愤地跺了一脚，她想追上去，但是父亲的脚步很快，哒哒哒……母亲将门关上，走到窗口。她看到父亲奔跑着，他的姿势十分滑稽。她打量着房子，再一次翻箱倒柜寻找结婚证书。

奔跑着的父亲就像一台拖拉机。他的脚步越来越慢，到达煤堆的那会儿，他停了下来。他慢腾腾地走着，走向他的锅炉房。他推开门，添了几锹煤，然后坐下来静静地流汗。他的身体很快就被汗水浸透了。他喝了一杯水。他拿着铁锹离开了锅炉房。在门外三步之远，他开始挖地。他的动作充满仇恨。扬起的土在空中飞舞之后，粗暴落地。他很快就挖了一个坑。他望着坑底的盒子，久久无语。后来，那个坑被填平了。

父亲坐在锅炉房里，一脸疲惫。他想起了师傅的那本证书，瞬间成灰。他望着盒子,只要他愿意,它也将瞬间成灰。他落泪了。他仿佛听到了城市的钟声。前不久,听说城市的最高建筑国际酒店在楼顶安装了一口大钟,准点报时。他很想去看看这口大钟。他没有坐过电梯,听说观光电梯可以让人领略城市风光。他也想去听听音乐会。据说那不仅仅是钢琴演奏,而是很多乐器的合奏。他讨厌钢琴,也憎恨钢琴。现在,他不知道的事情越来越多,他有些沮丧。他还有一件最重要的事:找到阿宝。有个声音在召唤他:到城市深处去,到城市深处去。

父亲那个晚上没有回家。他捧着盒子去了城市深处。他的锅炉房有个年轻人替他守着。那是一个木讷的年轻人,偶尔他会来锅炉房跟父亲作个伴。他们不说话,只看着熊熊炉火。据说他是个孤儿。他们同病相怜。

母亲看到这个年轻人的时候,她的脸扭曲了,仿佛被重重地击了一拳。她恨不得一把火烧了这锅炉房。她像个热锅上的蚂蚁,在家中来回走着。凌乱的地面全是她翻箱倒柜的结果。她看着那只行李包,她早早就将自己的衣服折叠好了。她要远行,离开这儿,从此再也不回头。她提起了包。但是她知道她现在还不能走,必须等。她强自镇定下来。她不得不思想“眼中钉”去了哪儿。她现在无比痛恨父亲,是他突然让他们既定的协议变成了未知。她突然跳了起来。她喃喃自语:计划,计划……

命运给了父亲又一次机会。

这真是一件沮丧的事,毕竟父亲是去对付一个叫阿宝的男人,而不是去握手言和的。在第三天,父亲找到了阿宝。风尘仆仆的父亲手里捧着盒子,坐在了刘家面馆。据说阿宝每天上午都在刘家面馆吃面。大约九点左右,阿宝来了,他的头发梳得油亮,全身上下一尘不染,皮鞋闪着耀眼的光。他坐了下来,安静地抽烟。隔着两张桌子的父亲打量他一会儿后,站了起来。那时,一碗面刚好摆在了阿宝面前,他拿起筷子的那一刻,父亲在他对面坐下了。阿宝将筷子放下，看着父亲。

父亲打开盒子，取出结婚证。

阿宝扫了一眼，冷冷地说："你可真能找。"

父亲将结婚证放进盒子，突然将阿宝面前的那碗面拖了过来，他用手捞面就往嘴里送。他饿坏了。

阿宝皱着眉。他的身体往后倾了倾，生怕面汤溅在身上似的。他又点着一根烟。

父亲稀里哗啦地吃面。他的动作粗鲁而奇怪，服务员递过来的筷子被父亲扔在了地上。阿宝终于站了起来。那时候父亲正端碗喝着面汤，他将碗往桌上一顿，面汤溅了起来。桌面上流淌着面汤。

父亲擦了一下嘴，油腻的双手又在身上擦了擦。

他们无语地坐着。那个上午，对父亲来说就是一场战争。他们一句话也不说，你望着我，我望着你。

当阳光从窗边消失的时候，阿宝从口袋里掏出一张纸，摊在了桌上。那是一张医生证明，上面写着阿宝的生命即将终结，只有半年了。他得了癌症。父亲看了一眼，心里翻江倒海，他同情眼前的这个男人，但所有的仇恨根源却又都在他的身上。父亲好几次想起身离去，但他发现阿宝的嘴角挂着一丝微笑。他突然明白了，这是阿宝的伎俩。他想起了小木头的微笑。他们一模一样。

父亲将那张证明撕了。

阿宝大吃一惊："你……"

父亲撕着证明，将碎片丢进了面碗里，然后伸出手，取了阿宝桌上的烟。阿宝给他点火。父亲抽了一口烟，一阵咳嗽之后，他抱着盒子走了。

母亲终于看到了那个她熟悉且憎恨的人朝她走来。他抱着盒子，好像抱着骨灰一样。她嘴角挂着轻笑。之前她反复地想着父亲对付小木头的计划。最后小木头被迫去了远方，甚至都没有跟她道个别。她只知道个大概，只有父亲才知道那完美的第三步是如何实施的。他会用同样的手段对付阿宝，她的最后一根救命稻草。他们在楼下站着，仿佛一场戏里的两个演员。她无需回头就知道各扇窗户前站满了人，他们俯视着他和她。

她迎上前去，面露微笑："回来了。"

父亲不吭声，他有点诧异。他下意识地紧了紧怀里的盒子。

"回家吧。"母亲忍着怒火，她甚至上前挽住了父亲的臂，显得他们真正亲密无间。他们假装恩爱，别扭地走着。他们上楼梯的那会，母亲及时地抽出了自己的手，她拍打着双手，好像之前沾染了脏东西一样。父亲沉默无语地走着，他知道接下来母亲将会发疯。阿宝是个聪明人，他现在不想喝别人剩下的面汤了，而母亲却蒙在鼓里，她还一厢情愿地做着美梦。父亲心里的悲伤一阵阵地涌了上来。他真的想停下脚步，大声地告诉她：你被抛弃了。母亲嘴里骂骂咧咧。一旦进入楼梯，意味着那些目光被阻挡了，她无需表演了。她看着走在前面的人，心想他索性不要回来多好啊，也省得她这般愤怒了。

他们各怀心事地上楼。

进了房子，关上门的那会儿，母亲大声骂道："结婚证书呢？你放哪了？"

父亲将盒子放在小方桌上，然后坐了下来。他有点疲倦。之前所有的兴奋在母亲装模作样挽住他的臂时消失得无影无踪。他知道母亲一旦做出这个举动，表示她内心再无留恋了。一个对现在生活再无留恋的女人，她是绝情的，像铁一样坚硬。父亲曾经目睹这幢楼里发生的一切，他知道母亲将成为这幢楼里的一个传说。她终将离去，哪怕阿宝不再收留她了，她也将离去。母亲恼怒地瞪着沉默的父亲。父亲抬头看着她，他的目光是那么的忧伤。母亲走过来，打开了盒子。她拿着结婚证，无声地笑了。她的脸瞬间的变化就像一道闪电。她将结婚证捏在手里，冷淡地说："我们现在就去。”

父亲站了起来，走向卫生间。他洗脸。他一遍遍地擦着脸。他手上的毛巾破烂不堪。他擦着脖子，一遍又一遍地。他挂上毛巾，然后洗手。他的双手被肥皂的泡沫包裹着，变得洁白。他反复地搓着双手。他看着模糊镜子里的自己。他擦着镜子，令他的模样更清晰一些。

母亲冷冷地看着父亲的背影，他必定是在拖延时间。夕阳的霞光越来越近了。她手捏着结婚证，站姿笔直。她几乎就要破口大骂了。这时，父亲转过身来。他看着她。她有一小会儿的吃惊。眼前的这个男人有些陌生，他的脸和脖子，他的双手都显得白净许多，甚至还闪着一些光泽。

他们沐浴在晚霞里，走了。

第二天母亲就离开了家。那个时候，天空下着雨。这是南方入秋的第一场雨。行道树也开始落叶子了。母亲只拿走了她的提包，她说她什么都不需要了。她的确是什么都不需要了。她没有跟两个女儿告别。她只拿走了一把伞，那是雨给她的提醒。她跟父亲说，这把伞有一天会还给他的。

父亲没有送她。他站在窗前，看着撑着伞的母亲消失在雨中，他回忆起了那个雨天，那个小木头离开那幢房子的那个雨天。计划，一切都在计划之中。父亲那个计划的第三步，就是迫使小木头离开，走得越远越好。

那个雨天其实是偶然的。那是一场太阳雨。父亲走进了那幢房子，他在钢琴前坐了下来。他从口袋里掏出了口琴，吹奏了一曲。之后，他将口琴放入口袋，他开始弹奏钢琴。天知道他居然会弹钢琴。小木头丢掉了嘴里的烟，目瞪口呆，情不自禁地走了过来。他看到父亲粗糙的手指在琴键上不徐不疾地敲击。父亲弹完了一曲，站了起来，他再次掏出口琴吹了起来。他用一只手吹着口琴，一只手弹着钢琴。奇怪的合奏。小木头的脸渐渐黯淡下来，仿佛一支渐渐熄灭的蜡烛。

“你是个奇人。”小木头说。

父亲站了起来，缓慢地走向门口。

“你的计划成功了。”小木头说，“我要走了。”

父亲转过身来。他的眼睛里全是泪水。

“我要走了。这儿本来就不属于我。”小木头说，“这是我们最后的告别。”

父亲走出那幢房子的时候，雨停了。他望了一眼天上的太阳，头晕目眩。他的眼前晃动着一架钢琴，每一个黑白琴键都像是一把跃跃欲试的匕首。连续几个晚上，他都在冥想这架钢琴，他的手指一直在虚拟的琴键上弹动。多少次他就要昏昏睡去了，但梦境里也只有这架钢琴，像个幽灵一样纠缠着他。现在，他可以像个真正的男人一样，把最大的麻烦解决了。他大步地走了。

母亲永远没有想到父亲计划的第三步就是一架钢琴，她一旦知道，或许会重新审视父亲。这架钢琴后来被人偷走了。这间房子，也成了空房子。直到三年以后，一对外地人夫妻在这房子里开了一家馒头店。他们只卖馒头，五毛钱一个。男人是个聋子，女人是个哑巴。他们整天用手势对话，如同演一幕哑剧。

母亲很快就遇到了最大的困难。阿宝陪她吃了顿饭，算是最后的告别。母亲发现了另一个女人陪伴在阿宝身边，比她年轻，也比她漂亮。最关键的是那个女人富有，阿宝手上的三个金戒指全是女人买的。而且，第四个金戒指已经订好了，马上将戴在阿宝的另一个手指上。女人说，阿宝的八个手指都将戴上金戒指，余下的两个大拇指将各戴一个扳指。脖子上得添一条金链子，手腕上也必须戴上金手链。金光闪闪啊金光闪闪。母亲问阿宝扳指是什么？那个女人轻蔑地笑了。母亲知道这一回自己颜面扫地了。一无所有的贫穷永远不是富有的对手。她像个木头人一样，长久地站在门口。她觉得这是她最后的诚意了，阿宝一定会明白她的这份心。她是真心的，她视钱财为粪土，她只要爱。

他们在刘家面馆发生了争执，母亲痛哭流涕地说着这些年她的遭遇，包括她为他殉情的事。脸无表情的阿宝将碗里的面条全部捞了出来，剩下一碗面汤。他将这碗面汤推到她面前，然后起身走了。母亲百思不得其解。服务员走了过来，复述了之前阿宝跟他说的话。母亲沉默无语地喝完了这碗面汤。母亲好像清醒了好多，她对着空碗无声地笑了。

母亲在一家小旅馆里住了三个晚上。她闭门不出，跟修炼的和尚一样。她吃得很少，几乎只喝汤水。她不洗澡，不洗脸。她甚至连躺在床上的姿势都不变换一下。她三天三夜没有合眼。母亲三天三夜想了一生。她离开小旅馆的时候，像父亲一样洗脸。她洗得很慢很慢，好像皮肤是纸做的。

父亲等待母亲归来。这是他第二个计划的第一步。他有了一个新的计划，是关于重建家庭的计划。时间，他需要时间。在锅炉房里，他跟那个木讷的年轻人谈笑风生，好像什么事也没有发生过一样。晚上，他安然入睡。他太累了。思考计划终归是一件苦累的活，让他累得全身都快虚脱了。他在梦里看到了母亲，她的脸模糊得像雾天的西山，她的身体一直像蛇一样在扭动。他无法逮住她的身体。大汗淋漓的他终于梦醒了。他下床后站在窗前眺望。他的两个女儿都沉浸在梦乡里，像两只蜷缩着的冬瓜一样。他喝了一杯水，重新躺了下来。他的判断不会错，阿宝对母亲已然厌倦了，再也不会收容这一缕风了。

母亲走进这个宿舍区之前，犹豫、彷徨了。她其实没有理由回来，离婚证就在她的提包里。她跟这儿没有一点关系了。她离开仅仅三天，却好像过了一辈子。她最后的一点羞耻心在作怪，令她全身上下爬满了虱子一样。她等待天黑。她站在一棵苍老的梧桐树下，看着树叶掉下来。她想起了她的童年时代，秋风起，她在路上张开双臂拥抱这些树叶，它们有的落进她的怀里，有的落在她的身前身后，有一张树叶盖在了她的头顶上。她取下那张树叶时，发现这是一张没发黄的树叶。她抚摸着这棵树，仿佛这是她最后的依靠。天黑了，她提着包走了进去。

母亲放下包，沉默无语地坐了下来。父亲在小厨房里忙碌着，他的背上散发着一股独特的味道，跟米饭香、肉香糅合在一起。母亲抽动着她的鼻子，身体在持续地颤抖。这个晚上，母亲独自将一锅饭吃完了。父亲煮第二锅饭的时候，母亲抚摸着肚子说："我不走了。"

这仿佛是一段美好时光。

至少父亲是这么认为的，他的两个计划都完美无缺。他在锅炉房里唱小曲，声音被锅炉的噪声淹没，但他无所谓。他想唱。那个年轻人成了他的徒弟。他们俩在锅炉房的日子里，喜笑颜开。父亲像当年的师傅一样，教授徒弟怎么样把炉火烧得更旺。父亲以为，母亲再也不会离开这个家了。她无路可走了。

母亲沉默无语。这多少显得有些异常，之前她是一个不安分的女人，现在的她像个哲学家一样沉思。她知道世界上还有一种人叫做哲学家。这也是她以前鄙视父亲的原因之一，父亲孤陋寡闻，他不知道哲学家是什么，他以为沉思的人都是因为吃饱了撑的。父亲每次看到她坐在窗前沉思的样子，以为她都在忏悔往事。有时候，晚霞掠过窗口，将母亲的脸修饰得特别迷人。他会悄悄地隐身在卧室。他站在卧室的窗前，倾听着小客厅窗前母亲的呼吸。她的呼吸随着黑夜的到来变得急促，就像上了发条的闹钟一样。母亲的疯狂在床上得到了平息。她的身体就跟父亲梦里一模一样，扭动得特别厉害。父亲觉得他的身体被掏空了。他开始躲避母亲。母亲却纠缠着他，像春天的猫一样。父亲的身上被她抓抠，横一道竖一道，像世界地图上各国的分界线。母亲在癫狂的情况下，嘴里会喊着阿宝。父亲选择了过滤，或者装聋作哑，反正每次母亲恢复清醒之后问他:“我喊什么了?”父亲说:“你喊饱啊,饱啊,你吃得太饱了。”母亲便不吭声了。

母亲的疯狂持续了一段时间,然后就开始平静了。夜深人静,父亲抚摸着身上的伤痕,看着熟睡中的母亲。他觉得这日子越过越美了。他喜欢这样的生活,每天工作回家,看着女人孩子们,他就是累死都情愿。他是一个过日子的男人。过日子就是过日子,没有什么花哨的形式,就跟天一样,下雨就是下雨,刮风就是刮风。他每天清晨醒来,觉得这日子过得特别踏实,他甚至感谢小木头和阿宝,是他们令躺在身边的女人变得安分守己。他蹑手蹑脚下床去上班。

母亲睁开眼睛,新的一天又开始了。她下床做早餐,照例是菜泡饭,或者面条。看着两个女儿狼吞虎咽,她有点闷闷不乐。她走到窗前,望着燕子河,河水流啊流。她在镜子里看着蓬头垢面的自己,想起了那个女人说的话。她拔着每一根手指,仿佛是想撸掉上面的金戒指。她没有力气了。她重新回到床上躺了下来,像个病人一样唉声叹气。她可以一整天躺在床上。偶尔有人来敲门,她也懒得应声,好像这世界一下子消失了。

其实,这幢楼里的议论并没有减少,至少,那些女人们的目光开始了游离。她们的兴趣是从父亲的脸上找到的。他变得如此明亮,简直像换了个人似的。这是现代喜剧吗?她们不爱看喜剧,唯独钟爱闹剧和悲剧。于是,偶尔她们会来敲门,说是借个扳手,或者一盒火柴,一个打火机,但目光却在游离。房子的里里外外至少被她们的目光射穿了。她们很想点燃这张看不到的布满弹孔的纸,然后幸灾乐祸。这不怪她们。在这幢楼里,母亲是个特例,她的自由与放荡令她们妒忌,很多个夜晚,她们喃喃自语,说的全是关于母亲的事,譬如小木头。她们不敢相信这个女人居然可以勾引一个少年,同床共眠。少年的身体也被她们想象无数遍,她们在想象中获得了高潮。母亲是她们的挡箭牌,在吵架的时候,她们可以拿母亲做例子，显示她们是如何的贤妻良母，她们的男人是多么幸运。后来，工厂破产之后，她们中的一些成了街头的幽灵与游莺。或许这是母亲带给她们的启蒙。

阿宝的突然到来，令母亲几近崩溃。

那一天，南方的雨季开始了。母亲生病了，她躺在床上唉声叹气。她的额头搭着一块毛巾。敲门声很有节奏，仿佛那是专门训练过的。母亲开了门，愣住了。阿宝站在门口说："我突然想起了你。"母亲犹豫着该不该让他进家，站在门口说话与进家说话是完全不同的事，她无法把控，就像她此时涌上来的复杂情绪。阿宝上前一步，母亲退后一步。母亲想了想，上前一步，阿宝退了一步。他们一个在门外，一个在门内。母亲决定不让他进家。一方面家里太乱，跟阿宝的房子比，这个家就像一个狗窝。另一方面，她正在思考如何对付流言，她现在不想让流言得到证实。就这样，他们隔着门说了几句话。阿宝就走了。母亲怅然若失，心底里开始了萌动。她摸着自己的额头，居然火烫，她的身体在着火。她站在窗前，看着阿宝越来越远，像纸上的一点墨迹。她捂着嘴哭了。她躺在床上，大股地流泪，简直要把这张床泡在泪水里。阿宝留下的一句话就像一颗火星，正在点燃她快要熄灭的心。阿宝说："我现在又成一个人了。"

父亲走到门口的时候，发现走廊上站着几个女人。她们的窃窃私语变得喧哗。父亲推开了门，他抽动着鼻子，隐约闻到了一股香水味。他走到床前，看到母亲坐在床上发呆。父亲在床前坐了下来，用手轻轻地探了探母亲的额头，然后俯下身子，抱起母亲走了。母亲像个安静的婴儿，一动不动躺在父亲的怀里。他们下楼的时候，几个女人发出了尖叫，仿佛这幢楼瞬间倒塌了。

在工厂医务室，挂着盐水的母亲表情呆滞。父亲低头不语。那股该死的香水味若有若无。脸色苍白的母亲努力睁大眼睛，她不敢合上，生怕阿宝一下子就走进她的梦里来。尽管她现在无比瞌睡,只要一合眼,她就会沉沉睡去。他们沉默无语。父亲终于想起了香水的来源。那个叫阿宝的男人不守信用,再次扰乱了他们的生活。他害怕再来一次轮回,那时他的任何计划都将失去效力。他没有力气思想了。他心里空荡荡的,可以放下一个大大的球。

父亲背着母亲离开了医务室。背上的母亲终于合上了眼睛,不一会儿,她就发出了香甜的鼾声。从医务室到家有一里多路。父亲背着母亲从单身汉宿舍区边走过,他没有扭头看一眼。他听到了一对男女声嘶力竭的争吵,紧接着是一个热水瓶的破碎之声。他充耳不闻。他们穿过了一片空旷的野地。父亲的眉头渐渐舒展了,只有在这样的野地里,他才活得像个男人。他走得小心翼翼。在这儿生活着一群老鼠,它们的洞穴就在他的脚下。他害怕踩死一窝小老鼠。他看着一只肥胖的老鼠从他的身前掠过,如果不是背着母亲,或许他会蹲下来跟它说一会儿话。

母亲这场病生得时间较长,几乎跨越了一个季节。更多的时间,她躺在床上,像个林黛玉。她的床边放着一只痰盂,虽然她几乎不再吐痰,但总会在某个时候吐点儿口水。只有这样,才证明她是一个病人。父亲沉默无语地操劳着,他从锅炉房回来,洗一把脸,然后服侍母亲,递上一杯水,送上几片药。药是父亲去医务室配来的,白色的小纸袋上没写明这是什么药。母亲每次吃药后,就像得了瞌睡病,不久就躺下睡着了。父亲看着慢慢睡去的母亲,才开始做饭,开始照顾两个女儿。她们不知不觉地生长着,仿佛墙角隐秘的小草。父亲突然发现,她们开始了思考。她们托着腮,歪着头看着他。她们不说话。

母亲终于还是爆发了一次。这一次的爆发就像是一个阴谋大白于天下。因为母亲发现了药片的秘密。那天,母亲摇摇晃晃去了医务室,她总觉得自己就要死了。她一点力气都没有。她总是睡,像个睡不醒的人。她向医生要药片的时候,医生不肯给她,说要给白师傅,并说是白师傅特意交待的。母亲觉得受到了侮辱,她一个病人居然要不到药片，而且医生当着这么多人的面说的。她打着哈欠，然后痛骂医生，她撒泼了。两个医生按住她的时候，她朝她们脸上吐口水。她除了吐口水这点力气，别的力气都没有了。医生们很快就搞掂了她。她们喂了她药片。她沉沉睡去了。当她醒来的时候，已在家里的床上了。她愤怒地骂着父亲，骂着医生，骂着所有的人，好像她满腹委屈。第二天，这幢楼里的三个女人来探望她。她们脸上的微笑还没有完全退去，她们坐在床头看着药片，有个女人终于忍不住说了："这是安眠药。"

母亲像个疯子一样拉扯着父亲，她嘴里抖出来的全是最肮脏的话语。那一刻，这个家每个角落都在颤抖，像一台发动的拖拉机，震动令尘埃纷纷落地。母亲尖利的指甲在父亲脸上划了几道血红，它们交错纵横。母亲的力气越来越小了，小得几乎她不敢相信这是她自己，后来她喃喃自语："你谋杀我，你谋杀我……"她失去了理智，跌跌撞撞倒在床上，她用尽力气咬着被子，像咬着父亲的手臂一样。当父亲扯开她时，她嘴里塞着一团棉絮。从那一天起，父亲知道在母亲的心里，他成了最痛恨的仇人。他们真正走到了穷途末路。

酒成了母亲的伴侣。月光下，母亲拿着酒瓶一口接一口地喝着。父亲的工资越来越捉襟见肘了，他计算着每一分钱。父亲一夜白头。他觉得骨头在咯吱咯吱地响着，每一个酒瓶都是压在他身上的一块砖头。酒瓶一个接一个地堆在床边。父亲愁眉苦脸地走在月光里，他佝偻着身体，几乎望不到锅炉房了。他坐在锅炉房里发呆。他无法阻止母亲的酗酒，每次他的怒火都在酒后的母亲面前消散。酒醉的母亲才是真正的女人。她的脸红润如玉，偶尔一声呓语柔情似水。她舒展着，身体像浸在春光里，荡漾着，荡漾着……父亲迷恋醉酒后的母亲。这才是他的女人。他梦想中的女人。矛盾像一团云一样在他眼前反复飘过，他眨着眼睛，始终下不了决心。本来他想限制母亲的自由，把她绑在床上关在家里是最好的办法,仅仅只需一根绳子。但是他害怕绑了母亲之后将引发更大的灾难,而且,两个女儿都看着他,她们乌黑的眼睛骨碌碌地转着。

夜深人静时,他常常站在窗前苦思冥想。那时候的母亲正在她的梦中酒国遨游,她的一只手还紧紧地捏着酒瓶。父亲每次躺下时,小心翼翼,生怕惊醒母亲。母亲一旦惊醒,就会用手中的酒瓶敲打他。她那时候好像长了力气,他的额头曾经吃过这个苦头,那个肿包过了好多天才消失的。他蜷缩着,像一根门柱。早晨醒来,父亲总是蹑手蹑脚下床,他踮起脚的样子有些滑稽可爱,好像一个马戏团的小丑在表演节目。他踮着脚走出房间,轻轻地掩上房门,然后才长长地吁出全新一天的第一口气。

母亲终于闯祸了。

这是迟早的事,酒使人虚张声势。那天上午,母亲从床上醒来,她放下手里的空瓶子。下床时,她看到墙边的一堆空酒瓶被码得齐整。它们像一个堡垒。母亲拍拍脑门,她有些不相信自己居然喝了这么多酒,她将刚刚放下的空酒瓶放在了那堆酒瓶上,哗啦一声,酒瓶们像波浪一样荡漾开去。母亲愤怒了,她觉得这是一种嘲笑。她一脚踢飞了一只酒瓶。双手叉腰的她走来走去,破口大骂。她看到小女儿躲在桌子底下簌簌发抖。她走了过去,将她拖了出来,给了她一巴掌。在小女儿的哭声里,她索性再次发作,将桌子推翻了,砸了热水瓶。她仍不解气,突然拿起一张板凳砸了窗玻璃……

放学归来的白丽看到父亲低头收拾着。这是一个战场,不再是一个家了。她眼中含泪看着父亲,这个失败的男人。她将书包放在扶起的桌子上,她走向母亲。精疲力竭的母亲躺在床上,她的表情依旧是愤愤不平,好像全世界都欠她似的。她用仇人一样的目光瞪着母亲。母亲破口大骂:“你跟他一样,想我死。”她知道母亲无药可救了。她的泪水流淌下来。

父亲走过来拉她，她固执不走，父亲使了力，她跌跌撞撞地被父亲拉走了。在破碎的窗玻璃前，父亲看着她，他伸手去拉她的手，她闪避了一下。父亲一脸失望，他将目光投向了窗外。傍晚的天空雾蒙蒙的，像一块上了漆的布。父亲终于弯下腰拾着碎玻璃，他的手指被一块细小的玻璃划破了，食指上的鲜血滴了下来。她的泪水再次涌了出来。这个晚上，她一夜未眠。有个念头固执地折磨她，杀了母亲，让她去死。她听到了身边妹妹的呼吸声，平静而舒缓。她坐了起来，呆呆地看着紧闭的房门。她下床后，赤脚像个幽灵一样在房子里走着。她越走越快。风从破窗吹进来，遍地凉意。她的脚心被碎玻璃扎了，她坐在凳子上看着脚心流淌的血。这是一片细碎的玻璃，像缩小的月牙。她将带血的碎玻璃放在眼前凝视，月牙变成了一把微型的匕首。她两指夹着，作势挥舞，武林高手一样。

天亮的时候，她趴在桌上睡着了。父亲给她披上了衣服。母亲酗酒的一天又开始了。她用酒瓶顿敲着床板，发出沉闷的声响。她醒来了。站在房门口，她看到了仰脖的母亲。母亲放下酒瓶瞪着她。父亲走过来将她拉走了。不一会儿，便传来了母亲一连串的骂声。她愤怒扭身想与母亲辩论，但是父亲死死地拉住了她，父亲用一种哀求的目光看着她，她心软了。那天去上学的路上，她走得很缓慢，她很想扔掉背上的书包，然后去远方。

白丽从听到的一些流言里，渐渐清晰了母亲的男人们。她知道那个叫阿宝的男人才是罪魁祸首，只有让他死，母亲才会像个母亲。她很多次想象着阿宝的样子，她甚至开始悄悄打听阿宝的下落。一个可怕的计划在她心里生长起来了。她想跟父亲说一说她的计划，至少，阿宝是他们父女俩共同的敌人，但是每次她看到懦弱的父亲时，她就失望了。父亲总是那样，他静静地站着，他的眼球停止了转动，皱纹像是底色，衬托着灰白的眼球，整个眼球似乎都在被逼出眼眶。她觉得母亲必须向父亲忏悔。

事实上，成了酒鬼的母亲再也不会理智了。她喃喃自语地念着阿宝、小木头的名字，像是在怀念人生。偶尔，她放下酒瓶，看着镜子里的脸。她捂着脸痛哭。她那天要求父亲将她绑起来。她在酒瘾发作的那会儿骂父亲，骂得惊天动地，直至她沉沉睡去。三天，母亲瘦了一圈。父亲给她松绑的那会儿，床上臭得一塌糊涂。母亲洗了个澡，她的声音沙哑但却神采奕奕，她对着镜子里的脸微笑。

父亲拼命地洗着床单。

母亲说："我活过来了。"

母亲终于看到了穷困潦倒的阿宝。在一家百货商店门口，在秋风里，他缩着身子，向人兜售香烟。他的所有光彩消失得无影无踪，他甚至佝偻着腰，像个过早衰老的人。母亲躲在一个拐角处，泪流满面。母亲第二次去百货商店的时候，看到了三个男人殴打阿宝的情景。双手护头的阿宝蜷缩在地上，嘴里喊着："饶了我，饶了我……"母亲绝望了。她知道从此以后，阿宝从高高的天空坠落了。他再也不是以前的阿宝了。母亲怀着一颗善良之心缓步走向阿宝。阿宝发现她的那会，眼里闪过一道光芒。他在地上爬了过来，跪在她的脚前，请求她给钱。母亲掏空了口袋，三个男人骂骂咧咧地走了。母亲扶起阿宝，走向一条小弄堂。

阿宝住在小弄堂深处的一间小房子里，这更像一个捡破烂的人的居所。塑料瓶、空酒瓶还有旧报纸占据着可怜的空间，钢丝床压着纸箱。阿宝絮絮叨叨地说着他的不幸经历，然后贪婪地看着母亲。他的手变得苍老，指甲盖里满是污垢。母亲退了一步。在这么局促的空间，她的退步正好碰到了一堆空酒瓶，它们开始躁动不安，发出摩擦之声。母亲赶紧直了直身子，这样阿宝的手就放在了她的胸脯上。阿宝抱住她说："你是有良心的。"母亲被这句话欺骗了。母亲离开那房子的时候向阿宝承诺，只要她活着一天，他就不会被饿死。

母亲陷入了一条死胡同，她对阿宝境况的同情在父亲身上变成了怒火。这毫无逻辑可言，但是母亲却死死地认定是父亲造成的，如果她跟阿宝在一起，阿宝不会落得这个下场。他可是她最心爱的男人啊，如果他们在一起，她一定会让这个男人活得神采飞扬，一定会让这个男人衣着光鲜，而不是现在这副模样。她瞪着父亲。渐渐地，她的头发乱了，眼睛红了，脸青了。她的衣裳袖子满是一块块的湿，像被雨淋了。她在那个晚上一开始显得异常安静。老式挂钟嘀嗒走着像在催命。她坐着，像咆哮前的休养生息与坐禅入定。后来，她终于发出野兽一样的绝望的叫声。火山爆发了。她诅咒。她喝酒。她吐大口的痰。她用脚踢墙。她用杯子砸可恶的挂钟。她仇恨地看着父亲，在她眼前的父亲似乎成了一个她所痛恨的人，一个扼杀她生活的人。所有的不如意所有的失败全是因为父亲，这个男人悄无声息地谋杀了她的希望。他是一个不露声色的凶手。她理想中的生活葬送在他手上了，这个碌碌无为的男人，这个该死的男人。啊呀，她明白了。她扑上去把父亲推倒在地上，然后她骑在父亲身上拼命地扇着父亲巴掌。她还附在父亲身上如野兽般咬。她像个母夜叉。

血从父亲的嘴角流出。他的脸仿佛干净了许多，那些煤灰一一不见踪影。一会儿工夫，脸上开始了彩虹般的美丽。那都是锋利的指甲的功劳。父亲的胸口是一个接一个牙印，地上掉着带血的碎布渣，母亲的牙齿锋利得像剪刀。父亲把未流出的血生生咽了下去。父亲的喉结艰难地滑动了一下。父亲的脸上呈现一种古怪的表情。

“混蛋！杂种！畜生！……”

世间最肮脏的词全在母亲嘴里发射出来……母亲在一阵发泄后便安静了。她像个死人一样摊开手脚躺着。她的双手沾满鲜血。她浑身湿淋淋的。伴随身旁的是一地凌乱与胡乱的脚印，还有带血的唾沫。父亲从地上爬了起来，他没有擦一下脸上的唾沫，只是咽下了一口血水。他的喉结单调地滚动了一下。他把她抱了起来，他们走进了卧室。

第二天清晨，母亲像什么也没有发生过一样，她冷漠而细致，依旧对着剩下一半的镜子梳妆，重新上口红、打粉底、喷香水、涂发胶，然后再次离家。

父亲站在窗前看着她离去。他的脸上还有一道道干涸的抓痕，现在伤口很快重新流血了。他把门轻轻地关上，像是关住了一个世界。

他垂着头沿着那条杂草丛生的小路去锅炉房。

母亲回来的时候已是晚上。她整个人倚在门框边，抻直一条腿，像是睡着了。头歪着，头发上淌着酒。酒瓶底朝下牢牢地被她握着。灰暗色的门折射出一些微弱的光，哪户人家在放一首歌，那些歌声从昏暗之中游离过来，合着母亲不成系统的呼吸。

父亲仿佛看到了一个耍猴人在耍一只猴，那个耍猴的人是阿宝，母亲便是那只可怜的猴，父亲却像个无关紧要的观众。父亲发出了很沉重的一声叹息。他没有计划，所有的计划都用完了。他把酒瓶从母亲的手中解出，母亲嘟囔了一句，父亲没理她，他身子一沉把母亲抱进了房子。他把她脸上的污物擦去，用热毛巾把她的手擦干。他仿佛很忙碌，一会儿跑进厨房取热水，一会儿在房间里擦着母亲的身体。他的脸上看不出一丝怨恨。到一切都忙完之后，他坐在床头，看着依旧熟睡中的母亲，他脸上有了一种满足。深更半夜，他去锅炉房。那是他的另一个女人，那个女人贤惠，从来都不用他操心。他有一种被撕裂的感觉。他越来越喜欢待在锅炉房里了。他把阿宝、小木头的名字写在了锅炉上。

在临睡之前，白丽看到父亲的脸呈现血红，垒起的道道红杠饱满无比，里面储存了血。她不能去想那是血，一想到血，她浑身便会发冷发软。她睁大眼睛躺在床上。妹妹已经熟睡。她一直睡不着。她听到了父亲在房子里不安地走动，又听到了房门吱哑的响声，接着便听到了父亲石头一样沉的叹息。她感到整个人沉了下去，在叹息声里，父亲的身体慢慢地变形，尤其是脸，已经无法辨认。而母亲则成了一个散发着酒气的巨大木桶。她自己像个悬浮着的人，一点也无法抓住父亲叹息的一点余音，它们全掉下去了。

幸运的是母亲根本听不到叹息声。她睡着了。母亲喝酒仿佛是从她父亲那儿遗传的，一辈子都无法根治。她父亲在年轻的时候曾是个酒鬼，每日以酒当茶，下酒菜仅用一只螃蟹的脚。当她成为一个酒鬼的时候，她在房子里跌跌撞撞，磕头碰脑。酒瓶像地雷一样危险，踩上去会跌个鼻青脸肿。有一回她一脚踩空滚下了楼梯，但令人称奇的是，坚硬的水泥没有让她受一点伤，只是飞了一只鞋子。她从地上站起来的时候，还没等笑出一声，便又双腿一软重新坐在了地上。她醉在梦里，或者也可以说醒在梦里。她分不清人什么时候开始做梦。她一会儿在梦里，一会儿又出现在活生生的现实里。她觉得这是一件复杂的事，复杂得令她有时候分不清回家的方向。这不是悲剧，是喜剧。酒后的母亲哈哈大笑，她总是忘掉她在哪里。她有时候爱摔空酒瓶，啪的一声，一个空酒瓶碎了，然后许多酒瓶粉碎了，一些细小的几乎肉眼无法看到的玻璃碎屑在灯光下散发迷人的光泽，然后又会在某个时候刺入脚心，鲜血流着，眼泪也流着。那些伤口都是不易很快恢复如初的。白丽有一段时间不敢赤脚在房子里走，看上去很清白的地面说不定就站着那些细小的碎屑。她有时端坐于床上，摸到脚心处有一层粗糙，像是老茧。她像个舞蹈演员一样，下脚时总是小心翼翼。这几乎成了她的习惯。

除了醉酒，母亲还有她的另一些表现。画脸。母亲的脸画得像妖精。她脖颈上白瓷般的肌肤缀着几颗浑圆的水珠。每天早晨，她打开窗对着远处大喊。这仿佛是她的必修课，她喊的内容很简单——“我恨你！我恨你！”一个“你”变异得像一支利箭，很尖锐地钻入耳孔之中，很尖锐地撞到了墙壁上，很尖锐地刺入眼睛里，又很尖锐地扎入心里。而那几颗浑圆的水珠也终于不见了。邻居们已明显地表示了不满。她的喊声有时惊醒了他们的美梦,有时让他们产生不吉利的想法。楼下的住户用晾衣竿捅几下天花板表示愤怒,但这并不管用,母亲还是那样日复一日地喊。于是,他们不约而同在一个清晨站在她家门口,他们擂门,开门的是父亲。他们说:"你女人是不是有精神病?"父亲什么话也没说,只是看着他们。他们看到父亲的脸后便一个个不说话了,他们唉声叹气,同情地垂下了头。从此他们再也没有任何表示抗议的举动,只是当他们在路上遇见母亲时会主动地避开,仿佛母亲带有霍乱的菌。

母亲听见了他们的愤怒,但她却像什么也没有发生过一样。那天,母亲茫然地看着地上躺着的面目全非的父亲,红色的指甲掐进肉里,居然不痛。她发现她对他好像非常陌生。他是谁？蜷缩着的人是谁？她居然不敢相信那会是十多年前在火车站抱住自己的那个人。他是她的男人？她与他还同床共枕生活了那么多年？不可能吧？她像患了疟疾一样发抖。她指着他说:"他怎么会这样？他怎么会这样?"没有人回答。围观着的人随着她的到来纷纷散去,在他们眼中她是一个道德败坏的女人,他的死是她一手造成的。他们的背影笔直而坚定,然后消失。他也不会再回答她。她觉得空。她觉得冷。整个身体渐渐地收缩,仿佛要成为一只虾。她挣扎了一下,寒气十足地说:"他,他……"

她最后是被人抬回家的。因为她像是睡着一样在他身边瘫软了。被风吹起的白布有一半掩住了她的脸,使她具有圣洁的样子。那些富有同情心的人们还是聚拢了。他们把白布盖在了他身上,然后用软担架把他们抬了起来。父亲在前,母亲在后。在路上,她仿佛还在睡梦之中,嘴角有涎水三三两两地掉。到家后,她躺床上一动不动。醒来后的她目光呆滞。后来,她突然害怕万分地抱紧了枕头,簌簌发抖。

父亲火化后,母亲长时间麻木。父亲的遗像被她塞进了床底。

她时常失去知觉一样任凭中午猛烈的阳光射在她的脸上。这也许会把她烧灼得发痛,或者会让她想到那个答案。其实答案有无已经没有意思了。她在那条长满杂草的小路上来回地走,低着头,像是在寻找一样掉下的东西,但每每失望,她总是空手而返。

她又去了一次那个地方,那个阿宝现在的新住址。她用一块纱巾裹住了自己的脸。她脚步匆匆地走着,不时地回头。她怕看到父亲突然出现。在她的意识中父亲会在她意想不到的时候站在她的身后,不说话,只是看着她。她像只袋鼠一样跑了起来。她沿着曲折的街巷曲折地跑着,没有温度的阳光像雨一样落在她身上。她寒冷了。她也许是想去获取一点温暖。

咸鱼翻身的阿宝没有给她一点温暖,甚至连意思都没有。他搬离了弄堂深处的小房子,现在住在敞亮的新房子里,他又开始洒香水了。回来的时候她笑,一路笑,音量由高至低,由低到宛转,由宛转至哽咽,由哽咽至无声。笑声越来越坚硬,完全不是石头的坚硬,是钢铁的,把地板砸出一个又一个拳头大的地洞。她整个人扑在地上,似乎在寻找一个最深的地洞。她要钻下去。她一遍又一遍地爬着,滑着,膝盖磨破了,流出许多血。她对着摆放父亲遗像的空位置说:“我吃他的肉,我咬他的骨头,我喝他的血。”

现在,白丽听到了母亲均匀的呼吸。病房里的灯也亮了。这像是统一的,是一盏极为精致的灯,外面罩一个铁圈子,灯散发着柔和的白光。母亲的身体平展着,白色被子随着她的呼吸微微波动。那块黑布始终像一个忠诚的士兵一样保护着她的脸,随着她的呼气与吸气上下起伏。那块黑布已成为她目前生活中不可缺少的一部分。每一个人都有一块个人拥有的而别人无法剥夺的东西,在身体上,或在所有的行动与语言上。只是,面前的这个人已不是个正常的人了。过去不是,现在也不是,将来也无法苛求她回到正常人的行列中来。当她偶尔清醒时,她会为她的过去而羞愧。

黑布像一面镜子。

她听见了母亲的声声梦呓，她心想母亲也许是在忏悔。那是来自心灵深处的没有掺杂虚假的忏悔。只有在这个时候，才可以洞悉一个人的深处。她替母亲掖了掖被子，发现在她覆盖的被子里似有一个东西，不显眼地鼓起，仿佛怀了一个三个月大的孩子。透过白色的被面依稀看得见她的手搭着它。她小心地掀开被子。这是父亲。父亲的遗像。她不相信地揉了一下眼睛。父亲在框子里一如既往地阴郁。她觉得整个人像是颤抖了一下。她记得这个遗像某一天是失踪了，她私下里一直以为是母亲把它扔到燕子河里去了。她抚摸了一番这个带着母亲体温的镜框，然后重新盖上被子。父亲终于躺在了母亲的心上。他们的心与心交融了。父亲是不是也在等着这一天？如果他现在站在这里，他会不会放声大哭？

她站在病房的窗户边看到了城市的挺拔。暮色被一些鸽子捎来了。她伫立无语。泪水模糊了干涩已久的眼眶。她转身发现母亲的眼角边也是同样的模糊。母亲。父亲。他们在阴世与阳间终于有了一条纽带。他们的感情在此时得到了最后的拯救。

她削着一只苹果。刀是她带来的，很小且可以折叠。她小心地削着，但是她还是削到了手指上。她把渗着血的手指放进了嘴里，吮吸了一会。她把贞白的苹果放在床头柜上。她在窗口伫立了一会儿。她得走了。医院有规定，探望是有时间的。医院无法保证这些病人在开始迷失的时候会怎么样，尤其在黑夜来临的时候。

梦四：

“醒来吧，醒来吧……你看你的手，你看你的头发……”两个身体立在我的面前，一个是现在的我，一个是童年时的我。

成年的我的脸是童年的脸，童年的我的脸是成人的脸。

第四章　妹妹，或者乌黑的河

梅风山庄置身于湖边的众山之中，显得高贵且娴静。她径直去628房间，她有这个房间的钥匙。她每个月在这个房间住三个中午，或者晚上。她抬腕看了表，离约定的时间还有一个小时，他也许还在路上。从6楼电梯出来，她摸出了钥匙。这是一枚紫色的呈月牙形的钥匙，与梅风山庄的山庄标志图案一模一样。

现在一切都很安静，仿佛这儿是一座古刹，而不是一家酒店。她喜欢这儿的安静。有时候她坐在窗前眺望着梅湖，湖水那么清澈，仿佛是雪融化的。她小心翼翼地走着，每一步都像是踩在了玻璃碎碴上一样，她的步子一步一顿。她觉得这是一种病，深入骨髓的病，但她无法改变。走道上红色的地毯是新换的，鲜艳得仿佛刚泼了一大桶红漆。房门虚掩着，启开一道细缝。她轻轻地戴上了薄若蝉衣的面具，推开房门看到一个男人强有力的后背。原来他早到了，他在吸烟。道道浓重的烟雾从他的脸前方向门口奔来，宛如迎接的两臂。

他明显地感到了她的到来，他的转椅打了一个旋，脸带笑容吐出一个烟圈说："我等你一个小时了。这一个小时我感到你很值得让我等。"

"是吗?"面具后的她莞尔一笑。她放了包，然后在他的怀里躺了下来。

他的鼻子异常灵敏，他说："你去过医院了。"

她点点头。

“其实，我知道你还有一个母亲。我用心地了解过你，你的经历我可以复述一遍。”

她看了他的眼睛后，相信了。她说：“我得先去洗个澡。”

他说：“水我已给你放好了。”

“谢谢。”她说，然后把外衣脱了走向浴室。

他的手臂环绕着她的身体。他吮吸了她手臂上的几颗水珠。

戴着面具的她在面对他时丝毫感觉不出她是在工作。她的联系人芳姐介绍给她这个男人，首次见面她就觉得这个男人有点不一般。这仿佛是直觉。不一般在哪？却无法说清。每一回合作都是愉快的。他吸烟的神态与他说话的语调都显示出他具有良好的教养。她不知道他是什么职业，叫什么，他只有一个代号——昆虫。

现在，他的脸散发出一股浓厚的男人气味，喷着重重叠叠的温热。她闭上了眼睛，身体正在渐渐地变软。他的力量正在加大，像一个巨大的塞子堵住了她所有说话的欲望。她感到面具正在融化。他的汗水滴落下来，她舔了舔，居然是咸中带甜的。

他披着浴巾坐在沙发上吸着烟说：“你可以跟我，不用这么辛苦奔波。以后再也不用戴面具了。”

她说：“你认为值得吗？”

他说：“我从来都同我认为值得的人交往，包括像你这样的女人。”

她听了便也点了一根烟说：“我已不年轻了，我不是一个刚上这条船的女人。”

“我更喜欢这样的女人。”说完他递给她一张银行卡。

她把这张卡从容地放入包内，那肯定是一个很让她满意的数字。

他站了起来说：“我有点喜欢上你了。不是现在，从第一次见面时开始。”

她说："你见到的是面具。"

"我可以看到面具后面的你。"他轻笑一声说，"我有这个本事。尽管你戴着面具，而在我眼里你根本就没有戴着面具。"

"真的吗？"

"千真万确。"他说道。他轻轻地拍了拍她的肩。

昆虫躺在沙发上翻看了当日的报纸，新闻每天都有，有一个少女因恋爱受挫站在三十层大酒店的顶上嚷嚷着要自杀，警察在整个大酒店四周拉了安全网，照片上看去，酒店就像披满鱼鳞的一条巨大的鱼。

他自言自语说："活得烦了。"

她并没有去附和他。他们以前几乎没有交谈，这一次像是破例了。昆虫是一个不爱说话的人。

在要离开房间的那一刻，她突然问他说："你是怎么样的昆虫？"

他把报纸挪开，微笑着说："你想了解的话，很简单，跟了我，你就知道我是怎么样的昆虫。可能是致命的昆虫，比如马蜂。"

她说："我想你是一只群花中围绕的蝴蝶。"

他点上了烟，然后说："我想我更像马蜂。"

她看到他喷出一口烟后显得有点严肃，便不再问他了，他是马蜂也好是蝴蝶也好，只要他是昆虫，记住这个代号就行了。

停车场停着许多车，几个保安正在用灰色篷布遮盖某些车的后尾。昆虫要用车送她，他的车就是其中一辆。她拒绝了，她还不能告诉他现在的住址。也许他真是一只马蜂。

这是一间宽敞的房子。她置身于房子时觉得她生活得很好。当她走进阔大的卫生间时，这样的念头越加强烈。滴了几滴沐浴露，然后躺在乳白色的西班牙浴缸里，把身体放平。橘子味的泡沫涌出了浴缸，在印度红大理石地面云朵一样滑动。

她点着了一支烟。她闭上了眼睛。银行卡。他。昆虫。马蜂。蝴蝶。不知过了多少时间,她感到身体失重了,像是漂浮在河面上。在茫然的意识中,她突然对自己说:“我在哪里?”这像一股强有力的冲击波,记忆的闸门一下子冲开了。

那是一条蜿蜒的河。

那是一条肮脏的河。

每天有船来往其上。河面上漂浮着菜叶、破袜子、白色泡沫盒。不知是哪条船总是漏油,河面上一层污黑的油在阳光下随着水花泛着些许斑斓。一年四季有马达声响。乌黑的河水总是在夏季开始作恶,蚊虫滋生,遇到闷热天蚊虫一团团地聚拢,像一个个悬空滚动的黑球,发出巨大的嗡嗡声。周围有一股无法阻挡的恶臭,刮过风时,臭味像飞扬的尘灰一样自由飞翔,铺天盖地扑入鼻中。

河里只有一些丑陋的包头鱼,它们大量繁殖,遇到雨天便成群结队地浮在河面,互相追逐嬉戏。有人曾经捞过这些鱼,很丰收的样子,但听说吃了鱼之后,整个人肿了,说话变得结结巴巴。这些包头鱼是罪魁祸首,人们害怕它们,总是警告孩子们千万不要去捉鱼,那等于自杀。有人在河边插了一块木牌子:河中之鱼有毒。

她们一家就住在河边。那是父亲所在工厂的一个宿舍区。房子是砖混结构,楼梯是直筒形的,扶把上常年沾着灰尘。墙面一律是灰色的,像河上方天的颜色。对着河的许多房子的木框窗户终年关着。她们住在顶楼。

妹妹降生在一个寒冷的冬夜。早晨,河居然结了冰。有个孩子率先发现了这一事实。他在河边的大呼小叫惊醒了人们的梦。当他们看到平时流淌不息的河安静无比时,惊呆了。那是多么的不可思议!没有人会想到乌黑的河水也有结冰的一天。南方早就不再寒冷了。人们戴上压在箱底多年的老头帽,袖着手,跺着脚,愤愤不平地议论这个该死的冬天,但他们又有些喜欢,说终于不用听到船的声音了。

在顶楼，母亲的羊水说破就破了，根本来不及送医院了。裹着棉衣的白丽听到了母亲撕心裂肝的喊叫。尽管已是第二胎，可母亲还是满头大汗叫得惊天动地。她的叫喊声足以让人相信产下来的将是一个大块头，这是一场艰难的战斗。原来，她们的那幢楼有一个女人在厂医务室做过几天，后来因为常把阿司匹林、止痛片等私自带回家，被厂里发现给辞退了。在妹妹出生的前几天，她与母亲有过一场争吵。那是因为母亲在那天声嘶力竭地喊叫，不是生孩子那样的，那个女人的头痛病再一次复发了。父亲知道这件事。他犹豫着没有去叫那个女人。他不知道其实那个女人并不会接生，她是一个见血就晕的女人。可是那个女人还是进来，她头上包着一块蓝色的毛巾，仿佛不能见风似的。当她咬咬牙准备承担接生这个重大使命时，母亲却喊出了最为宏亮的一声。瘦小几乎能被风吹动的妹妹破门而出后，长时间不喊不叫，极其安静。当时父亲以为妹妹不行了。他看着那个扶着头昏昏欲倒的女人，脸都白了。妹妹来到这个世界的这一刻居然不喊叫一声。母亲已陷入半昏迷，断断续续的呻吟声有气无力，湿淋淋的头发像是水里捞出来的一把草。

白丽缩在棉衣中跟着父亲进入房内，看到父亲颤抖的手指触到了蠕动的妹妹的头顶时，妹妹突然喊叫起来——哇！异常嘹亮。当时，父亲差点跪在了地上。他激动地反复地说："活了，活了。"那个女人像是有一双慧眼似的，依旧扶着头说是个女孩。裹着棉衣的她也跳了起来，她一直在猜测母亲肚子里的那个小东西会是一个弟弟还是妹妹。她更喜欢一个妹妹。母亲达成了她的心愿。

妹妹几乎被冻死。母亲居然忘了应该把妹妹放入最温暖的被窝，那仿佛是一种过失？母亲苏醒过来第一件事是喝了一碗滚烫的鸡汤，然后倒头大睡。当父亲发现妹妹的嘴唇呈紫黑色时，才醒悟到妹妹的身体开始一点点僵硬了。父亲敞开大衣，把妹妹裹进胸膛，然后发狂一样奔向锅炉房，那条小路也结冰了，冰碴有的尖锐，有的长长的像绊绳，在昏暗的路灯下，父亲踉踉跄跄地奔路。在锅炉房，父亲用右手拼命捅开已封好的炉门，煤块重新燃烧起来，父亲对着火热的炉门又一次敞开胸膛。妹妹开始一点点动了。父亲大口地喘着气，按捺不住喜悦地把脸贴在妹妹的脸上。

第二天，河里的冰开始化了。

妹妹似乎并不喜欢跟白丽说话。当她蹒跚学步时，她就像个坚强的人一样不需要别人的帮助。她几乎没有哭过。她碰在桌角摔在地上流血了，都不会哭喊，爬起来独自安抚伤口，舔着红色的血，像只孤立无援的小野兽。白丽任何显出帮助的信号均被妹妹无声拒绝。妹妹倚着墙壁，或者床脚边，低头看着自己的脚。妹妹的前额总是凸出许多，不像她的额显得有点扁平。她觉得妹妹的额头甚至是滑稽的，仿佛里面塞了一个鸡蛋。她有时情不自禁地想去摸摸它，但是妹妹始终躲避她，只有在妹妹睡着的时候才可以小心翼翼地实现这个心愿。她想，那是父亲在妹妹出世时摸了她的缘故。

妹妹时常面对着那条河发呆，她小小的脑袋里流动着许多不为人知的东西。乌黑的河水一年又一年地流着。她在河边自言自语。包头鱼在河面上若隐若现。她总是小心翼翼、满怀戒备地看着每一个人，眼光是那么的捉摸不定。她不会主动地跟任何人说话。楼上楼下的住户们从来不认为她是一个好孩子，在他们的意识中只有嘴巴甜的孩子才是讨人喜欢的，包括那个说给她接生的女人。她曾经有一回对一些女人说，当她看到她出世的第一眼起，就知道这是个怪胎。他们看到她下楼，沿着一条扔满断砖、垃圾的小路去河边，他们捂住了鼻子，仿佛那条河流到他们房子里来了。

很多人疏忽了妹妹。她时常在夏季来临的时候，一个人坐在河边的一块青石板上，那是她的一个固定位置。她的脚没有那种晃荡，是安静的垂直。她的双手放在膝盖上，看着来来往往的船只。夏季风吹动着她的衣裳，猎猎作响。她整个人显得越加瘦小，衣裳像是裹着她要带她飞，如果她真站起来的话。她像是活在一个人的世界里。那些蚊虫似乎从来不会袭击妹妹。它们友善地在离她一尺远的距离歌唱。阳光穿过云层落在她的额头，聚成一块，亮晶晶像一面小圆镜。

那些来往船只上的人开始注意她了，他们大声地喊："喂……"余音长时间在河面上荡着。

妹妹只是静静地看着他们，一动不动。他们中不是太明眼的人把她当作了一座雕像。或许到了跟前，才发现她是一个活着的人。她始终静止。直到那些停泊在河面的船开始生火做饭，把淘米水倒入河里，把烂菜叶扔到河面，包头鱼们纷纷浮头争抢食物时，她才站起来。她回家了。

她走得很坚决，不会随意回头，仿佛之前她看到的一切都不存在了。她在楼道口会稍稍停留，抬头仰望，好像在等待父亲的召唤。每次上楼，她都会用手扶右边的墙体，仿佛楼梯会突然掉下去似的。走到门前，她敲门的姿势十分怪异，左手握成拳，一下一下地推打着门，发出的声音沉闷与乏味。门开后，她张望一下，然后小心翼翼地走了进去。她总是径直走进房间，关上门。她会安静地待上一会儿，哪怕房间外面的人叫得心浮气躁了，她也会闭上眼睛冥想，好像着了魔。

妹妹在读小学时，每一年都是三好学生，奖状贴满一整面墙。学校离家有三条街的距离，她每天独自走着去，又独自回来。她的同学都认为成绩优秀是她额头的缘故，他们说额头凸出的人特别聪明，脑髓多一点。老师们看到这个梳独支辫的黑黑瘦瘦的小姑娘，便说："她要是多说几句话该有多好呀。"老师们发现妹妹像个哑巴，一天有时只说一两个字，就是老师提问题叫到她时，她也会拣最简单的回答，她从来没有那种滔滔不绝。也许她天生就是个不爱说话的人，但她的成绩出奇地好。他们用怜惜的眼睛看着这个不说话的小姑娘，发现她的眼睛是那么的深。

额头上方的一簇头发总是湿哒哒地贴在妹妹的脑门上，像一个非常醒目的标记。也只有在她快乐的时候，那一簇头发才会脱离她的脑门开始飘动，向上向左向右。只是，她的快乐太少了，所以很少看到那簇头发有一天很高昂地飘动着。人们奇怪地看着妹妹的额头，随着妹妹的同学们(其中有一个就住在那幢楼里)夸大其词的传播，他们也越加相信妹妹的额头真的有点不一般，所以他们开始原谅自己的孩子为什么考试总是那么差。他们不会注意到妹妹额头上的那簇头发。

父亲用眼睛忧伤地看着白丽，却用粗糙的手抚摸着妹妹的头。亲情的醇与厚是用距离的长短来体现的。视线是长长的，目力所及之处那么遥远；然而抚摸几乎没有距离。头发与手掌的轻轻摩擦发出了轻微的声响，好像一个人对着另一个人面对面的低低倾诉。妹妹在父亲摸她头发的时候，一动不动。即使她背着书包，她也会等父亲的手离开了她的头发了才会解下来。她后来用眼睛看着父亲，瞳孔里印着一个慈爱的父亲。父亲却心领神会一般点了点头，像是知道妹妹的眼睛在说话。

父亲用节省下的钱给妹妹买了一套《安徒生童话》。其实那是卖煤渣的钱。煤渣可以制成砖头，那个来收购的人说的。父亲的锅炉房属厂后勤处管，那个处长将煤渣一古脑地卖了，从他手指缝里漏出的小钱给了父亲。父亲没有将这笔小钱交给母亲，他作了一回主。父亲看到妹妹接过书时，眼睛突然亮了，额头上方的那簇头发飘了一下。父亲的脸顿时红光四射，父亲用抚摸妹妹头发的手按了自己的脑袋：“以后我还给你买。”

父亲每次看到妹妹坐在河边翻看那套童话书时，他的脸上便生动起来，有一股异样的光泽。他额头上的皱纹便像徐徐下降入水的水闸一样隐没了。他对妹妹说话，好像滔滔不绝的样子。妹妹像个忠心的善解人意的听者。她脑门上的那簇头发始终没有因父亲的说话而飘动起来。乌黑的河水映着她沉默的轮廓，晃动一下然后又晃动一下。然而父亲不管，厂里的事锅炉的事，话语像水流一样滔滔。父亲说起锅炉的时候总会没完没了，他说煤为什么会在锅炉里烧得这么旺，那些水为什么沸腾，渣为什么会这样细。父亲显得神采飞扬，白色唾沫在空气中细细碎碎地飞翔，像点点雪花。父亲甚至摇头晃脑，手势夸张而兴奋。父亲成了另一个父亲。妹妹看到河边的水蛇蜕了一层皮，它游得更加得心应手了。

他们有时就偎依在河边，什么话也不说。河水涨起来的时候，妹妹便把一双脚伸进了河水中。玉色的皮肤把乌黑破了两个洞，黑色正在瓦解。有极小的鱼在水中咬着她的脚趾，那是幼小的包头鱼，它们的生命刚开始，还不懂得危险。妹妹似乎看到了它们胖胖的脑袋、鼓鼓的眼睛，还有不引人注意的鳍。妹妹便会轻微地笑一下，又笑一下。她不会笑三下。她的笑声都是不连贯的，而是质地坚硬地落进了河里，把小鱼儿惊走了。它们像是接收到信号一样一下子隐入水中。父亲有些不安地看着河面。父亲只能机械式地跟着笑一声，或者笑两声。可是父亲配合的零落的笑声总是被河面上驶过的铁壳船的马达声遮掩。“哒哒哒……”河水随着马达声剧烈晃动，有时便湿了妹妹的膝盖与双手。

母亲时常站在那个可以眺望河的窗户前看着这对父女。他们的脑袋有时碰在了一起，显得异常亲热。母亲一直站着，直到他们回来为止。她皱着眉，似有满腹心事。河水正在散发令人厌恶的气味，随风飘来。母亲有一种呕吐的欲望。母亲不喜欢那条河。河水只会让她呕吐。即使那条河有一天彻底澄清，混浊不翼而飞，她也不会喜欢它。她从来不像其他女人一样去河边洗衣裳。河边的几块石头也是乌黑的。乌黑的河水只配洗拖把，洗马桶。事实上父亲承揽了这一切。她很少洗过衣裳。父亲会扛着拖把去河边洗，他扬起拖把在空中很是洒脱地甩了一下，那些水球就像子弹一样射向河面。他有时候会接连重复这个动作，从另一个角度看去，这个动作就像他在锅炉房扬煤一样。偶尔，妹妹会陪着他，她看着水珠溅落河面，惊慌失措的鱼儿下潜时荡起涟漪。她低了头。

父亲知道母亲厌恶这条河，母亲的衣裳他从来不拿到河边去洗。父亲把河水里捞出来的衣裳在自来水龙头下冲一冲，然后晾干，那是父亲与妹妹的衣裳。衣服上残留包头鱼的腥味，在热烈的阳光下消散。母亲的衣裳享受的是自来水。母亲闻不得河水的味道，她说她会呕吐。妹妹听到母亲这么说时，她的眼睛里流淌着忧郁。她会把自己的脸贴在衣服上，阳光和河水的味道交织在一起，总是这么熟悉、这么亲切。雨天，父亲便将衣服拿到锅炉房去烘干，水汽弥漫，他很细致地倾听衣服的收缩声。仿佛，他听到那些水汽离开衣服时的声声叹息，那是一个个魂儿。尽管这样，母亲依旧痛恨那条河。很多人在河边生活了一辈子，经历了一个从恨到无所谓到离不开的过程。母亲却不，因为她的一个戒指曾经掉在了那条河里。

那是一个外表古老的银戒指。阿宝在他们一次欢娱后把那个戒指煞有介事地送给了她，像一个郑重的信物。在没有痛恨这条河之前，她时常会从河边走过，然后伫立。她的视线是散乱的，没有目的也没有方向。那天她的手指被一只黄蜂蜇了一下，她中了魔似的胡乱挥舞，直至那只银戒指飞了出去，闪电般落进河里。她气得大骂，滔滔不绝。那是一则不大不小的新闻，引发了这幢楼的人们对她的评价。他们的结论几乎是一致的，她不能在河边伫立，总有一天她会跳下去，就为一个无足轻重的银戒指。有人拍手叫好，也有人寻思打捞银戒指，然后向母亲索要打捞费。后来，真的有人在河里打捞，结果捞上来一个假发套。人们对假发套充满好奇，他们猜想这是谁扔下去的，这幢楼没有人需要假发，除非有人想扮女人。各种猜测不断发酵，于是关于那只银戒指的事就被掩盖了。只有母亲还记着，她苦于无法下河。她知道一下河她的皮肤就会腐烂。

某一天深夜，月光下的母亲还是徒劳地做了一回傻事。那个陌生男人走下河的时候，再次看了一眼母亲手里的钞票。他每往深处走上一步，就回头看一眼河边的母亲，好像她随时都会逃跑似的。终于到了深处，水漫过了他的脖子，他下潜之前说了一句话：“说话要算数。”他起来的时候，手里抓着一只铁壳箱子。母亲说：“我要银戒指。”男人一声不吭地上岸，砸开铁壳箱子，发现里面有一只手表，没有进水的手表无声地走着，他将手表戴在腕上，然后伸手说：“给我钱。”他们发生了争执，惊醒了这幢楼里的人们。一盏盏灯亮了起来，一扇扇窗开了，一个个脑袋发出了声音。母亲觉得自己好像赤身裸体了，在众目睽睽之下，她采取了息事宁人。陌生男人收了钱，走了。母亲气愤地踢了一脚那个铁壳箱子。这件事很快就被人查清楚了，那个陌生男人是一个乞丐。从此，母亲就痛恨那条河。如果有一天这条河干了，她也许还可以在某条鱼的肚子里找到那枚锈迹斑斑的戒指，那是一枚其实在地摊上只要花五块钱就可以买到的戒指。

妹妹跟在父亲的身后，像一株细小的无法长大的树苗。他们一同进房子。当妹妹看到母亲痛恨的脸，她便恢复了平时的安静。她把卷起的裤腿放下，把脑门上那簇刚刚飘了一下的头发按住。她仿佛没有快乐过，从看到母亲开始。她没有任何表情地看着母亲。坐在桌子旁吃饭时，妹妹与母亲对面，可是妹妹没有看过母亲一眼，父亲把菜夹到她碗里，她也把菜夹到父亲的碗里。她没有为母亲夹过一回菜。在妹妹的脸上从来就看不出她与母亲有着最为亲密的血缘关系。她们像是两个各不相干的陌生人挤在了同一个屋檐下。她从来没有叫过母亲一声。当她开始梳头的时候，她甚至不愿意用眼睛的余光扫视母亲，她会闭上眼睛。因为她知道母亲就站在她的身后。她不愿意让母亲看到她活动的脸与眼睛，一点都不愿意。她一下又一下地梳着她的头发。梳子干涩地欢叫。

她的脸始终呈现罕见的平静，与她一个孩子不相适应的平静使得整个房子像个夜晚。

母亲与妹妹之间有一条很深的沟，这条沟像燕子河一样宽。

母亲像是在巴结妹妹，她在给自己置衣时总不忘给妹妹置一块花布，让人做成好看的衣裳、裙子。妹妹视而不见，放在枕头边的衣裳一动也不会动。哪怕是在闷热的夏天，妹妹也不会穿母亲为她准备的裙子。她愿意让汗水浸透自己。妹妹更喜欢父亲改制后的工作衫。父亲的工作衫有时披在妹妹身上，妹妹像个戏台上的演员。她特别喜欢挥舞袖子，风声跟着来了，每挥舞一下，她的身体就像是长高了一截。

有一回，厂里的礼堂里有一场庆祝演出，父亲带着妹妹去了。妹妹看着舞台上越剧演员的袖子那么轻轻地挥舞，她开心地笑了。她的笑仿佛是个密码，父亲用手轻轻地抚摸了她的头发。他们在一片叫好声里陶醉，好像这场演出永远不会落幕。散场的时候，妹妹拉着父亲的手一直站着，看着演员们坐上班车离去。他们站了很久，月光下的妹妹后来仰头望着月亮。妹妹挥舞着双臂回家。她趴在桌上写作业时，整个背像跃起的鱼儿一样。她个子那么矮小，就是踮脚了也还拿不到木柜上的茶缸。如果气温太高，父亲便把家中唯一的一台电风扇放在妹妹身边。但妹妹却不会独自享用这凉风，她把父亲拉到电扇前。

母亲以为是父亲在教唆妹妹，与她公然为敌。可是父亲从来没有那么做过。母亲后来也知道她与妹妹的距离并不是父亲造成的。因为父亲在房子里几乎没有任何语言，他像个哑巴。如果一定要说父亲与妹妹合谋，那么也只有目光了。他们俩的目光像一条语言的绸带，在房子里绕来绕去。妹妹的目光更多时候是静止的，像房子里的任何一件不可移动的物件，她几乎不太眨眼睛。而父亲总不时让目光流淌到妹妹身边，仿佛他在房子里的主要任务就是让妹妹看到他的目光。他们心领神会。

白丽看到妹妹便感到了寂静，确切一点说是寂寞与安静。妹妹身体上流出来的寂静，像父亲的烟与水一样无声无息弥漫。她曾经看着妹妹与父亲坐在河边，船在河面上驶过，他们起先仿佛成了两个影子，跟着晃动的船飘来飘去。她使劲擦拭眼睛，他们真的像影子，成了一个影子了，而且跟着船走了。她慌了，拼命地大叫。镇定之后，发现他们还在河边。她时常想跟他们坐在一起，一起说话。可是她觉得她走不过去。不知为什么，她与他们之间有一道栅栏，总会在某个时候突然横在她的面前。她朝前走一步，身后就有一种力量拉着她，让她停留。她觉得父亲与妹妹是同一个世界的，而她像被他们挡在了门外。

她时常看到妹妹瘦弱的身体渐渐地消失在河边，天空的一块红云罩在河面上，把最亮的红光拖在了妹妹的脚步上。然后又在某一天突然从河边走来。妹妹浑身湿淋淋的，她额头上的那簇头发却是干燥的，在飘动。在她的一个梦里，妹妹就是这样的神秘。妹妹总是与河连在了一起。在她所有的梦里，河是所有构造的背景，沿着河走去，或者流去。河是妹妹活着与快乐的证明。

而母亲却一次次想阻止妹妹去河边。母亲甚至危言耸听："你再去河边会被淹死的。"妹妹听到母亲的警告，变得十分愤怒。她的脸顿时浮上了一层苍白，经久不消。她抖动着身体。每次母亲离家去放纵，妹妹脸如白布一样坐着，任何人叫她，她都不应。母亲回来时，妹妹闭上了眼睛，她脑门上的头发像是被粘住了。她不再用手去分开它们。父亲在那个时候像是被电击了一下似的痛苦叹息。妹妹的泪水始终没有在父亲的叹息声里掉下来，最后，它会慢慢在妹妹的眼睛里发干。她睁开眼睛后，周围的一切对她而言仿佛都成了空虚。那时，一阵小小的风都可以把她吹倒在地。

父亲那天从锅炉房回来，他整个人冒着烟与水。脸是乌黑的。妹妹把一盆清水端到了父亲面前。父亲把整张脸浸在了清水里。妹妹看到水底沉着煤渣子。她用细小的手一颗一颗地把它们捡了出来。父亲擦干脸时发现了妹妹左手的手心里有一颗颗黑色的小颗粒。那一盆水像是过滤的河水。父亲便怔住了。父亲便流泪了。他的手在颤抖着,整个身体也在颤抖着。妹妹把父亲掉在地上的毛巾捡了起来。父亲站在窗口对着那条河汹涌地淌泪。妹妹就站在他的身后,无声地看着他。妹妹手心里的那些黑色小颗粒闪着黑色的柔和的光泽。

妹妹拉着父亲的手到了河边。他们在河边坐下。父亲在那个傍晚一直吹着口琴,他已经很久没有吹口琴了。那是父亲一生中吹得最为痛快的一次。人们像发现了新大陆一样远远地看着父亲与妹妹。男人嘿嘿地笑,女人们不声不响地听着,有的居然流下了泪水。孩子们什么都不管,他们开始了有史以来最大的捣蛋,在整幢楼里上蹿下跳叫唤着。父亲的琴声如同一场狂欢的前奏,人们喜气洋洋地议论着,然后含情脉脉。坚硬的一幢楼开始变得温柔,人们打开了一扇又一扇窗,好像人人都变得友善可亲,人人都爱心洋溢。他们朝河边的父女俩招手致意。妹妹两手托腮看着早早显现的月牙儿,她被这美妙的口琴声迷住了。那些个音节扑通、扑通地落到了河面上,仿佛激起了小小水花。她睁大眼睛,乌黑的眼珠里有一个白白的月亮。河面上游动的鱼也吹出了一个个白花花的泡泡。在开始降露水的时候,妹妹枕着父亲的膝盖睡着了。

夜已深。

河水轻轻地掀动着,把它温柔的一面展现,不时有不安分的包头鱼跃出水面,展露细密的鱼鳞与手掌般的曲线。远处有星星点点的红,那是熄了火的船,船主们将在船上安睡,船灯将一直亮到天明。月亮钻进了云层。妹妹被父亲抱了回来。父亲借着暗淡的路灯看到妹妹脑门上的那簇湿头发一下一下地晃动,像在飘。

母亲还没有入睡。她刚刚回来。她慢条斯理地喝着一杯酒。那瓶酒也是从外面带来的。父亲看到那个棕色酒瓶上有一根手指的指纹,跟印上去一样清晰。父亲便仇恨地看了母亲一眼,然后进妹妹房间把妹妹放在了床上。妹妹睡得很香，在她的眼角里还点着一颗泪，像一颗晶莹的露珠。父亲用粗糙的手小心翼翼揩去了这颗泪。

母亲不停地喝酒。酒杯与酒瓶碰撞后发出尖刻的响声，在静夜尤其响亮。母亲似乎很满意这样的撞击。她乐此不疲。

父亲把酒瓶夺了过去，低声说："她睡着了。"

母亲勃然大怒，把酒杯砸在地上高声骂道："把酒瓶拿过来。"

父亲看着一地的碎片依旧低声说："她睡着了。"

"你把酒瓶拿过来！"

接着他们开始一场争吵。父亲显然处于下风。母亲夺过父亲手中的酒瓶，大声地吼道："她不是你的种，你没权力跟她这样。"

父亲的脸霎时苍白。当他看到妹妹站在房门口平静地看着他们时，父亲便颤抖着对妹妹说："她喝醉了。"

妹妹知道了这么一个结果——她不是父亲的种。她不是父亲的女儿。在她面前仿佛有一场熊熊大火，她半个身子被燃着了，她站在父亲与母亲之间。一个熟悉的人。一个陌生的人。她摇晃了一下，像是把另一边的水倾倒在了火焰上，半边的火给扑灭了。她平静地说："我是谁生的？"

父亲看到妹妹的脸冷漠得像一块冰。他隐约听到咯咯咯的响声。他用手抚住了妹妹的头说："你是我生的。"

红了眼的母亲似乎觉得现在她终于达到了一个目的，便恶狠狠地说："你不是他生的。"

妹妹的身体哆嗦了一下。她挣脱了父亲按在她头上的手，把脸转向满嘴酒气的母亲，"我是谁生的？"

母亲仿佛感受到一股威胁的力量。这股力量的发源地正是妹妹的眼睛，那里射出带有致命性质的目光，像箭。狂妄的母亲顿时紧张起来，低头支吾地说："是，是……"

妹妹的手很长地伸了起来，她像是一下子长大成人。她用给父亲捡煤渣子的右手用力地扇了母亲一个巴掌。她一字一字地说:“你——这——个——婊——子!”

母亲便在那一声清脆声里轰然坐地,尘土飞扬。

妹妹飘动着一样走进了自己的房间。母亲坐在地上大声地哭着。父亲苍老地垂着头。

妹妹从拍出这个声音后,便开始远离父亲。她不再与父亲一同去河边了,她也不再眺望那条通往锅炉房的小路。她的手在很长时间里一直红肿着。她的头发始终搭在脑门上。她开始控制进食。她每天用最少的饭菜维持她一天的生存需求。她的吞咽与咀嚼显得艰难。她在学校里变得像一株日渐枯萎的豆芽菜。有一天她终于晕倒在教室里。她慢慢地从椅子上滑了下来,像柔软的海带。老师们对这个瘦小女孩的钟爱是不约而同的。他们把她送到医院的同时,像是明白了什么,群情激昂齐齐声讨父亲母亲。

妹妹流了很多血。是她晕倒时头撞在地上后开始流的,稀薄的血从她的额头渗出,从她的鼻孔源源不断地流出,堵都堵不住,使她黑瘦的脸变得纸一样白。在医院,一脸煤灰的父亲手足无措。他大汗淋漓。他身体里的血无法流进妹妹的身体,一滴都不行。父亲终于当众对母亲下跪了,求她将那个男人叫来,能从他的身体里流出一些血来,注入到妹妹的身体里。他不停地磕头说:“你去叫来呀,快去呀。”

母亲的脸一直苍白。周围的眼睛正在深刻地、无声地谴责她。她看到妹妹安静地躺在病床上,孱弱的身体扁平得像一张无法卷起的烙饼。母亲面对着因接连磕头额头出现一个个血印的父亲。她的腿软得无法站立,就像突然患了伤寒。她无法在众人面前继续支撑。她掩面踉踉跄跄跑出了医院。

小木头没有如父亲所愿来到医院献出他的血,半滴也没有。纵然母亲百般哀求,小木头仍无动于衷。男人硬起心肠来比任何时候都陌生,他们天生就是钢铁做的。况且小木头被父亲的计划折磨得焦头烂额。他轻描淡写地回绝了母亲。他说："那会是我的种？"他的这句话把母亲希望的心击得粉碎。她披头散发地看着小木头，发现他白净的脸上现出一块黑晕，越来越大，把他的脸都遮盖了。母亲绝望了，她像个空壳人一样走在人来人往的街上，嘴里不停地念着妹妹的名字："芬呀，芬呀。"

一个老师捋出自己的手臂，他的血流进了妹妹的身体。妹妹昏睡了三天。妹妹醒来后，两只眼睛像两颗晚熟的葡萄。母亲用手掩住了脸。父亲则流下了泪。父亲说："你醒了，好了，这下好了。"父亲在病房陪了三天。这三天里，他一刻都未曾合眼。他密布道道血痕的眼睛落在妹妹的眼睛里。父亲用他失去水分的手轻轻地抚摸着妹妹的头。妹妹便叫了一声："爹。"然后看了母亲一眼，然后闭上了眼睛。

母亲自妹妹回家后，便变化了很多。她总是用愧疚的目光看着黑瘦的妹妹。妹妹仍旧平静地看着她。可是那平静的目光却像一把锋利的刀割开了她的胸膛，母亲觉得。她无法与妹妹对视。她不敢。她失去了这个勇气。她像个木头人一样发呆。她开始诅咒小木头，这个没良心的男人。他不像阿宝一样善良，他就是一头凶残的狼。她以前怎么就那么昏头呢？她早就应该发现他其实冷血无情。她应该将他的手指一根一根地折断，让他尝尝人间痛苦。

事实上，母亲的确又去找了小木头，她寻思着至少得在他身上咬一口，必须咬出血来，只有这样，她心里的怨恨才会减轻。小木头却冷漠以对，他开始明白这个女人有些麻烦。母亲终于失去了最后的理智，她冲了上去，抓住了小木头的一条手臂，她张嘴要咬下去的时候，小木头的另一只手扼住了她的喉咙。她艰难地发出"啊啊啊"，窒息的感觉越来越强烈。小木头的手松开的时候，母亲还站在原地，"啊啊啊"地叫着，好像她就要死了。

父亲与妹妹又坐在了河边。茫然的妹妹忧郁地看着来往的船只,目光散乱。那些蚊虫开始拼命地叮咬她,停在她的手臂上,脸上,嗡嗡嗡……妹妹按住那些肿包,用手指蘸了唾沫抹在那些肿包上。她看到烂菜叶、淘米水、一个孩子光洁的屁股,他在拉屎。一群又一群贪吃的包头鱼浮上来,互相撕扯,把菜叶拖入水底。它们把尾巴的末梢摆给妹妹看。它们成长得飞快。父亲犹犹豫豫,好像全身上下装满了炸药,冷不防就要爆炸似的。妹妹不再是以前的妹妹了,她变了,好像从一个隧道里穿越过来了。那是个黑暗的长长的隧道。父亲想起了夜晚。妹妹几乎每个晚上都会惊醒,她坐在床上,一动不动。父亲像个守门人一样站在房门前,他望着妹妹,他们遥相呼应。但是他们一句话都不说。父亲寸步不离地守护着妹妹,他带她去锅炉房。妹妹的身体那么单薄,她披着父亲的衣服,坐在锅炉前。她的双手瘦得几乎可以看到每一根纤细的神经。她总是将双手伸向锅炉,获得热量。有时候,父亲将妹妹的双手放在了他的胸膛上,他感到冰凉。

妹妹用黑瘦的手摸着脑门上的那簇头发。它们自妹妹出院后变得日渐稀少。妹妹对着河,一根一根扔着自己的头发。那些头发被河面上略带腥味的风吹走了。也许有的会被吹到船上,跟着他们走了。也许有的会缠在包头鱼身上,成为包头鱼们的漂亮婚纱。她一脸平静,没有忧伤。她扔着头发的姿势平稳而自然,嘴角还会微微地挂着一丝笑意。有一回,这幢楼里的孩子们站在她的身后,他们看着她扔头发,一根头发随风而去,一根头发坠入河里,一根头发重新回到了妹妹手里。他们认为这是一个有趣的游戏。他们尝试着拔下头发,那种疼痛令他们眉头紧锁。显然,父亲知道了妹妹的心思。他在妹妹扔头发的时候吹口琴。可是妹妹不会睡着了,那美妙的口琴声都无法让妹妹停止扔头发。她睁着清醒的眼看着流淌黑色的河面,她依旧把她的头发一根一根地扔下去。方向没有了,因为河面上总是刮着乱头风。有一根头发缠在了口琴上,父亲无可抑制地颤抖了一下。纤细变得悲壮,悠扬失去了家园——口琴被父亲吹得零乱而苦涩。他再也无法吹全一首曲子。有泪沿着口琴的背面流入他的嘴里，是咸的，苦的。他也在涌上来的阵阵哽咽中一遍遍地放下口琴，腾出一只手抚摸妹妹的头。他的手在颤抖。

妹妹渐渐地瘦弱下去，她的头发在梳子上一丛丛地累积。有时候，梳子上都是妹妹的头发，从根部到发梢的头发足有一尺长，颜色是枯黄的，在头发的根部可以看到那针尖一样的黄像刺一样让人心悸。她不再梳辫子了。辫子已经梳不起来了。她看了白丽一眼，叫了一声姐姐。她把梳子塞进口袋。她照例把这些头发扔到河里去。她不再把脚伸进河水里。那些来往的船只在妹妹的眼睛里都没有了活动的意思。它们像凝固的画。他们照例大声地叫她："喂……"并且向她挥挥手。可是她只是扔着她的头发。她不再静止。长长的头发掉进了河面马上就不见了，就像根本没有扔下去一样。

父亲要带妹妹去医院，妹妹没有答应他。妹妹站在河边看着他。父亲想到了妹妹那次的流血，他害怕了，他想到那个医院里时不时听到的哭泣声，那是病人离世后亲属的啼哭。他说服不了妹妹，谁也无法说服妹妹。妹妹呀妹妹，她把一切苦与痛塞进了幼小的身体。父亲去厂里的医务室问了医生，医生用模棱两可的话搪塞他。父亲知道这一切都是因为母亲，她是这个宿舍区的妖怪。父亲几乎想跪下来，然后他痛哭流涕。但是他看到医生那怪怪的眼神时，就转身走了。他在医务室门外吐了一口痰。那口浓黄的痰堵在他的嗓子里有一上午了。父亲去买来一顶帽子，把它安在了妹妹的头上。父亲的手按在了妹妹的头上，也按在了帽子上，他已无法按到那些细密头发了。他的手按下去的时候总会颤抖。麦秸秆编成的帽子有一股清香，与妹妹的体味对流起来，它们打着旋，呼啸着向上，向上。

父亲不再看到妹妹捧着《安徒生童话》了。父亲发现那套《安徒生童话》整齐地摆放在他的床下。被翻过的纸无一丝褶皱，像被熨烫过一样；布满尘灰的书封上有一个清晰的手指印，那应该是妹妹的食指，纹路弯曲得像一个问号。父亲的泪水就流了下来。那时候，父亲捂嘴哭着，他的身体像打摆子一样。他后来擦干泪水，亲吻着书。

有一天妹妹站在窗前跟父亲说："我想看看那个人，看一眼。"她说完看着父亲，眼睛一片乌黑。

为难的父亲看着母亲。母亲像个聋子一声不吭。

妹妹说："我要死了。"

父亲说："你好好的。"

母亲浑身颤抖起来，恐惧地看着妹妹。

妹妹低了头，说："我头发都快掉光了，我会死的。"

父亲说："芬，你不要胡思乱想了，你好好的。"

妹妹说："我只想看一眼。"

父亲又一次向母亲下跪，求她把小木头叫来，让妹妹见一面。父亲说："你去叫他，叫他来。"父亲说着，又磕起了头，又说："叫他来，叫他来，我给他做牛做马。"

母亲闭上了眼睛。她没有答应父亲。她不能把那个没有热血的男人领到妹妹面前。那是她一生中最大的错，她上次碰壁之后就开始明白了。母亲已经没有这个勇气对着妹妹剥开那个腐烂的果子。母亲双手捧脸说："你不用求我了，我不会去的，求求你们放过我。"

父亲依旧在磕头，他说："你快去呀，快去呀，把他叫来，我给他做牛做马。我什么都答应你。"

母亲说："你就是磕破了头我也不会去的。"

妹妹眼睛里闪过一丝失望："是呀，我要死了，无所谓了。"

父亲继续乞求说："你去呀，你就答应她吧。"

母亲进了房间。她把房门关了，她在里面哭了起来。

妹妹把窗打开了，看着河。她从此就不再提起那个人了。她像个成熟的人一样数着自己的头发，像是在数她生命的日子。她不再去上学了，她的身体越来越瘦。有时候站在窗口她都会摇晃。母亲小心提防妹妹，她把白色的饺子端到妹妹面前，可是妹妹一只也没吃。妹妹喃喃地说:“我要死了。”

母亲生平首次央求父亲带妹妹去锅炉房，她认为在锅炉房会有温暖。父亲带妹妹去了，妹妹在锅炉房里也不再流汗。父亲抹着汗看着妹妹。

妹妹说:“我要死了。”

一个风雨很大的傍晚，妹妹又走出了房子。她没有撑伞，她戴着父亲买的帽子。她站在河边一根一根地把手中的头发扔下去。河水正在上涨，因雨水的稀释，河面呈现一种少有的清澈。包头鱼成群结队地浮了上来，它们尖叫，张大嘴向着空中嘶喊，像是危险的来临。妹妹坚定地扔完了手中的最后一根头发，她看着它飞了起来，像是长了翅膀。她取下了帽子，她的脑袋像一个洁白的葫芦，在越来越暗的夜色中发亮。河水涨得很快，漫过了河岸，并掀起了不小的浪。所有的船都躲在了避风之处。妹妹手上的帽子掉了下来，河水把它带走了。

那个晚上，妹妹没有回来。从此，妹妹再也没有回来。

母亲那天没有离家，但她刚刚喝完酒，她睡得很香。

白丽早早睡了，接连不停的雨使她感冒了，她觉得浑身发烫。她做了个梦，她与妹妹在河边高声唱歌。妹妹的喉咙出奇地嘹亮，像父亲工厂里的那个喇叭放着《团结就是力量》，后来她唱得越来越嘹亮，妹妹却不唱了。

父亲打着手电赶到河边的时候，只看到了一双鞋子，被一块黑色的石头压着。河水还在上涨，那顶帽子却不见了。父亲跪在了河边，无声地流泪。他的膝盖与上半身都像是僵硬的。雨一直下着。雨水流淌，流淌，河面上响起了许多嘈杂的响声，像包头鱼因为饥饿而发出的呼救声。

第二天清晨的时候，人们看到河面上浮起了许多包头鱼的尸体，它们肚皮朝上，白花花地在乌黑的河面显得光彩夺目。

远处有船只驶来，那个人喊着："喂……"

雨后。白丽走在了城郊的公墓区。这是第几趟了？一年又一年，她不像那些扫墓者，清明和冬至前后才来履行这一仪式。这里，仿佛成了精神交流的好地方。生者与死者的交流。父亲在这里躺着。所有的死者都无声无息地躺着。他们每一个人的背后都是一个故事，有流泪的，有痛苦的。他们背负着一生的重量。直到他们离开这个世界时，他们才像是彻底轻松了。所有泪都流进了地底深处，所有的痛苦都在泥土中融化，从此安静。

地上飘着枯叶。

几棵树在风中簌簌发抖。她突然觉得自己像是心力交瘁了。繁华到了这里不堪一击，变得脆弱。贫穷与富贵并排地以兄弟的姿势躺着。所有人的尊严荣辱都在这里化为乌有。只有墓碑上的铭文会留下一个姓名与年月，使得人们想起某个人一生的荣耀与酸楚。她的脚印留在了松软的泥地上。不久以后，脚印也会风干，或者消失。没有人能将他的脚印永远留在松软的泥地上，岁月与尘灰会将脚印掩盖得密密实实。

在她的前面是一个城市的背景。目力所及之处均是城市的象征——高楼或者大厦。在那个背景里，无数的诱惑像无数的蛇一样游动。它们把人的身体缠绕，用红红的危险的舌头舔着胸脯。它们的唾沫中含有麻醉。白丽觉得眼眶在发肿，孕育着温热，孕育着烟与水的前奏。

妹妹没有能够躺在这里。她的灵魂不知泊在何方。这么多年来，她一直没有放弃寻找妹妹。她相信妹妹有一天会被她找到。她曾经问了无数个船主，他们遗憾地说他们知道那个常坐在河边的小姑娘，可是没有发现她浮在河面上。他们说那是一个多好的小姑娘。看到她，他们便觉得他们会一路平安。也许，她沉入到河底，与那些包头鱼一起嬉戏；也许，她化成了水，融入到这条河里去了。

白丽站在父亲的墓前，把一束白菊花放好，墓前长出了一些青草。

父亲的脸在墓碑上隐现出来。他说："你一定要找到芬，只有她才让我觉得我活着的时候多么幸福。任何人都无法替代她。我有时候时常看到她，就在我的眼前，可是一眨眼她又不见了。我想念她。"父亲说完便把脸隐了。

梦五：

应该是个白天。我走着，好像是在一个陌生的地方，一个人看了我一眼，他身上赤裸裸的，我发现他的眼睛是红色的。在擦肩而过的时候，他说："我为什么活着?"我惊讶地看着他一点点走远了。

过了一会儿，我又碰到了一个女人，她也是赤身裸体的，她也看了我一眼，她的脸像纸一样白，当我与她擦肩而过的时候，她说："谁为我活着?"

我站了有一会儿，看着她终于不见了。

我又走了一会儿，又碰到了一个孩子，是个男孩，他也是赤身裸体的，他与我擦肩而过的时候，却什么话也没有说……

梦六：

有一只手总是在拔我的牙齿。它撬开了我的嘴，然后一颗一颗地拔着我的牙，我毫无抵抗。

当我吐出最后一颗牙齿的时候，发现牙齿乌黑极了。

第五章 罗英其人

母亲终于崩溃了。她在河边走来走去，她更像是在跳，如同脚下装了弹簧。她甚至认为是那些来往的船将妹妹带走的，他们的每一个空舱都有这个嫌疑。他们是一群居心不良的人，这条河就是被他们搞脏的。她一边叫唤着妹妹的名字，一边朝着他们怒吼。在那个时候，她骂他们是贼，是混蛋，是畜生，是最不要脸的，是凶手，等等。她完全成了那幢楼上的女人了，她们骂架的时候披头散发拍着大腿，她们骂人的时候有使不完的劲。虽然她没有跟她们正面交锋。可是她们的嘴永远在走廊、楼道、窗口发出声响。她以前认为自己跟她们是不一样的，她有着天生的优越感，但是现在她完全变成了她们，甚至比她们还不如。她骂得累了就抹抹嘴，然后接着骂。她很痛快，至少她觉得悲伤少了许多，身体也轻盈起来了。这是一种很好的锻炼，比那些老头老太装模作样打太极拳强多了。她有点儿沾沾自喜。因为她的身体日渐臃肿，尤其是腹部，棉花一样柔软，但却沉甸甸的。她担心用不了多久，脸也将胖起来，从瓜子脸变成圆脸，到时候，她成了一个没有容颜的女人。她几乎每天都看镜子，镜子里的女人显得陌生，尤其是她的头发失去了光泽。也许是因为酒精的作用。她看了一眼一堆空酒瓶，咽了一下口水。她对酒的依赖越来越强了，恨不得住到酒厂去。

楼上的女人们历来都是爱热闹的，她们白天忙碌，晚上显得寂寞。虽然串门可以满足她们的这点儿欲望，但没有比看一个女人疯狂地喊骂更有味道了。她们站在窗口，侧着半个身子，注视着河边的女人。她们曾经跟她有过交锋,并没有得到多少好处。日子就是这么消失的。一眨眼工夫,她们觉得斗志渐渐丧失了,像门背后的拖把,使用久了就开始掉布条。但是总有一种欲望在驱使着她们,那就是旁观他人的痛苦。这或许是她们暗淡无光的日常生活里最后的一抹亮色。于是,她们看着白德贵的女人跳跃着往河里扔石块,溅起的水花跳到岸上,把她的脸弄湿。她不再去摸她的脸,就让乌黑的河水在脸上渐渐蒸发。她的脖子伸得长长的,有一点示威的意思。女人们听见白德贵的女人"啊……"的大叫,简直要刺破天空。只有这样了,叫与喊,骂与跳,这是女人最后的武器了。她们失去了兴趣。女人们把窗户重新关上了,这时候她们发现多年没开的窗户边框下长着一寸来厚的青苔。

至于船上的人们,他们远道而来,这条河是他们生活的全部。他们像是鸟,栖息在这条河上。对他们而言,这是一条神圣的河,尽管河水是乌黑的。他们是这个城市的堕民,从踏上船的那一刻起,就注定了他们的一生。他们运煤、运砖,有时候也运钢材、黄沙。他们没有运过鲜活的东西,哪怕就是一船猪,也比一船砖来得有意思。猪的叫声,猪的屎尿都代表这是活物。包头鱼喜欢猪粪。他们最大的理想或许就是运输活物。他们的生活就在船上,船是他们的世界,吃喝拉撒睡,还有男欢女爱。当然,悲剧总是会发生。某一天,会有人从船上掉下去淹死,这是一个醉鬼的下场。又某一天,有个新娘投河自尽。这样,偶尔看到从河里驶过一条挂着白幡的船也不稀奇了。他们是一群不怕死的人。这幢楼里的人们总是这么说他们,好像只有这样才显得自己比他们高人一等。他们用钢叉和绳网捕包头鱼。每一次他们都不会空手而归,但他们不赶尽杀绝,捕上二三条就心满意足了。在船头剖鱼的时候,楼上的人们便会张望。不知道为什么,船上的人总喜欢在这里停留。他们剖着鱼,生着火,好像他们过的是神仙一样的生活。鱼的鲜血在河水里慢慢地洇去。包头鱼们一拥而上,马上将这些鲜血吞了下去。

它们才是不怕死的鱼。

他们无法容忍一个披头散发的女人在河边大声地诅咒他们、驱赶他们，他们把一些烂菜叶、废盒子扔向母亲。愤怒的他们觉得母亲想要驱赶他们。他们停靠在这个地方是经过选择的，这里仿佛就是他们的地盘。这幢楼里的人们有时候会跟他们打招呼，偶尔也会交易。当然，最令人吃惊的是，有一天这幢楼里的一个姑娘跟着船上的一个小伙子走了，从此再也没有回来。但那是很久以前的事了。恩仇总是在时间里慢慢淡化，像一张掉进河里的纸一样。他们一直在寻找一个适当的时机，改变命运。船上的生活终归不像地上的生活一样踏实。眼前的这个女人的大喊大叫令他们惶恐起来，好像他们是潜在的杀手似的。他们憎恨她，以致他们开始憎恨这幢楼里的人了。后来，果真发生了一件事。他们与这幢楼里的人打了一架。伤八人，死一人。

母亲所有的言行举止都显得她失去了常态。她在河边叫唤，似乎是在招魂。她要把妹妹的魂魄叫回来，让她回家。有时她在夜晚、在河边跌跌撞撞地叫着："回来……回来吧……"声音悠长而凄伤。她后悔没有让妹妹与小木头见上一面。他们应该见上一面的。她是他的亲骨肉。她掩面痛哭，痛哭之余又哽咽着说要是她答应父亲，妹妹一定不会死的，都是因为自己。她抽自己的耳光，这使她的脸像气球一样鼓起来。她在房子里寻找妹妹的头发，翻箱倒柜地，把几只陈年老鼠都赶了出来，可是妹妹的头发一根也没有留下。她抚摸着妹妹穿过的衣裳，大口地吸着妹妹曾经的体味，可是那些衣裳在过了一个梅雨季后便只剩一股霉味。她有时坐在镜子前，模仿妹妹梳头，她闭上眼睛，梳了一会后，猛地转头骂了一句："你这个不要脸的女人。"她把她额前的一簇头发用发胶粘起来，然后想尽办法让它飘。她跑着，跳着，喊着——飘呀，飘呀，快点飘呀。

她远远地看着母亲，像是看一个完全陌生的人。在夜晚她把母亲从河边拉回来，有几回她发觉母亲的裤脚已经湿了。她把母亲领回家，她们一前一后地走着，母亲依旧念念有词，像楼里上了年纪的老太太。那是一个矮胖的老太太，她独自住在一楼。平日里她紧闭门窗，好像与世隔绝一样。某一天，她会站在楼道里念念有词，然后烧纸钱。这令楼上的人们很愤怒，虽然他们知道老太太并无恶意，但是他们是城里人。

她把门打开，拉亮灯，然后扶母亲在椅子上坐下，接着便去拿毛巾给母亲擦脸擦手，母亲的手黑乎乎的像掏过煤。母亲表情凝固。她对母亲从来就没有熟悉过，如今却熟悉得就像自己的身体。她每天晚上都会研究自己的身体，身体的变化总是不引人注意的。她穿着宽大的衣服，身体就像是突然消失了一样，只有到了晚上，她才可以安静地认识它，皮肤、肌肉、骨头，还有那些奇妙的女性特征。她的乳房开始长大了。在她与妹妹成长的日子里，母亲一直没有与她们一道存在，她没有告诉她们，成长是怎么一回事，她甚至都不爱看她们的身体。母亲是游离的，是虚无的，像个空壳，至于那个肉身则走到很远的地方去了。她明明看到了母亲的痛苦，但母亲的悲哀沿着她身体的外部在绵软流动，无法直接穿透她的心。她张开心房，但是那道无形的屏障阻碍了母亲的那些悲哀。它们无法进入。

妹妹走得那么突然，甚至连一张照片都没有留下。在一面墙壁上贴着的一排三好学生奖状里，只有她的名字，没有她的样子。白丽在无数个晚上回忆着妹妹有限的生命，妹妹就像黑夜里的萤火虫，闪了几下就熄灭了。如果她闭上眼睛，黑暗就会大片覆盖过来，她会无助地向身边抓一下。以前，那儿有一个妹妹的身体，她会回应，用翻身，用呼吸，用拥抱。虽然她们好像不太拥抱，妹妹永远就像一块河底的石头一样，令她无法拥入怀里。但是她听到妹妹的呼吸声，心里就会明亮起来了。现在妹妹消失了。她曾经流过许多泪水，泪水浸透了枕头。她不想大声哭泣。她相信妹妹如果知道她在流泪，一定也会默默无语地看着她，妹妹不会允许她痛哭的。

但是夜晚是孤独的。她去学校想要一张妹妹的照片，一为安慰母亲，另外也想安慰自己的夜晚。但是事有凑巧，学校的资料室被一场突如其来的大火毁于一旦，妹妹的照片同样没有留下。她呆呆地看着那间被烧毁的资料室。她从学校回来的路上流着眼泪，妹妹像是没有到这个世上走过一遭似的。

有一天，她在街头看到一个专为别人画遗像的人。那是一个戴着黑框眼镜的老人，他身边摆着许多人的木框像，年轻或年老，男人或女人。她想他也许会有办法，会把妹妹勾勒出来。于是她坐了下来。然而当老人问起妹妹的容貌时，她突然迷茫了，妹妹的脸居然像个稀薄的水印一样无法清晰，只有那个突出的额头与那簇飘动的头发会划动一下记忆，其他是空白。她拍着自己的脑袋，就是无法想出妹妹的脸的全部。老人说："她是你妹妹，那一定与你相像，我依着你的脸画就行了。"她无法跟老人说妹妹的父亲与自己的父亲是两个人，她也没有见过小木头。她们是同一块地上两棵树长的苹果。老人看着她，她心里的悲伤像潮水般涌上来。她流泪了。老人手指着那些镜框告诉她，他们全去世了。她擦了眼泪，她只得走了。也许妹妹的脸与那个男人的脸相差无几。

小木头来过一趟。那是妹妹失踪半年后的某一天。她只看见他的背影。他是在一个灰蒙蒙的阴天来的。她刚从河边走来，手里提着一篮母亲的衣裳，楼里的自来水断了有近一星期，据说是厂里欠水费已有半年了。这楼里的人们精打细算过着日子，平时总是想方设法用水龙头滴水的方式偷水。尽管这样，他们讨厌河水。他们有的骑着自行车去了别的宿舍小区，也有的去了另外的水源地。为此，女人们总会耽误晚饭时间，男人们的抱怨声像是传染了一样，他们挤在楼道里抽烟。他们从古到今，天文地理地谈论着这个世界、这个时代。他们把烟蒂丢在地上，然后等着别人派烟给他们。他们总是这样，喝酒的时候可以你来我往，可以攥着空酒瓶骂女人孩子再买一瓶来，十分豪爽的样子，但是抽烟却是另一副样子。他们算计着烟盒里的香烟数量。他们的目光开始时有一些闪烁，接着就慢慢冷了下来，他们的鞋底反复辗着那些烟蒂，然后就一个接一个地离开了。

她看到一个身材颀长的男人的背影在她视线的正前方晃动，他的西装后摆是开衩的，皮鞋的后跟放送着一道耀眼的光泽，他的后脑勺仿佛是妹妹后脑勺的放大。她一枪命中地想到那是妹妹的父亲。在他们居住的地方不会有这样的男人出现。他的打扮跟这儿的男人们有着天壤之别。他就是那个妹妹一生都没有见着的男人。她手上的篮子掉在地上。她想跑上去狠狠地咬他一口，让他尖叫、让他流血，但是她又像被这突如其来的男人震惊了。她居然像个木桩一样。她拔不动腿。她恍惚置身于异地与梦境。等她恢复清醒时，他却很快地消失了，就像突然蒸发，就像只是她的一个梦。

当她拾起衣裳茫然地走向家时，听到了整幢房子里的嘈杂，楼道上每一张脸都显得意味深长；当她立在门前准备掏钥匙时，听到了房子里一个女人的喋喋不休。她回头看了一眼不远处的几个女人，她们小声地议论着。有个女人是个急性子，她说："难道就这么让他走了？"有人捂住了她的嘴，她发出唔唔声后，终于没有声音了。她手上的钥匙有些沉重，好像这不是一把钥匙，而是一把榔头。她使劲地晃了一下脑袋。这些天，她的错觉显现在各个方面，钥匙只是其中的一样罢了。譬如，菜刀在她眼里会慢慢变大，变成滴血的大刀；枕头有时候膨胀成硕大的面包，令她有一种想咬一口的欲望。再譬如房门，她觉得像是铁做的，每开一次都要使很大的劲。卫生间的抽水马桶有时候会在半夜嘶啦嘶啦地响，当她走进卫生间的那会，它又不响了，像突然断气。她有些慌张。自从父亲死后，家里的每一件家具都在突然地散架。现在，母亲的声音因为嗓子的嘶哑显得十分干涩。她嘶哑地重复多次地喊着："芬呀，芬呀……"声音已经变调。白丽有了一点头晕，不禁用手扶住了门，钥匙清脆无比地掉在了地上。母亲不会知道那个男人曾经站在门口。他也许是良心发现，像一阵风一样地来了，又像一阵风一样地走了。她定下神来开门，看到母亲跪在了地上猛烈地磕头，咚咚咚的响声像有人在击鼓。她猛地拉起母亲，但是母亲却用力把她的手打开了。

她无法阻止母亲。一旦走近时，母亲便发了疯一样抱住她，大声地喊着妹妹的名字。她摇晃着她，亲吻着她，使得她晕头转向无法喘气。她在挣扎的同时发出唔唔求救的声音。母亲的力气很大，有一股咬定青山不放松的决心。她恐惧，担心自己不久便会死了，被母亲抱着窒息而死。好在母亲最后会安静下来，会猛地推开她说："你不是芬，她不会再来了。她不会回来了。"说完，她便软瘫在地上，脑袋也许枕着一张倒翻的凳子的脚，也许是她自己的一只鞋子。

她将衣裳晾在窗外的竹竿上，衣架正在摇摆。她回头看了母亲，发现她在房间里转来转去，像个没头苍蝇。她的手背在后腰上，低着头，长长的头发凌乱，遮住了她的脸。

她终日像是在收拾着凌乱，像是在收拾着母亲的一颗不成形的心。她没有能力也没有办法将母亲的心拼成完整。母亲并没有因失去妹妹而将那份内疚转移到她身上。感情是僵硬的，母亲是固执的。她必须承受。她坐在窗前，看着天色一点点暗下来。明天或许又将是一个雨天。她喜欢下雨，只有在雨天，她才觉得自己跟妹妹融为一体了，她们都是这个家的女儿。

那个叫罗英的女人终于出现在这个宿舍区。她上了年纪，好像衰老得很厉害了。她戴着一顶帽子，帽子的前檐垂下来一层纱，专门用于遮脸。她与白丽在楼下相遇。她叫了白丽一声。

白丽有些惊愕地看着她。

“我叫罗英,是你们家的亲戚。”罗英说道。

白丽依稀听说家里有个亲戚,但从来没有现身过。她早就忘掉了还有一个亲戚存在于这个世上。

罗英来家的时候,母亲睡着了。罗英站在窗前,看着燕子河。她问起了妹妹白芬。白丽告诉她,已经失踪了。罗英就哭了。她的身体矮小,站在窗前的样子让白丽有一种错觉,好像父亲复活了。罗英流了一会儿泪水之后,摘下了帽子。那是一张极其普通的脸。唯一有些令人不舒服的是她的眼睛,其中的一只好像有些怪异。

罗英按了一下左眼,然后道:“这是假的。”

她吓了一跳。她从来没有见过假眼睛。她退后了一步,然后倒水。不管怎么样,罗英是他们家的亲戚,虽然她这次来得突然,可是亲戚是一辈子的。罗英坐了下来,她的目光有些悲伤,她肯定是听到了许多消息,至少,她一直没有问父亲。罗英喝了水后,就起身走了。在楼道里,罗英给了她一个小纸片,上面写着一个地址。罗英说:“如果你哪一天不想待在这里,就来找我。”

母亲醒来后就开始骂人。母亲说她闻到了陌生人的气味。她如实地跟母亲说罗英来过了。母亲瞪大眼,好像在竭力回忆罗英是谁。后来,她奔到了窗口。罗英早就走了。她向母亲形容了罗英的模样,她并没有将那张小纸片拿出来。这是一个秘密。母亲怒气冲冲,骂她为何不叫醒自己。母亲下楼,她说要去师娘家,罗英肯定就在她家。她急匆匆地追了上去。

师娘对母亲的到来并不欢迎。母亲没有见到罗英。师娘也病了,她的病主要是抑郁,她说她每天晚上睡不着。她总能梦见师傅。她说话的时候,嘴角还流着口水。她说她觉得活着不如死去来得舒服。她边说边抚摸着她的腹部,好像那里埋伏着许多敌人。

母亲曾经在一次酒醉后说过，在这个世界最恨的女人就是师娘了。

母亲说："你可以去死了。"

师娘并不生气，而是将抚摸腹部的手放了下来，搭在了额头上。她歪着头看着母亲。母亲觉得这是一种轻视。她把自己的怒火燃起来，她很希望把师娘的怒火也点着了，然后，两团怒火碰撞。她有必胜的把握。但是师娘却软绵绵的，好像浸在了水里，没有一丝怒火。母亲显得很难受的样子，在房子里走来走去。师傅的遗像就挂在墙上，无语地注视着她们。

白丽走到了遗像前，突然发现他的嘴角跟父亲的嘴角很像。她再仔细地看了，发现不仅仅是嘴角，而且他们的鼻子也很像。她愣住了。母亲也站在了遗像前，她瞪着师傅。当她的手伸过去，要摘遗像的那会儿，师娘说话了："你迟早会疯掉的。"

母亲转身看着师娘。师娘微笑着。母亲居然也笑了，只不过她的笑声并不连贯。师娘闭上了眼睛，顾自念起经来。师傅死后，师娘就开始吃斋念经了，房子里散发着一股蜡烛和纸张的混合气味。母亲只得走了。白丽跟着母亲走了一段路，心想罗英为什么会躲在房间里呢？她看到了罗英的鞋子就在门边上放着，罗英八成就在房间里躲着。罗英不想见到母亲。

一个小时后，她再次去师娘家。她推开门的那会儿，发现罗英和师娘面对面地坐着，两人流淌着泪水。她们对她的到来好像并不显得吃惊。罗英擦了一把泪水，然后就走了。她跟着罗英下楼，又走了一段路。罗英停下脚步，转身道："你母亲总有一天会疯掉的。"

罗英的话与师娘的话重叠了。白丽有些不知所措，不仅仅除了无力辩护。她怎么为母亲辩护？她何尝不也是这么想的吗？只是她不敢承认罢了。罗英并没有多说一句话，或许答案就在师娘那儿。她看着罗英离去，然后返身回到师娘家。师娘好像就在等着她似的。师娘说："丽啊，你们家，我最喜欢的人就是你。"

师娘此言不假。在她的记忆里，师娘只有对她笑过，偶尔还会站在她的身边。有一次，师傅和师娘上门来家，师娘手里攥着一把西瓜子。后来，西瓜子装进了她的口袋。她第一次嗑西瓜子，她的门牙无法对付它们，换成大牙之后，她才顺利地嗑出了第一粒完整的西瓜子仁。她点点头。

师娘看了一眼墙上的师傅的遗像，又道："现在还不是时候，以后我会跟你说。"她然后闭上眼睛，又开始念经了。她只得悻悻而归。她想不明白师娘为何不肯多说一句话，很显然，罗英和师娘都知道一些东西，可是她们态度一致。难道她们是在等待吗？等待母亲疯了之后，才肯说出一些秘密来？她不寒而栗。

后来，她曾经想按照小纸片上的地址去找罗英，她需要一个明确的答案。有太多的疑问在她心里纠结，好似一团乱麻。但最终她还是放弃了，她只是一个孩子，她解决不了任何问题。母亲却一路狂奔，朝着某个"疯狂的目的地"。她无法阻挡，也阻挡不了。在这幢楼里的人们看来，母亲离开这个地方只是时间问题了，也许半年，也许一年，母亲就会去疯人院。她悲哀地发现，母亲离她越来越远了。

罗英给她写过一封信。在这封信里，罗英称呼她为"丽"。只有父亲、母亲和师娘是这么叫她的，现在多了一个罗英。罗英在信里说，她今年快六十岁了，她的脑子越来越糊涂了，以前的事都快记不起来了，她以前就是这城里的人，从小就在这城里长大，直到二十五岁那年，她才离开。她在隔壁的城里住着，房子很小，但是临河。她喜欢那条城河，河水比燕子河要清得多了，她终日跟一只猫相伴……这封信里并没有太多的信息，她甚至怀疑这是一个迷魂阵。她越来越早熟了，好像早早就看透了这个世道。

她将信翻来覆去地看了几遍，突然发现信里有一句话是这么说的——我不知道自己还能活多久，但是我会遵守跟阿强定下的诺言。阿强？难道是父亲的师傅周大强？罗英称他阿强，这意味着他们的关系不一般。她顿时兴奋起来。她越来越爱琢磨人和事了。于是,她有时候总是微微地闭上眼睛,好像沉浸在梦里,心里却波涛起伏,仿佛乘着一条船在海浪里穿行,寻找着所有的秘密。

关于罗英其人,她了解的也就是这些了。但是她知道总有一天,罗英的秘密将全盘呈现。她并不着急,在她看来至少有两个知情人,师娘和罗英自己,她们不可能同时死去。她打定了主意,如果师娘死了,她就去找罗英;如果罗英死了,她就去找师娘。尽管如此,但她对罗英的身份的猜测依旧没完没了。罗英姓罗,父亲姓白,师傅姓周,这三人之间,几乎没有任何联系。罗英显然没有子女,也没有别的亲人了,她的亲人就是父亲,可是父亲死了。罗英到底是干什么的?她为什么称呼师傅为阿强?……她双手按着脑门,心想这些问题都没有办法清晰。

身边的母亲根本不知道她的女儿内心波涛汹涌。母亲好像忘了世界上还有一个罗英,她总是痴呆地看着窗外。她们相安无事。

母亲在某一天发现了她的那张小纸片。这完全是由于她的疏忽,她把小纸片放在了枕头里,她认为这是一个安全的地方。但是母亲居然发现了它。那天傍晚母亲若有其事地坐着,她正在做饭。她端着饭碗走到桌前时,发现母亲不见了。她起初以为母亲去了房间,但事实上母亲离开了房子。她醒悟过来后,慌张地跑到走廊上,然后跑下楼道,她发现母亲正在奔跑。一眨眼的时间,母亲就从她的视线内消失了。她跑了过去,母亲坐上一辆的士走了。她不知道这是怎么了。她一屁股坐地,发现身上还系着围裙。

她欲哭无泪地回到房子。她回忆着母亲刚才就坐在这张椅子上,平静地看着她,目光里无任何异常。她知道这个晚上母亲是不会回来了。她的寻找毫无意义。她和着泪水咽着饭,结果她半点食欲都没有。她现在就像一个被关进了恐惧之笼的囚徒。她走进房间,躺下的时候才发现枕头不一样了。她一直用的是布枕头,里面塞着一条旧棉毛裤。现在这条棉毛裤露了出来。枕头上开着一个口子。她什么都明白了。母亲拿着那个地址去寻找罗英了。她闭上眼睛,使劲地想着这个地址。发现她只记得一半了:富春市春江大街……后面的她不敢确定了。她现在的选择,一是去富春市,二是在家等着。她必须作个决断。她整晚都没有睡着,当睡意袭来之时,天亮了。她依稀看到了窗外的光线,好像是被红色染过似的。

母亲是第三天傍晚回来的。她的手上拿着几束花,心情愉悦的样子。她把花插在瓶子里,嘴里还哼着曲调。她还换了一身衣服。虽然这身衣服穿在身上显得有些老气,但料子不错。她从口袋里掏出一盒烟,点着一根,吐了一个漂亮的烟圈。更令白丽吃惊的是,母亲的手指上居然还戴了一个金戒指。母亲好像发了财。母亲说她在外面吃过饭了。她进房间了。

白丽有些发呆地站着。她很想让母亲告诉她这三天里的故事,罗英怎么样了?这些东西都是哪儿来的?她站在房间门口,听着母亲哼着曲调。她怀疑罗英还给了母亲一笔钱,因为她的另一只口袋一直鼓鼓的。

第二天一早,母亲就去了一趟商店。她买来了许多东西,吃的用的,将小方桌摊得满满的。这是母亲的幸福生活。据一楼的老太太说,母亲是背着一袋东西回来的。白丽放学回家,发现母亲坐在小方桌边,得意洋洋地抽烟。她不时地掸一下烟灰。她将桌上的东西分成了两堆,指着其中一堆说:"你的。"她想起了班主任让她带的话,要跟母亲谈一谈。她将奔到喉间的话咽了下去。

"罗英是个好人。"母亲突然说道。

她坐了下来,心想母亲终于要说罗英了。

"她独自一人住在房子里,楼下是一间店面,租给了别人开面店,每年有一笔租金。她养着一只猫,猫的名字叫阿强……"

"阿强是猫?"她吃惊地说道。

母亲点点头,继续说道:"是一只黑猫,有点怪。我的这身衣服是她给我买的,她说我是客人。”

“金戒指和钱都是她给你的?”

母亲愣了一下,说道:“是补偿给我的。她是我们家的亲戚,这么多年来,她从来不知道照顾我们,现在补偿一些给我们,也是应该的。”母亲又点着了烟,抽了一口,道:“她无儿无女,反正以后死了,这房子就归我们了。我倒是希望她明天就死掉。”

白丽沉默了一会道:“她是我们家的什么亲戚?我该叫她什么?”

母亲愣住了,之后摇摇头道:“我忘了问她了,她也没有说,反正是亲戚就可以了。”说完,母亲抱着桌上的另一堆东西走了。她关了房门。

白丽关于罗英的所有猜测又开始混乱了。因为阿强居然是一只猫。她躺在床上,安静地看着模糊之中的天花板,心想罗英会被母亲反复纠缠。她太了解母亲了,一旦她知道了罗英的住所,那么罗英就成了她的私人银行。如果罗英是个聪明人,不想被母亲榨干,趁早将房子卖了,然后逃之夭夭。这才是上策。但是罗英毕竟老了,老人是不太愿意离开旧地的。一楼的老太太就是最好的例子。她突然同情起罗英来,因为自己的缘故,使得她被母亲盯上了。

她辗转反侧。她依稀听到了母亲在房间里的响动。母亲的房间里还亮着灯。从门缝里看去,母亲手里拿着一些钱,发呆。或许母亲像她一样会把钱藏在枕头里。结果母亲却把钱塞进了一只鞋子里。那是一只旧皮鞋,平时随便地躺在角落。母亲塞好钱后,走了几步,然后又走到旧皮鞋前,用手摸了摸,然后将这双旧皮鞋用一根鞋带绑了起来。这时候的母亲简直就是一个天才。她悄悄地回到房间,躺了下来。母亲并不信任她,否则也不用将钱藏在旧皮鞋里,她可以放在抽屉里。她有一点儿伤心,心想在母亲的眼里,她好像是个外人。但是现在的母亲总是有点儿疯疯癫癫。

就在她快要忘掉罗英的时候，罗英又来了一封信。信依旧是寄到学校的。天知道罗英是怎么知道她在这所学校读书的？她怀疑母亲并没有跟她说实话，她在撒谎。母亲肯定把家里的所有事情都跟罗英说了，否则，她有必要在罗英那儿待上三天吗？罗英会被母亲折磨死的。她拿着信，有些紧张，生怕一拆开，所有的答案都跳到了她的眼前，而她恰恰就是母亲的同伙。她在河边徘徊了许久。她不时地眺望那扇窗户，担心母亲就在阴险地监视她。天色暗了。她蹲了下来，然后将信拆开了。

罗英在信里说，母亲去找了她，偷了她的金戒指和抽屉里的钱，然后逃跑了。罗英说，母亲只在她那儿待了一天，她就是来讨债的。这一天，让罗英觉得比一个世纪还长。

白丽快速地合上信，相信自己的猜测没事。她很生气，虽然罗英跟她们是亲戚，但是母亲不该这么干的，她担心母亲花完了钱，再去找她……上次的罗英的信她压在了床底下。这次，她决定把信撕掉，不留痕迹。她将信撕碎之后，丢在了河里，碎片在河里顺水而逝。她眼前浮现出愁眉苦脸的罗英，她在控诉，她在喊叫，她在逃跑……白丽站了起来，双手捂住了自己的眼睛，之后，又捂住了自己的耳朵。

母亲始终没有告诉她，另外两天她去了哪儿。她观察着母亲，发现她并无其他异样。她一直不敢回信。她在等待最终的观察结果。半个月后，她回了一封信，主要意思就是道歉。她只能道歉。她没想到的是，这封信半个月后被退了回来，信封上盖着一个章：查无此人。

梦七：

我发现自己成了一只蝙蝠，夜晚在城市的上空盘旋。我的耳朵捕捉到了一切响动的东西，包括那个女孩在街头哭泣的声音……

第六章　残缺与交易

很显然,街道食品厂不会要一个疯了的女人。因为父亲与妹妹的结局像瘟疫一样在废弃的工厂传播,然后又传到了食品厂。她原来以为谣言是可以被证明是谣言的,瘟疫是不会传染很远的,但是她错了。后来的 2003 年,当一场席卷各地的瘟疫铺天盖地的时候,她坐在一幢楼的顶楼玻璃房里喝咖啡。她已经一周没有下楼了,房子里储备了超过一个月的食品,冰箱被塞满了,厨房里堆满了各种食物,矿泉水就有几十箱。她那时候看着蓝天,心想这空气里飘来飘去的全是病毒。

那天傍晚食品厂的副厂长来到家中,他神情严肃地对坐在椅子上的母亲说:"李素美同志,你目前这样的情况不适宜再继续上班了,厂里研究决定每月补助你 100 块,你就在家继续休息吧。"副厂长是个高个子,长着一脸络腮胡子。他说完这句话后,就站在窗口眺望。他显得心神不定。

母亲那天似乎很清醒,一早她便出乎意料地安静。副厂长进来的时候,她还给他泡了一杯温吞的茶,但是当他说出这句话后,她的眼神开始混乱了。她说:"饺子我还能做,啊,谁说我不能做饺子了,来,我现在就做给你看。"说着她便抓住副厂长的手摆弄起来。

"你,李素美你别开玩笑了。"

母亲错乱地说:"啊,你看,一只白白的饺子。啊,一只喷香的饺子。"说着便作势要咬起来。

副厂长有点吓了，他猛地抽出自己的手，将另一只手上的烟蒂丢在地上，脸色煞白地说："我走了，厂里还要开会。"说完飞快地逃走了。他下楼的时候脚步声是急促的，简直就像凶手逃离现场。

母亲还在喃喃自语说："我能做的，我做给你看，你吃了……"

白丽拉住还想往外走的母亲。天黑了，她十分担心母亲再次滚下楼梯。母亲有一次滚下了楼梯，在某个漆黑的夜晚。幸好她的头没有撞到墙上。白丽将母亲背上身的时候，发现母亲的呼吸断断续续。她把母亲放在床上，然后按压胸部。母亲像是睡着了。她慌张起来，汗水滴落。后来母亲醒来了，呆呆地看着她，好一会儿才说："那儿不是你按的。"她看了一眼母亲高耸的胸部，退了一步，她知道那是母亲身体的禁区，虽然她吮吸过母亲的乳头。她在那个晚上很伤心，甚至想离家出走。但是第二天一早，房间里的母亲却一个劲地叫着："丽啊，丽啊……"她没有听错，真是叫她。她推开门，发现母亲赤身裸体地躺在床上，脸带微笑。"丽啊，来吧，你想吸就吸吧，现在它们是你的。"母亲的两只乳房颤悠悠的，按在她的身体上特别美。她以为母亲的病又犯了，赶紧找衣服。但是母亲坐了起来，双乳垂挂，她依旧说："丽啊，我清醒着，我现在明白了，以后世界上只有我们母女俩了。再也没有别人了。"她哭了。

自从罗英逃之夭夭后，白丽不指望她再次现身了。她很久没有哭了，她抱着母亲就像抱着自己最强大的依靠。可是现在，母亲居然转头朝她吐了一口口水："你干吗拉住我，让我走，让我去做饺子。"

白丽抹了一下，手像是被粘住了。原来这不是口水，是母亲的一口痰。

母亲到了门边却一屁股坐地上。她拍着地面大声喊叫："我做饺子，做给芬吃，芬呀，你吃我的饺子。"

母亲需要一份工作。这幢楼里的人们都这么认为，他们不能让这一对母女饿死在这幢楼里，这会让他们臭名昭著。他们在那时都成了热心人，介绍的工作五花八门，像保姆、营业员、仓库保管员……他们几次三番地跟母亲解释他们介绍的那份工作的好处。母亲曾经是一名营业员，她还是想当营业员。在她看来，坐在柜台不用日晒雨淋，对皮肤也好，但是商场和百货商店都嫌她年纪大了。现在的营业员都是年轻姑娘，她们水嫩，她们的声音娇滴滴的。母亲甚至为这还发了脾气。

当一楼的老太太向母亲介绍街道食品厂当工人时，她却接受了。众人都不理解，母亲怎么会接受这份工作。有人还专门去街道食品厂考察，回来后绘声绘色地形容那份工作的辛苦：戴着口罩，一整天坐着，双手不停，就像机器人。众人觉得母亲的脑子坏了。

白丽知道母亲跟老太太那天在房间谈了一晚上。老太太走的时候，是白丽扶着她下楼的，那时候好像凌晨两点了。整幢楼一片寂静，但可以听到包头鱼在河里跳跃。哗啦一声，又哗啦一声。老太太紧紧地攥着她的手。到了一楼门前，老太太借着漏进楼道的月光，小声说："白丽啊，你母亲她不糊涂。"白丽点点头。老太太又说："她肯听我的话，她不糊涂。这幢楼里，也只有她肯听我的话了。"

母亲去上班的那天，天空蓝得令人害怕。母亲穿着一身干净的衣服，脸上没有一点胭脂粉。她站在燕子河边，看了一眼这幢楼，好像要出远门一样。她是走着去的。她手里捏着一张纸，那是老太太画的草图。这是一张奇怪的图，画着鸡、船、汽车、楼房等。每一样东西代表一个方位，鸡就是菜场，船指的是河，汽车指的是需要坐公交车，楼房就是食品厂了。老太太不识字，但是这纸上的每一样东西都画得很像，仿佛她是天生的画家。

母亲顺利地到达了食品厂。老太太的一个亲戚是那儿的老工人，她早早就在门口迎接母亲了。母亲下班回来，神情有些恍惚。据老太太的亲戚后来说，当时的母亲就像个傻子一样坐在生产线旁，她的双手不知道如何摆放。母亲回到家后，倒头就睡。半夜母亲醒来，把白丽叫醒了。母女俩坐在床上，一声不吭。母亲双手掩面哭泣。白丽揉着眼睛，心想自己还得放学后去捡菜叶。

白丽去菜市场捡过菜叶：白菜叶、莴笋叶、油冬儿菜叶。菜场散场了她就进去了。有人跟她抢，那是一些蛮横的脸上揩有机油的男孩子。她认得几个，他们都是父亲工厂职工的子弟。很多与父亲一样年纪的男人把一生的青春与年华扔在了工厂，他们把自己一辈子与工厂拴在了一起，没想到当他们年老体衰时，同样苍老的工厂却冷酷无情地抛弃了他们。他们的生活陷入困境。孩子们任何一点淘气都将换来一顿迎头痛骂与无情痛打。男人与女人也在打架。孩子们被这股暗流冲击着，他们显出从来没有过的凶猛，成了宿舍区最可怕的一个群体。有一个孩子因为盗窃被劳教了。当一辆警车开到楼下时，人们惊呆了，那是一个平时文静的男孩子，他说话细声细语，走路的时候总是拣边走，但是有一天他却撬开了一家小店的卷闸门，他把香烟一条条拆开扔在了地上，把酒瓶开启了，酒全部被他倒在了地上，他什么东西都没偷，只是在泄愤。他们成了捣蛋分子，她不敢跟他们抢，他们曾经在一个晚上把城市一条街的路灯都解决了。

每个月的最后几天，她渴望天上掉下一点东西来，哪怕是一片菜叶也好。父亲的那点微薄的抚恤金与母亲的 100 块补助单薄地填着她们的胃。胃壁变薄了，饥饿却张大了嘴。事实上一个月只能维持近二十天。余下的十天怎么过？她想哭却又不敢。她哭了母亲便也会哭，也许哭得比她更响、更厉害。母亲现在的模仿能力日新月异，她有时学着楼里的女人们的叫声、喊声、笑声，甚至连狗叫的声音她也学；她有时学着她们的手势，走路的样子。只是她永远学不会她们上楼的样子，她们上楼的时候直通通的，臀部仿佛如岩石一样坚实与僵硬，而她上楼时臀部总是在不由自主地扭动。她不会知道，楼里的女人们曾经为学她上楼的样子没少挨自己男人的骂,他们说她像个荡妇。

白丽也开始痛恨罗英了,还有师娘。她们好像见死不救。罗英她为什么非得逃跑?她是她们家的亲戚,她可以不停地变换地址,汇款给她们。她们需要她的援助,况且现在的母亲不会贪得无厌。至于师娘,听说活得很好,有人看到她晚上在吃炖猪脚,肉香飘满了一幢楼。她完全可以伸出手帮白丽她们一把的。她有时候有一种冲动,去师娘家拿东西,扫荡一空。但是她知道母亲有她自己的尊严,她说过她就是饿死了,也不吃师娘一口饭。她不会同意自己这么干的。

她们孤立无援。

白丽在窗边坐了一下午,河水依旧乌黑,那些来往的船也依旧繁忙,一切都好像没有什么变化。但是她却变化了。她的身体稍稍胖了些,她越来越像母亲了。她对着镜子里的自己吐了一口唾沫。

她进了母亲的食品加工厂。那一年她还未满16岁。她不得不辍学。她觉得在学校里她就是一个异类,目光游离,像失去了灵魂。她的同桌花菜总是忧郁地看着她,那目光无比清澈。虽然,他们并不太说话,就像一对陌生人,但是她还是知道花菜真心想帮助她。在她决定离校的前一天,花菜将他自己的三十元零钱送给她。她没有接受。花菜呆呆地看着她消失在人群里。她知道花菜会一直这样注视着她。在她的心里,花菜是沉默寡言的男生,也是一个懂得关心人的男生。她流泪了。

目光胆怯的她在一堆女人中显得异常单薄,她们肥硕。她们或许吃多了饺子的缘故,脸的形状都有点儿像饺子。厂里有规定,次品率不得超过百分之一。这意味着多余的次品将成为她们的午餐,或者晚餐。她的脸是蜡黄的,眼睛像陷入沼泽地一样陷在蜡黄之中。那是营养不良的缘故。而那些女人们的脸是白白的,也许扑过粉、打过霜,也许是因为长年不见阳光的缘故。戴着口罩的她们坐在这个车间里，窗户上都挂了窗帘。她们的眉毛上有时粘着面粉。女人们默默无语地看着她，可是她们的手一刻也没有停过。她看得眼花缭乱。

饺子偏偏像是跟她作对，软塌塌地时常把身躯弄成奇形怪状。里面的肉馅鼓出，粘在了她的手上与饺子外。那些都是不合格产品。她一天也许只有十只或者二十只饺子合格。而与她相邻的几个女人，她们下班的时候通常是欢声笑语的，她知道她们一天又赚了二十几块。最后一个离开的她会看着头顶的荧光灯，觉得自己很无能。

她晚上在大街上走，为了饺子，也为了她对自己的怨恨。她走得很自然，像正在离家出走。她的手上还粘着白色的面粉，蒸发干了，裹着她的手指，她用牙齿啃它们，啃掉它们的同时也咬破了手指，咸咸的血流进了嘴里，她浑然不知。她看到正在打烊的店铺，她看到月亮像白纸一样贴在夜空，她看到有鸽子在她头顶上飞过，她看到街上的人越来越少。她一边流泪一边走着。夜风掀起了她的衣角，像是不停地扯着她、挽留她。万家灯火闪烁，在她的眼睛里旋出一个接一个五颜六色的圈圈。当她走了很远，当她感觉自己仿佛置身于一个完全陌生的地方时，她突然想到了母亲，那一刻，她所有的行走失去了力量与意义。她在原地站了那么一会儿，看着一辆辆车子飞快地驶过，驶在回家的路上。她也一样，还是要回来的。她一边流泪一边回头走，沿着河回家。

母亲正躺在床上呼呼大睡，枕头掉在床脚旁。白丽宁可她这样睡着。如果她闹起来，会像个不懂事的孩子一样不依不饶。在饭煮好后，她得把母亲叫醒。母亲会打一个个哈欠，仿佛还没有睡醒。母亲在吃饭前会像基督教徒一样作一个祷告，她闭着眼睛念念有词。这个样子有点儿像师娘。母亲时常像个不懂事的孩子一样把饭菜撒在桌面了，用手捞着吃，用舌头舔着吃，样子狼狈。她常常忘了该吃多少饭才可以饱了，她会把一锅饭吃光，那时她的肚子鼓得像怀了六个月大的孩子。白丽一次次地把筷子塞到她手里,她却一次次地将筷子扔地上,好像筷子是刀子。母亲因为狼吞虎咽,鱼刺卡在喉咙,吞也不是咽也不是,她咳着,血便随唾液一同流出,其状痛苦。白丽有些手足无措,她后来只得用手把母亲的嘴扒开,然后用两个手指把那根要命的鱼刺夹出,母亲在她夹住鱼刺的当儿毫不留情地咬了她一口。白丽痛得大叫一声。母亲却有些洋洋得意,吐一口血在桌上,手舞足蹈地在房间里乱走。

她时常在夜深人静的时候突然醒来,感到遍体发冷。她以为忘了关窗,可是她跳到窗前,发现窗户紧闭。她索性披衣走出自己的房间,蹑手蹑脚去母亲房间,母亲的房门锁被她拆掉了横销,她怕母亲有一天夜里突然大呼小叫而她唯有破门而入。母亲如果睡得安稳,她便轻轻退出;母亲如果把被子胡乱蹬开,她便把被子重新给她盖好并掖实。她在母亲的房间里停留了一会,然后回到自己房间,裹紧被子。

她在黑暗中睁眼,仿佛看到了妹妹那双惊恐的眼睛。

“妹妹,你下来,你冷不冷?”

妹妹却不声不响。

她从床上坐了起来说:“妹妹,快下来。”

妹妹却像是受了惊一样正在变小,像麦粒在天花板上滚动,最终悄悄地消失。这时外面似乎在结冰,水龙头滴滴答答的声音不见了。

在她的一个梦里,父亲像电影一样在光滑的墙壁上显现。然而现在父亲却像是沉睡了。也许这是个伤心的地方,他不愿意抛头露面。她曾经到父亲的锅炉房原址去呼唤过父亲。她不知道这是因为什么,反正在她心里总有些莫名其妙的东西,正是这些莫名其妙的东西有时让她觉得自己像一个梦游的人。残缺不全的锅炉房已经成了老鼠的乐园,几只肥胖的母老鼠吱吱尖叫,几只小老鼠在它们母亲身后小心翼翼地探头探脑。地上点点堆堆是新鲜或枯干的老鼠屎。不远处一棵被人砍了几刀的泡桐树枝上还挂着一块铁皮碎片，上面沾满了鸟粪。

她能熟练做饺子之后，尽管每天工作近十二个小时，可是那点收入远不能带给她什么。家也改变不了什么。她时常茫然地面对那些白茫茫、冷冰冰的饺子。她想她也许就是其中的一只，永远无法指挥自己的命运。它们被输送到冷库，然后会被包装，流出了工厂，最后在滚烫的沸水中浮游。她很需要有人来爱护与关怀。哪怕只是一句贴己的话也行。虽然坐在她身边的几个女人不时地表现出一些对她的关心，她们会问起母亲的情况，现在还发不发病了；她们甚至会好心地跟她说，你以后寻一个有钱的老公就好了，你这么漂亮，以后一定会有好日子过的，不像我们做饺子，也许要做到退休，等等，可是更多的时候她们是在讨论自己的家庭，男人不成器，孩子学习差，婆婆太挑剔……她麻木地坐着，双手麻木地包裹着。很多时候她觉得自己消失了，在这白茫茫的一片光里消失了。

她想从母亲那儿得到一点关爱，终究渺茫。母亲已经不知道关怀与爱护是什么。她看着母亲，回忆着父亲，还有妹妹，只有沉浸在痛苦的回忆之中，才可以获得一丁点爱的温暖。她在那个时候总像个长不大的孩子。她非常乐意这样。

直到母亲睡着了，她才回到自己的房间。熄灯之后，她在被窝里抚摸着自己开始饱满的身体。皮肤是光滑的，她的乳头已经触到了她的衣裳，麻麻酥酥。她去妇女儿童用品市场买了胸罩，当廉价的胸罩戴上去的时候她感觉到了一种保护，好像这辈子它们都将老老实实地待在这儿。她在房间里偷偷看着自己还有一个滚圆的肚脐。她继承了母亲的美，并且还将超过母亲。她的举手投足都在昭示着她的成长。她有时抚摸自己结实与圆润的小腿，不禁闭上了眼睛；她有时站在窗前看着落日余晖呈现斑斓，她感觉到自己浴在了其中。

师娘病了。

这是一楼的老太太告诉她的。老太太在医院遇到了师娘。那天晚上她去师娘家，在门口她犹豫了好久，心想她都快忘了师娘长什么样了，她不知道敲开这扇门会见到怎么样的一个师娘。

她吓了一跳。在微暗的灯光下，一头白发的师娘用手指了指桌子上的各种药瓶，然后取了其中的一个药瓶，倒出两片白色药片，吞了下去。她居然没有喝水。她想开口说话，可是师娘指了指自己的嗓子，然后摇摇头。

她默默无语地坐着，看着这房子里的一切，阴森森的。

师娘后来从房间里拿来了一个镜框，翻过来之后，她吓了一跳，原来是师娘的遗像照。师娘看了一眼墙上的师傅遗像，笑了。她越来越感到害怕，好像走进了一个坟墓。她起身离开的时候，师娘突然拉住了她。师娘从口袋里掏出一封信。

这是罗英写给师娘的信。罗英在信里说了一件事。她说她有一个想法，想带着白丽一起生活，她可以让白丽衣食无忧，过着比较幸福的生活。她看着信，心想罗英这是痴心妄想，她怎么可能抛下母亲呢？她是母亲的女儿。她把信往桌子上一丢，逃也似的跑了。

她急匆匆跑下楼道，穿过第二宿舍区与第三宿舍区之间的小路时，突然觉得那封信好像是师娘伪造的。她在原地发呆了一会儿。罗英不可能会跟师娘写信，罗英现在就躲在一个没有人知道的地方，她怎么可能泄露自己的行踪呢？但是师娘为什么要这么做？难道是师娘对她的一种怜悯，想借罗英的嘴来说她的心里话？师娘想带着她一块儿生活？她突然想到了母亲，全身开始颤抖起来。这是师娘对母亲的一种诅咒，如果母亲死了，罗英又消失了，那么她只有跟师娘一块儿生活了。这是最后的选择，也是最后的必然的生活之路。她吓出了一身冷汗。她害怕母亲突然死去。事实上，这种担心不是一天两天了。

她郁郁不欢地回到家。她躺了下来。

母亲推开房门进来了。母亲抽了一下鼻子，说她闻到了一股师娘的气味，是一股死人的味道。白丽不想说话。后来，在母亲的再三逼问之下，她说师娘把自己的遗像都做好了。母亲听了，咧开嘴笑了。母亲与师娘之间的仇恨是不会化解了。她一直想着师娘桌子上的那些药瓶，为什么需要这么多药瓶呢？仿佛非得把整张桌子都摆满。难道师娘得了不止一种病？她总觉得师娘好像在装病，其实她并没有病。她所有装出来的一切都在暗示她，暗示母亲，她快死了。但是这根本没有必要。师娘如果死了，就死了。

第二天晚上她又去了师娘家。到达门前，发现房门虚掩着。她轻轻地推开门，发现背对她的师娘正在抽烟，那个白色的假发套披挂了起来。这令她感到震惊。女人抽烟在她看来是一件令人厌恶的事。她讨厌母亲抽烟，但却无法制止。师娘吐出了一个烟圈，闭上了眼睛，仿佛一副很满足的样子。这时候的师娘跟母亲并没有什么不同。也就是说，师娘真的是在装病，她肯定知道母亲迟早要对她下手的，总有一天，母亲会像去罗英家那儿一样，来师娘家洗劫一空。师娘在主动示弱。她觉得师娘比母亲聪明。师娘懂得策略。

她转身欲走的时候，身体不小心撞在了门框上。她看到师娘利索地扔掉了手里的烟，然后转过身来。师娘有一会儿的愕然，但是马上换成了另一种表情。师娘走过来的时候，脚步轻盈，就像踩在云彩上似的。她索性坐了下来。她倒要听师娘怎么解释。师娘微笑地看着她，然后从口袋里掏出烟，当着她的面点了一根。恼人的烟雾在她眼前缭绕，使得师娘的脸变得有些诡异。她们沉默着。直到师娘将手里的烟蒂丢在了地上，然后将桌上的这些药瓶全部拧开了。里面都是同样的药片。师娘说这是安眠药。

她离开师娘家，一路笑着回家。她突然觉得师娘太有趣了，她居然告诉她说，她因为做了一个梦，梦见了师傅跟她说，她必须装一个月的病，这样就能多活一年。既然能装病，那么毫无疑问，罗英的信也是假的。她甚至怀疑师娘的这张脸也是假的，这么些年来总是这样冷冰冰。她肯定戴上了一个面具。

她在河边站了好一会儿，心想如果母亲再次逼问，她会说，师娘已经死了，师傅死后，她就不再是一个活人了。

车间主任背着手在车间里来回地走，当他走到白丽面前时会握住她的手，脸上表情丰富地说："冷不？真是可惜了这一双好手。"关怀是他那双肉鼓鼓的手传过来的。他一本正经地在那些女工面前转，厉声地训斥她们，最后常常和蔼悦色地转到她面前。他抓起她做的饺子，居然伸出舌头舔了舔。虽然这是一个不易觉察的极为不雅的动作，可是余光告诉她，他很喜欢她做的饺子。有几个女人在车间里低声地说："整天笑眯眯，不是个好东西。"他从不在车间里吸烟，也不像几个推车工一样在车间里大声地讨论男人与女人在晚上的区别，他们特别粗鲁。她有时就理解成是几个女人之间随便说说。她们随便说说的事情多了。有个叫阿琴的女人几次三番说要跟她男人离婚，并且说就是死了也要离，但事实上她男人只要每天晚饭时给她喝一点酒她就忘了离婚这事，第二天一早来上班时又接着痛心疾首地说要跟她男人离婚。还有一个叫阿芳的女人，听说她好赌，每天晚上打麻将，她总是眼泡发肿地来上班，她发誓要切了自己的手指，但她一直好好的，每天下班把护手膏涂抹在手指上。

在一天下班后，她推着自行车走出厂门口，发现他腆着肚皮，吸着烟。他走过来拦住她说他有点事要跟她单独说说。她迷惑不解地看着他。到目前为止，他们面对面说话几乎没有超过三句。他们边走边说。他的手按在她自行车的皮垫上。他们走过百货中心、理发室、新华书店、音像站，过了 N 个红绿灯。他在路上一直在说如果有他在车间里，她不用担心会被减员。因为，厂里要减员,资格嫩的、进厂晚的先减,风声也传出来了。他说:“白丽呀,我想认你作干女儿,你愿意吗?”她激动得热泪盈眶,说不出话来。他拍拍她的肩说:“你不作声就算是同意了,以后你就是我干女儿了。”

他们走进一家小饭店,老板娘是一个肥胖的女人,胸前衣襟上沾着一大块油渍,走一步肥臀便抖动似的摆一下。锅里正在煮着一锅红烧肉,肯定已经放了糖,也放了黄酒与桂皮,否则这香不会这么醉人。看着胖女人胸前那块油渍她感觉到整个人膨胀起来。她几乎是一口气吃下了半碗肉。她被他劝着喝了一瓶啤酒。她的脸上如火烧云一样红彤彤。她觉得心跳得厉害。他的脸红得像猪肝,他扶着她走出饭店。他坚持要扶着她到家,她拒绝了。他的手时常擦着她的胸部,让她有点害羞。

她推着自行车沿着河边回家,她感到浑身麻酥酥的,河水的气味也闻不到了。到家后发现母亲坐在地上眼巴巴地看着她:“我饿了。”她连忙洗了个冷水脸,清醒一下,然后做饭。当饭煮熟的时候,母亲却又睡着了,头枕着小方桌的一只脚,嘴角有涎水断断续续流出。她想抱起母亲,可是浑身没有力气。酒性上来了,她呕吐起来,那些还没来得及消化的红烧肉一古脑儿又全部出来了……后来她也睡着了。她睡在了地上,母亲的腿搁在了她的肚子上。

车间主任有一回随着她来家。他一直说要来她家看看,表示一下领导的关心。那天是她的生日,他又说要来,并且说买好了东西。她便答应了。当时,母亲正在洗澡,她赤身裸体坐在浴盆里,搓着丰满的乳房。肥皂泡沫飞来袅去,盆里的水被她打得四处乱溅,湿了浴盆四周散落的衣裳。她开门后脸红耳赤,飞快地给母亲披上了衣服。母亲看见陌生人便流露出兴奋。早就听说母亲情况的他一脸郑重地对她说:“有病就得治病,这是人道主义。”她看到母亲还在哈哈地笑,头发飞扬,不时地想站起来让车间主任看看她的整个肉体。母亲更像个花痴。她使劲地按着母亲,脸涨得通红。

他背着手像领导视察一样在她们房子里走了一圈，包括卧室。他又站在窗户旁看了看那条河，说："不错不错。"他看着她连扶带送把母亲送进房间。她在房间里给母亲擦干身体，她发现母亲的身体原来是如此丰满，她的皮肤雪白。这无疑是一具成熟透顶的身体。她给母亲穿好衣裳，嘱咐母亲在床上躺着，母亲听话地看着她，闭上眼睛养神。待她出来的时候，发现他在看着新近被她从床底下整理出来的父亲的遗像。他问："这是你父亲？是个工人？"

她说："他是烧锅炉的。"

"一朵鲜花插在牛屎上。"之后，他像个医生一样打量她，感慨地说，"美人胚子呀。"

过了两天，他送钱来了。她感激得想流泪。那一叠钱多么沉甸甸。她从来没有见过这么多钱。

他用胖乎乎的手摸着她的脸笑眯眯地说："不要哭，治病要紧，救人要紧。"

她止住了泪。

他便又在她家转了一圈，说："不错，不错。"他甚至在她的床上躺了一下，起来后说："很好，很好。"

他去医院看了母亲两次，每次都带着水果。在病房里，他拥抱着她说："你放心，她的病会好的。"她看到他脸上关怀的样子，心想她碰到了一个好人。她相信这世界总是好人多。她几乎就要跪在他面前了。只是他把她抱得太紧，肚子贴着肚子，一股烟臭味冲着她，她有点喘不过气来，所以她无法下跪。

住了半个月的院，母亲重新回到家里，她的神态有点恢复。她不再猛烈地磕头。她也不再去河边乱走。她静静地坐着，仿佛像个失忆人。唯有嗜睡这一点丝毫没变。醒来却比以前早了。像是一种约定，白丽煮好稀饭正准备叫她时，她却立在了房门口，精神得连一个哈欠也不打。她的脸开始有了一点饱满。像接近十五的月亮。最为明显的是她又开始为自己的脸涂涂抹抹了。她面对着镜子精心地做着细活。一个好看的女人开始打扮的时候至少说明她是正常的。她回忆起以前母亲的样子来，与现在一模一样，母亲骨子里就是这个样子。她静静地看着母亲。她长长地吁了一口气。

楼里的女人们开始注意起这个男人了，她们有时聚在一起指指点点。母亲也会跟他打招呼了。有一天趁母亲精神气色都很好，她把自己认车间主任为干爹的事跟母亲说了。母亲没有表现出强烈的情绪，她只是象征性地点了点头，然后又闭目养神。母亲手上不知怎地多了一个线团，她用几根竹签插着那个线团。她仿佛想打一件毛衣，可是她能行吗？

他走进她们这个家时，白丽感到房子像是一下子满了很多。她叫他干爹，他显得很舒服地应了。他很喜欢坐在她家显得过时的旧沙发上，有一搭没一搭地说话。他现在总会提到他的儿子，一个叫钟的青年。他说钟比她大一岁，个子很高。她见过钟了，他的脸就像一个闹钟，有些扁。他有一天把钟带来了。钟坐在沙发上，双手放在膝盖上，一眨不眨地看着墙上的钟。他的头都不歪一下。

他依旧像以前一样说着话。她点头频频，他便越是滔滔不绝，他胖乎乎的手时常很随意地搭在她的肩膀上，就像父亲把手按在妹妹的头发上一样。母亲到了一定时间便想睡觉，她眯着眼睛坐在椅子上似乎没有发现他们的存在。她把母亲扶到房间，喂她吃了药，让她安稳地睡下。她有时陪着他说话久了，觉得自己像要睡觉，一早她还得上班呢。可是她总不好在他面前顾自睡着了，那是不礼貌的。她强自忍着阵阵袭来的呵欠与睡意。他喜欢吸烟，烟蒂一个接一个地被他踩灭在地上。那些烟雾像是永远不会自动散去，就在整个房子里游动，进入卧室。

她在那个烟雾腾腾的晚上终于睡着了。她是扑在桌子上睡着的，双手的肘部外张，头歪着。她仿佛做了一个梦，父亲出现了，他在呼唤着她。她感觉有人抱起了她，把她放在了一个舒服的地方。

也许是父亲。她一动也不想动。她真是困极了。她接着还感觉到一股烟喷在了自己的脸上，蚂蚁般爬，仿佛父亲锅炉房的水汽。最后来自于身体深处的刺痛将她惊醒……钟赤身裸体地趴在她的身上，而他则在一旁指挥着钟。她不敢叫，母亲一旦醒来看到这一幕一定会再次失常。钟终于离开了她的身体。钟走到了墙上的钟前，看着墙上的钟。他替钟穿着衣服，他的动作轻柔，好像保姆。他替钟整了整衣服，他拉着钟的手走了。

她一次次失去了自己的身体。她好像是在还债。她害怕看到他那张脸，原先的和蔼可亲荡然无存。钟依旧像个木头人一样，机械式地做着动作。她终于知道钟是一个傻子。车间主任所有的盘算就是为了让她成为钟的女人。

那一天晚上，钟突然说话了："你，你，你很美。"

她知道他就站在门外抽烟。她冷漠地扭头看着窗外。钟开了门。他马上给钟穿衣服。她赤身裸体地站在窗前，看着月光下的他们走着，他就像是钟的仆人。钟突然停下了脚步，他仰头望着这幢楼，他用手数着窗口。她流泪了。她知道钟好像渐渐醒来了。

钟却死了。

钟在那天把一瓶汽油喝了下去，然后点着了自己。他像个疯子一样在车间走来走去，很多人在安慰他。她看到了他仇恨的目光，他一定怀疑是她跟钟说了什么。下班后，他把她留了下来，审问了她一番。果然，他认定钟死于她之手，她是凶手。她记得有一天晚上，她跟钟说过一句话：有一天我们都会化为灰烬。当时，钟愣了一下，呆呆地看了她好一会儿。他眼中含泪地打了她，然后发誓说，是她谋杀了他的儿子，他的报复仅仅只是开始。

她呆呆地坐了一个晚上，她第一次想到了死。她想选择像妹妹一样的方式，还是父亲那样的方式。她在想哪一种死会让她显得无忧无虑。她想好了把自己关进食品厂的冰冻室，像饺子一样冰成僵硬。这对她而言是最为恰当的。她甚至想好了在她死的那天她应该穿得单薄一点，这样才能保证完全冻死。但是母亲晚上的突然叫唤让她的计划破灭了，好像在她身边的死神突然被驱走了一样。母亲在晚上突然叫起她来，叫得很低沉。她一点点捕捉这个呼唤——丽呀，丽呀。母亲原来是在梦中叫着她。她睡得很熟，头别向右侧，间歇地叫着自己的名字。她一定是做梦了，梦见了自己。她热泪流淌，她跪在了地上。她不能死，她死了母亲怎么办？母亲连生活都无法自理。

当冰冷的机械进入她子宫时，她痛得快要晕过去了，在她的眼前，只有母亲一声声的呼唤，从门外，或者窗外，或者空气中传来。她从那张手术台下来，扶墙站立时，簌簌发抖。她感到她的这一生注定不会有什么结果。她觉得身体上所有的骨头都碎了。

那是一个休息日。她的自行车被哪个小偷顺手牵羊了。她走着回家。她太疲倦了，虚弱一直在她身上萦绕着。车间里的女人们曾经偷偷地议论她。她恍惚觉得自己在发烧，腿一直在哆嗦，浑身的骨头很疼。阳光像父亲的锅炉一样散发热，她却丝毫感觉不到。河水仿佛变了颜色，红通通的。她摇摇晃晃上楼。她想母亲昨天刚从医院回来，她显得很清醒，说话与举止接近于正常，也许她会烧好饭菜等她。她想躺一下。

她开门的时候听见了屋里有人在大叫大喊。当她奋力地推开门，发现报复者正压在母亲的身体上。母亲哈哈地笑着，神采飞扬，满脸是汗。她的样子并不在说明她痛苦，相反却是无穷无尽的快乐。眼前的事实仿佛一个巨无霸般的拳头砸了过来。白丽一阵眩晕。她无法面对这样的事实。在她面前呈现的就像一个梦。但是活生生的场景像一个血淋淋的屠宰场。嗡嗡嗡……不绝的如撞钟的声响，使她觉得又一阵头晕目眩，然后便像木头一样直直倒地。他在母亲的茶水里加了药，使得母亲神智迷乱，他蓄谋已久了。而神智迷乱的母亲像是抱住了当年的那个男人一样抱住了他。当醒来后的白丽后来看到地上那个药瓶时，什么都明白了。他居然把手伸向了母亲。这个杂种。母亲睡着了，她赤裸地躺在地上，乳房饱满，乳头向上挺着，这是一个成熟至极的身体，女人的宁静的美淋漓尽致。但母亲却被玷污了，被永远地玷污了，就在她的眼前。她噙着泪把母亲背了起来，母亲的身体很轻很轻，像一只蝴蝶。她自己的身体也像一只蝴蝶。她摔倒在地上，母亲从她的背上滚落，头磕在了地上，很清脆的一声。母亲没有醒来，药性的后遗症就是死一样的熟睡。母亲的额头有了一个青色的包，她在床上依旧睡得香甜。她跪在了母亲床前，眼前一片一片地模糊，有嗡嗡嗡的响声，不知从何而来。从房间移步到厨房这短短的几步路，她像是经历了一生中最为痛苦的愤怒。夜幕层层叠叠。她站在厨房，握紧了一把菜刀。

第二天的晚上，当报复者像什么事也没发生过一样来家时，白丽暂时埋下了怒火，她也装作什么也没发生过。他跟她搭讪，搭着她的臂，把手移到她的胸部、臀部，拍一下，摸一把。他扔掉了手中的烟。她转头看到了镜子，那是妹妹梳头的镜子，妹妹，你看见了吗？镜子里的他一副令人作呕的模样。镜子里只有他们两人。母亲已经睡了。她在这个晚上将会睡得死人一样熟。白丽给她喂了足量的安眠药。她只能这样做，否则母亲会再次受到惊吓，也许就永远不会恢复理智了。他按捺不住了，肚皮直往她臀部送。他裹着她，像一阵风一样刮进了她的房间。门随手被他带上了，砰的一声异常清脆。她麻木地让他脱去自己的衣裳。她的血液正在降温，十度、十度地降。当他裸露时，她冷静准确地摸出了席子下磨得发亮的剪刀对准他的东西狠狠一剪。他顿时尖叫起来，“啊！……”然后又蹦又跳，最后赤身裸体捂着断了半截的东西嚎叫着逃出了房子。

楼里的灯都亮了。在那一刻，空气仿佛凝重得要滴下水来。在敞开的门外，立满了男男女女，他们望着地上的一条血线，一个个像木头人一样。不知是谁尖叫了一声，然后他们作鸟兽散。多么明亮的夜晚。她看着滴血的剪刀与半截恶根，狂笑起来。她仿佛看到了一张表情混乱与可怕的脸。她后来在房间里又叫又跳，她在那个时候已经不知道自己是谁。她的神经已经支离与分解。镜子已经破碎。她对着那条河，对着天上的星月，对着坚硬的地面，对着镜子里杂乱的脸，吼道——该死！该死！他妈的该死！他妈的该死！

天亮的时候，派出所的人带走了她。那个时候，母亲还在沉睡。白丽双手沾着干涸的血迹。她心里很平静。听派出所的人说，毛三牛的那个玩意以后永远报废了，成了一个现代太监。虽然现在科技发达，可是因为那掉下的半截被她扔了，被在河边晃荡的野狗吃了。如果要治，只有全部割掉然后重新花高价装一根硅材料做的。但那毕竟不是原来的了。

她只在里面待了三天，三天里她一直没有后悔。她几乎一直陷入一种极大的兴奋之中，三天三夜没有闭上眼睛。她终于做成了她想做的事。这个杂种，没让他死已是便宜他了，当时应该把剪刀刺入他的喉咙。当一个警察问她为什么要这样做时，她说，他是一条狗。警察瞪大眼睛又一次问她时，她说他是一条该死的吃屎的狗。之后她长时间保持沉默。

楼里的女人们来了。她们陈述着她们看到的一切，她们对警察说她还是个孩子。她们回去的时候个个流着眼泪。之后不久，楼里的男人们也来了，他们吸着烟，叉着腰，粗着喉咙说，那个不是人养的东西在哪里，他们非得揍死他不可，连一个孩子都不放过，还有没有一点人性?！她没想到的是车间里的女人们也来了，她们群情激昂，为她鸣不平。她们静坐。她们七嘴八舌。

阳光落在她脸上时，她恍惚地不知道自己在哪。三天不见阳光了，原来阳光有这么美好。她不想看到任何人，也不想让任何人看到。她站在阳光下闻到一股寒冷的气息，像一张网一样裹住了她。很长时间，她只看到她一个人的影子孤单地贴在地上。

她沿着河慢慢地回家，到家才发现房子里坐满了人，母亲显得激动无比地叫嚷着。楼里的男人们吸着烟，一声不吭；女人们叽叽喳喳地跟母亲说话，安慰着母亲。她一个人进了房间，把房门紧锁，然后放声大哭。外面所有的响声都在减弱。连母亲都安静无比了。当不知过了多久，她像没事一样打开房间走出时，发现母亲在椅子上睡着了，有一条花被单盖着她。桌子上放满了各种营养品，有麦乳精、干桂圆、荔枝、白木耳罐头，甚至还有一盒青春宝。楼里的男人与女人却一个也不见了。

厂里也由工会主席带队慰问了她。他们带来的东西摆在桌子上，他们跟她说，毛三牛被开除出厂了，这样的败类早就该清理出厂了。工会主席对她说："你好好养病，厂里说过工资一分不扣……"同来的一个女人激动地说，毛三牛滚的时候，像条狗一样缩着头夹着尾巴，很多人吐着唾沫。女人说得脸色通红。

短短几天，这些蜘蛛像是从天而降，它们努力而又执着地织着网，等待猎物的上门。她觉得自己无法继续在厂里待下去了。尽管她真的被一些女人视为英雄，可是她却发现她其实不应该再待在这个厂里了，不为别的，光是目光就可以成为让她离开这个厂的理由。她们的眼睛看着她时相当复杂，流露出一种赞赏，但戒备的成分居多，且隐含一种轻视。她能感觉到。白色的饺子也可以感觉到。它对着她露出它的表情：呆板、冷漠。她应该像妹妹消失在河面上一样消失在这个厂里。应该这样。

母亲却是什么都不知道。她即使知道了，也无法支持她什么。她顾不了自己。她又一次开始想起她的那个男人来，仿佛一次猝不及防的解冻。本来，她宛如一个无性别的人，她已经忘了他，绝了这个念头一样。可是那天毛三牛对她的侵入像一根油绳，把母亲心里封存的东西一下子又燃着。这一旦燃烧便像油田上的喷油井一样熊熊火焰势不可挡。她又开始去河边，她不再叫妹妹了，她叫着那个男人的名字——宝儿，宝儿……母亲在被烈火焚烧。那是来自于不绝的思念，还有残存的欲望。母亲成了一个活在虚无世界中的人，她的灵魂、她的身体、她的一些言行与举止都不再单一地属于自己了。

白丽真想抱头痛哭一场。

梦八:

有一个巨大的圈套了过来,好像是从上面伸下来的,我以为是麻花,小时候我吃过,很香很脆。其实不是。它勒在我的脖颈上,我想喊一声,可是却越来越紧。

从一面不知从何而来的镜子里,我看到自己的脸渐渐起皱了,很快地萎缩。头发大把大把地掉下来。我伸出的舌头不再鲜红,它在散发一股恶臭。我突然想起来,在我很小的时候,有个大人跟我说过,你外婆是烂死的,她的身子上爬满了白色的蛆,它们肥大而快活。我听了之后接连三天没有吃饭,我一闭上眼睛就想到了白白胖胖的蛆,它们无处不在。

直到有一天,我看到一本书上援引一位科学家的话说——蛆是一种高蛋白生物,不久的将来,人们将会大量地食用它,它将不再是恶心的象征。我才开始知道,其实一直看来是恶心的东西,当有一天人们发现它们的价值时,就会掀起一场革命。

“那么,我就变成一条蛆好了。”我大声地说。这时,那个圈才渐渐地松弛了下来。

梦九:

我一直在走,在一大片湿地上。我的脚陷了进去,我使劲地拔呀拔呀,可是总是拔不出来,而且越陷越深。我只有半趴着,远处像是有个人,我朝他挥挥手,他看见我了,但是他却不过来。我心想这人实在太坏了,见死不救。我只好自己再想法子,后来我看到有一只老鹰在我的头顶上空盘旋，我狠狠地骂了它一句："滚开！"它惊了一下，嘴里叼着的东西掉了下来。原来是一根绳子。我抓住绳子用力一挥，它套住了一棵小树的一个枝杈。我脱险了。那个人还在。我走过去想质问他为何见死不救。待我走近时，我才发现这根本不是人，只是一尊沾满污泥的雕像。

大概是哪位艺术家丢下的。

第七章　离 奇 案 件

母亲的病又重了。

一名护士涨红脸说母亲上午站在窗口眺望，一声不吭，突然便叫了起来，还说要跳下窗去跟那个人走，她们几乎无法拦住她。护士还有点心有余悸地说："病人当时不顾一切。我想，她还在想着你爸。"这真是一个美丽的错误。她假装点点头，然而心里却像被刺了一刀。如果真是父亲就好了。遗憾的是父亲永远不会出现了。在窗口玻璃上她看到几个母亲的指纹，使得那块玻璃更加发亮。在同一个城市的那个男人终于有一天又走进了母亲的视线。

她安慰着母亲，心却在下沉。母亲的手渐渐变得失去光泽，有一些皮屑落在掌心。虎口也擦破了，有血迹在洁白的床单上。不知不觉之中，母亲连自己来了月经都忘了，裤子湿哒哒的。她把病房的门关上，然后从包里掏出一卷卫生纸，让母亲躺下，替她换好。母亲一动不动，像个把屎拉在裤子里的孩子。当她从厕所回来，发现母亲双手手心向天，孩子般天真地叫喊着说："我叫他站住了，他不理我，顾自走了。"

窗口已被几条铁栅拦住了，这样视线似乎也被割成了几条。外面的一切都在被切割，感情往往是被切割得最为痛苦的，每切一刀都像在流血的伤口上撒一把盐。

在病房里，她似乎已经站不住了，多待一分钟，她都会觉得眩晕。她逃也似的出了病房。她登上医院的顶层俯视那个广场，下面人像杯子那么小。风很大，她的眼睛在发酸。

回到病房，发现母亲被护士打了镇定剂后沉沉睡去，脸上还有一种多年不见的笑意。她在门口立了一会儿，然后走了。她的愿望并没有达到。母亲的病使得母亲无法走出医院。在她向医生坦诚母亲心中的这个结时，医生显得忧心忡忡，他忠告说，病人不能再受更大的刺激了。而外面的所有一切都会让母亲受到刺激。稍稍强烈的阳光，或者风沙，又比如汽车喇叭、小孩的哭叫，等等。更不用说见到刻骨铭心的人了。母亲也许还能清楚知道那个男人的住处，笔直地摸到那儿。但是一旦到了那儿又怎样？也许又将是一个悲剧的开始。

她从医院出来，感到母亲像一个无处申诉的弱势者，而她也无法帮上母亲什么，她只有在心里说，母亲呀母亲，你就当世上根本没有过这个人，忘掉你心里的一切吧。只有把那一切忘了，你才会获得重生。

一个又一个探望日。

她看着母亲日渐消瘦的脸，感到母亲将永远没有机会见到那个男人了。母亲对她的病房开始熟悉了，她把病房当成传统意义上的家了。这是命。母亲逃不出这层悲哀，就是今天正常了，仍走不出这个圈子。她也是。她扮演一个怎样的角色？在世人面前，她乌黑一片。没有人会同情她。她问自己，可是答案还是无法肯定。

有一天晚上她路过一个教堂时听到了隐约的钟声，她很想走进去清晰地感受一下，可是很快又改变了主意。她在教堂外面站了有一会儿，看着那些信徒们从里面出来，他们脚步匆匆，走向四面八方。她几乎没有看到男人，即使看到的几个也已进入垂老之年。后来，她像是想通了。关于“她遭遇到的男人他们的良心与道德是在什么东西的吮舔之下变质与糜烂的”这个问题，她想用一个词来形容最为恰当。那就是——赤裸。她只是有些伤感，这像风像雨一样来了又去了。她吸着烟，掸着烟灰，思考着她前面的路。

皇皇白昼与漫漫长夜。

她回到家，发现母亲坐在椅子上看着她，尽管神情是一如既往的漠然，但她手中居然有一件毛衣，有一只袖子搁在了膝盖上。母亲对她说："丽，我给你打了毛衣。"说着站起来要把这件毛衣递给她。母亲在这个时候是明亮的，仿佛在她延续了几年的阴暗的内心亮起了一盏灯。她快步走过去，接过这件棕黄色的织着心形图案的毛衣，它的重量不轻，几乎要双手捧住才行。她把毛衣拥入胸前，闻到一股清香。她大股地流泪。

母亲说："我还要给芬打一件。"

为了活下去，为了母亲，她不得不去找另一个工作。她那天有点茫然地出门，沿着河走，乌黑的河水依旧散发着乌黑的气息。一切都像往日。外来劳务市场里无数外省外地的男男女女随地坐着，用各自的方言交谈。他们深陷的眼睛里流露出渴望与忧郁，旁边是简单的沾满尘灰的铺盖，露出积满黑垢的枕头。其中有个女人怀抱一个小萝卜头样的孩子，他在母亲怀里大口吸奶，女人一只手托着孩子的头，另一只紧抓着一条铺盖。他们也有的三五成群，围着包工头样的男人推荐自己。那都是些力气活，像建筑工地的小工，模具厂的模工，电镀厂的翻砂工，染料厂的搬运工。

她找到那家饭店时已饿得不行了，在她口袋里只有三个光溜溜的硬币了。她摸了不止十遍了。她甚至可以摸出上面的年份，1990，或者 1992。招工启事贴在饭店的外墙上：本饭店因发展需要，急招五名服务生，初中以上文凭，五官端正，容貌姣好，身高在 160 厘米以上，需本市户口。她幸福得无声地哭了。她再一次仔细读了一遍招工启事。她兴奋地搓了手，背靠墙的她闻到了香味，于是她用这三个硬币在饭店对面的小吃店狼吞虎咽吃了一碗菜肉面。

饭店在城里不算太大，但也够样子了。条件也还不错，发工作服,吃住都在饭店,每月工资 600 元,如果不吃住在饭店,工资是 700 元。因为母亲要照顾,她只得上午烧好母亲的午饭,晚上回去。现在她骑一辆旧自行车,是那个差点给妹妹接生成功的女人给的,她男人不幸被车撞死了。其实,这幢楼里发生了很多事。一些人死了,一些人离开了,一些人进来了。她不想打听这些人和事。只要大家都活着,这些事还会一直发生下去。她好像长大了。

在饭店,她先是做一些洗碗抹桌之类的活,每天都是一身油腻,洗洁精把手腐蚀得脱了一层皮,碗盘筷源源不断地送进来,连说个话的工夫也没有,同来的其他四个服务员已走了三个,嫌太苦了,她们走之前说闻一天油腻,连饭也不想吃了。

她坚持着做了一阵,饭店又招了几个人,她换岗了。她到前厅做服务生,她每天说最多的一句话就是——请问,你要点什么?当客人点完菜后,她便生动一笑说——请你稍等。无数次重复,有时自己想想都觉得没意思,但这比洗碗、刷盘子好多了。

后来餐饮部主管慧眼识宝似的,她对领班说,让白丽做迎宾吧,她长得漂亮,站在门口能吸引顾客。她便离开了前厅,换上整洁的衣裳做了迎宾,一身合身的红色长裙使她亭亭玉立,回头率很高。果然,饭店的生意明显好起来。不知是不是因为她站在门口的缘故。因为城里的饭店都这样,总是有漂亮的姑娘站在门口迎宾,微笑地注视着来来往往的人们。她曾经去学习过,包括微笑的表情和站立的姿势。她要做最优秀的迎宾。人们在进入饭店前都显得温文尔雅,富有教养的样子,他们用微笑回应她的微笑。一旦离开饭店,很多人步子踉跄,口出狂言,甚至搂搂抱抱,还有呕吐和打架的,那时候人的脸都成了野兽一样。曾经有个男人一下子就抱住了她。她脸色苍白地挣扎,幸好保安大哥将那男人拉开。那男人嘴里骂骂咧咧的。惊魂未定的她哭了。保安大哥安慰她。

保安大哥是一个三十多岁的男人,服过兵役。他的左腿有点儿瘸。他平时说得最多的事就是关于他的左腿伤残的事,那是在服兵役期间的一次训练中受的伤。他说那时候他认为这辈子完蛋了，一个19岁的青年变成了残疾人。退伍回家之后，他很低沉，曾经想过死……他的妻子是一位温柔的纺织女工。她见过他的妻子。他妻子偶尔会在晚上过来，跟他说一会儿话。他的脸上总是洋溢着微笑，好像这世界最终还是公平的。他说他妻子是个很好的女人，她温柔善良，尽管他们没有孩子，可是他会一直陪伴妻子走完人生之路。她觉得保安大哥是个好人。但是因为她之前曾遭遇毛三牛这样的混蛋，所以她对任何男人都抱着警惕之心。

不管怎么说，她成了这家饭店的一块招牌。据说是因为她的声音。她不知道她的声音会像磁铁一样吸引人。但很多事情总是这样不可思议，一传十，十传百。听她的声音成了如沐春风，是的，有人这么形容。她有些怀疑。她有时候甚至认为这是一个阴谋。母亲的声音虽然好听，但在她的耳朵里，早就习以为常了，像家里的任何一件旧家具一样。至于她的声音，在那幢楼里，从来没有人表扬过她。她忽然发现，她跟那幢楼里的人们开始分道而行。她独自走了一条不一样的道路，至少她是这么认为的。

有一天，总经理亲自把她叫到办公室，仔细地打量了她，然后从抽屉里拿出一个信封，说："你工作不错，我给你加工资。"从经理室出来，她很高兴，把手中的一个信封紧紧地贴在胸口。她感到心跳飞快。她很喜欢她现在的这个工作。她站在门口可以当作饭店的一块招牌。每个月1 000元的工资再加上父亲的那点抚恤金与已经上涨的母亲的150元补助，养活母亲与自己不成问题。她觉得生活向她打开了阳光之门。她憧憬着未来。她甚至开始考虑是不是给家里添一张新沙发。

那天晚上，她第一次将一本红色的银行存折放在了母亲的手里，这是她存的第一笔钱。母亲笑了。那会儿，她们抱在一起，眼中含泪地笑了。母亲胖了些，她的身体因为长久不运动，有些迟钝，尤其上楼时会喘气。

现在母亲不去河边骂了。她像个年老体弱的人一样在河边慢腾腾地来回走着，她几乎不看河。她走了一阵，就慢腾腾地回家了。她的眉头会皱上一阵，好像在思考重大的事情。楼里的人们慢慢适应了母亲的安静，他们偶尔也会跟她打个招呼。母亲用点头表示。某一天，母亲也会在家里打扫一下卫生，抹桌子，擦窗玻璃。而且她开始怀念过去，她总会说 12 岁那年的事情。她好像忘掉了 12 岁以后的所有事情了，她的记忆停留在 12 岁那年。那年她母亲死了，她父亲酗酒成性。那年，她常常觉得世界好像窗台上的那块抹布。

母亲的过分缅怀是一种苍老的表现。白丽多多少少知道了人的老去是怎么样的。她有些害怕，她不想成为世界上最孤单的人。晚上，她安慰母亲，哄着她入睡。那时候的母亲就像一个婴儿。白丽没有去过外公家，听说那房子早就成了别人的了。她以前从父亲的嘴里知道了关于外公的只言片语，他是一个酒鬼，他最后死在了酒上。母亲入睡后，呼吸平缓，身体也是放松的。她在母亲身边躺了下来。她想象自己变成了 12 岁时的母亲。一切都变得荒唐了。她不停地做梦，梦里全是母亲的影子。梦醒之后全身都汗湿了。她大口地呼吸，像一条河里孱弱的鱼。她站在窗前，看着那条黑暗而幽深的河。她产生了搬家的念头，她从来没有如此强烈的逃离欲望。

只有白天她才可以暂时忘掉这一切，像个正常人一样活着。她曾经以为自己将一辈子站在这家饭店前，做一名城里最优秀的迎宾小姐。她没有理想，也没有未来。她悲哀地发现那幢楼、那条河就像网，无论她怎么挣扎，永远没有出路。说到底，她是害怕孤独。人来人往令她心里踏实，无论是衣着光鲜的油脂脸，还是苦大仇深的愤怒脸，在她眼前晃过的时候，她的心就安定下来了。她宁可停留在人群中，也不愿意守在那个冷清的家里。她甚至对母亲有了一点厌恶，一切都是母亲造成的。

偶尔，站着的她会走神，思绪飘到了很远的地方。幸好保安大哥总会不时地提醒她一下，他说："白丽，客人来了。"她醒悟过来，面红耳赤地迎着客人。客人进去之后，她会小声地向保安大哥道谢，他总是笑笑，然后开她的玩笑。她喜欢跟他搭班。饭店一共有八个保安，其余七个都有点儿吊儿郎当，他们埋怨生活，埋怨他人，埋怨一切，仿佛他们来到这家饭店是无可奈何的选择。保安大哥的玩笑总是适可而止，他不会没完没了地纠缠于一件事，他不停地变换着玩笑。有一天，他跟她开玩笑说："你有一天要是当了老板娘，可不要忘了大哥，大哥依旧给你当保安。"她心想这根本是不可能的，像水中月镜中花一样。但是，他的话却多多少少地引发了她的一些联想。在饭店，她听说了不少新鲜事。这是一个改变命运的时代，也是一个难以预料的时代。有个姑娘参加模特大赛，获得了大奖，从此改变一生；有个姑娘嫁给了一个八十多岁的老头，她将继承一大笔财富；有个姑娘买体育彩票中了五百万，一夜暴富……各种各样的故事都在发生，姑娘们的人生都在改变。有时候，她也会暗暗祈祷：让幸运降临到我的身上吧。她渴望改变。她隐约地知道，她现在只有一样武器，那就是她的容貌，她的微笑。这是最廉价的武器，也是最有效的武器。于是，她每天对着客人笑。客人们也对着她笑。

又一天，总经理把她叫到办公室，送给她一束鲜花，说："祝你生日快乐。"她早就忘了自己的生日。想不到居然还有人记得她的生日，并且送鲜花给她。她激动得不知如何是好，她闻着花香，觉得这个世界太美好了。

"我想让你当我的秘书，你愿意吗？"

她紧张地说："经理，我，我怕干不来。"

总经理说："这你不用担心，天下最容易学的行当就是当秘书。我可以教你的，快得很。"

饭店里那么多的姑娘哪个不想坐在办公室里，吹吹空调，修修指甲，一天时间就消磨过去了。她的一点虚荣心浮上来了，像个饼一样把她盖住了。她心想，树总是往上长的，人也总是往上走的。她渴望一步一步地登上台阶。在这个饭店里也是有层级的，从服务员到总经理，中间要跨过好多个层级。至于秘书，大概相当于部门副经理的层级了。她激动，晚上她一直睡不着，她将坐在整洁的办公室里，接着电话，看着蓝天白云。她从床上坐了起来，深呼吸之后喃喃自语："你要改变了。"她下了床，悄悄地站在母亲的房门前，倾听母亲的呼吸声，平缓而宁静。她满意地回到床上，躺了下来。她突然有了一点儿悲伤，如果父亲还活着，如果妹妹在自己的身边，他们就可以分享自己的激动，父亲的眼睛闪着幸福的光芒，妹妹额头的那绺头发将飘起来。但是一切都消逝了。她擦干了泪水，决心要为这个夜晚起一个名字。她想了好久，才想了一个名字：丽夜。

秘书办公室就在总经理办公室里。一个大间。前一小半间是属于她的，一张桌子一把椅子，还有一架红色的电话机。隔着一块玻璃屏风，就是总经理办公室了。这才是真正的办公室，一应俱全。而且还有一个小间是休息室，放着床，有抽水马桶，还有一面大镜子。她喜欢那面大镜子。她每天替总经理整理文件、材料，开会去通知一下，等等。她心里的压力渐渐消失了。前秘书走的时候把一张工作流程图放在了桌上，前秘书去一家分店当总经理了，这是提拔。在她看来，秘书工作真的不难，况且她是一个热爱学习的人。她拼命地默记各部门的电话号码和称谓，比如销售部的王经理、餐饮部的李经理、保安部的赵经理等，她第一次知道其实这家饭店是总部，在全省各地还有分店。她干得得心应手。她万分感激总经理。虽然，他待在酒店的时候不多，隔一阵子便消失了，他好像总是在出差，从一个城市飞到另一个城市。他每次出差回来都会带点小礼物给她，像一架飞机小模型、一瓶香水、一只镀金镯子……她起初也有过犹豫，但是总经理从来都说一不二的，她要是不肯收,他就板着脸了。

很多时候,这个大办公室里只有她一个人。她像个巡逻兵一样在办公室巡查,通风、关窗,擦办公桌。她很细致,每一天都让办公桌保持一尘不染的样子。有一天她意外地发现在休息间洗手盆下的一只柜子里放着一盒拆散的安全套。她慌忙地关上抽屉,心想自己居然偷看别人的隐私。但是这份好奇还是鼓舞了她,甚至引诱了她。空闲的时候,她会无限想象,在这间休息室里发生了什么?她回忆前秘书跟她告别时的表情,奇怪且欲言又止。她见过总经理的夫人,那是一个漂亮的女人,风姿绰约。偶尔她会来办公室坐一会儿。她给夫人泡好茶,她只喝花茶。夫人安静地坐着,目光柔和,一点也不像大家传说中的盛气凌人。夫人只是不说话。夫人离开的时候,她会一直送到饭店门口。她看着夫人坐上车走了。保安大哥会叫她一声。他的表情有些忧郁。她曾经邀请保安大哥来她办公室聊天,但是保安大哥一次也没有来过。他们有了生疏感。她觉得问题出在保安大哥身上,他不爱跟她说话了。她回到办公室,双手托腮想着心事。她不明白夫人为何不跟她说话。她想打个电话给前秘书,犹豫一番后中止了这个想法。前秘书跟她不是朋友,在这个饭店,她唯一的朋友就是保安大哥。她有点儿忧伤。保安大哥的眼神那么忧郁,是不是家里发生了什么事?

保安大哥离开饭店是在她当秘书半年后,那天人事部将一份文件送到她这儿,她看了一下,发现保安大哥离职了。文件上说得很明白,保安大哥是主动辞职。她将这份文件放入档案夹时,心里的悲伤一阵接一阵地涌了上来。她捂着胸口,尽量使自己平息下来。下班前,她给保安大哥打了一个电话。他说,我要静一静。他很快就挂了电话。她知道保安大哥一定是遇上事了。

趁着一个休息天,她买了水果去保安大哥家。那是一个陈旧小区,房子的外墙都在剥落,露出内里的红砖。她对着纸上的地址,找到了保安大哥家。他的妻子躺在床上,脸色苍白。她完全失去了以前的那份鲜活和生动。这是一个生重病的女人。在离开的那会儿，保安大哥告诉她，他之所以离职不是因为妻子生病，而是因为自己病了。她着急地催促他去看病。保安大哥指指自己的胸口说："是心病。"

她吃惊地看着他。

他欲言又止一会儿，最后说道："你要保护好自己。"他转身走了。

她呆呆地看着他离去。

下午，她给母亲擦洗身子时还想着这句话。显然，这是一种提醒。她不明白一向说话爽快的保安大哥为什么变得犹犹豫豫。母亲喜欢她的这些小玩意儿，她尤其喜欢香水。她把香水放在床前，不时地闻一下，一副陶醉的样子。吃晚饭时母亲告诉她说，她梦见了白德贵。她紧张地看着母亲，生怕她又突然地发作，将桌子掀翻。母亲说到了口琴，月夜，父亲在河边吹着口琴……母亲的脸上显现幸福。白丽一声不吭地收拾着碗筷。她需要倾诉，如果有一个人可以安静地听她说着，那是一件幸福的事。她看上去像一个木偶。在这幢楼里，她找不到可以倾诉的人。

她坐在窗前，看着那条河。她突然发现，其实河才是她最好的倾诉对象。她兴奋起来了，血液在身体里撞来撞去，简直令她头晕脑涨。她奔跑着下楼。但是当她站在河边的时候，那股想要倾诉的欲望荡然无存了。她茫然地看着一条船驶过来，马达声伴随着河水的晃动，把一切都破坏了。她转身慢腾腾地走着，走到二楼的时候，她流泪了。她仿佛站在了半空中一样，越往上越寒冷。她听到了母亲的呼唤，声音像拐了弯似的，击打着她的耳膜。她捂着耳朵一步一步地上楼。在门口，母亲瞪着她，飞快地甩了她一个耳光。母亲就像一个妖魔一样，猜透了她的心思。她低着头进去了。脸上的火辣辣宣告了她的失败。她无法逃离这儿，无数根绳子从隐秘的地方钻了出来，将她捆绑得严严实实。母亲的怒火没有很快熄灭，她双手叉腰瞪着她。她终于抬头了。对抗在一眨眼的工夫就瓦解了。因为母亲打起了瞌睡，她的头一垂一垂的，身体摇晃。她仿佛是在梦游。她上前扶住母亲。母亲的大半个身子靠在她的身上，软绵绵的像一坨吊着的肉。她安顿母亲躺了下来。母亲的涎水流了下来，弯弯曲曲。她小心地用手指擦去母亲的涎水。

她重新站在窗前凝视着这条河。奇怪的是，这会儿的她心如止水。她忘掉了之前的一切，仿佛短暂失忆。

尽管总经理总是出差，但她还是听到了一些流言蜚语，它们像看不到的触角一样，在饭店的某处生长。她像是走在冰上一样，小心翼翼地踏着步子，偶尔，她会看到曾经的同事——二三个服务员在窃窃私语。她们打量她的目光充满敌意。其实她以前跟她们关系不是很好，但也差不到哪里去。自从她当了迎宾小姐之后，她们就开始用异样的眼光看着她了。她浑然不觉，依然像以前一样跟她们在一起。她们用日光渐渐冷却了友谊。现在，她们的目光就要结冰了。她有些沉重。她越来越明白，她需要朋友，保安大哥的辞职对她来说是一次沉重的打击。在这家饭店，她需要几个真正的朋友。她原以为她跟夫人会成为朋友，但是夫人却拒人千里之外，视她如尘埃。与此同时，她发现工作变得麻烦起来了。各个部门经理开始扯皮了。他们不是推说工作忙，没时间，就是说身体不舒服。显然，他们对这家饭店和这份工作并没有多大的热情。她有一种泄气的感觉，常常坐在办公桌前发呆。电话机也比以前清闲多了。她拿着话筒好久，心想她没有人可以打电话。一个都没有。她黯然地放下电话，然后捂着嘴哭了。

事情突然发生转变往往就是一瞬间。她后来才明白这个道理。那天，她捂着嘴哭的时候，一只手轻轻地拍了她的肩。原来是总经理回来了，他风尘仆仆的脸上挂着问号。他将包放下，然后轻声说:“你怎么了?”

她有些慌乱地擦了脸，然后站得笔直。

总经理说:“坐下吧。”

她想了想,利索地给他倒水,将他的公文包放在柜子上。她几乎是一气呵成的。总经理抽着烟,看着她,他脸上的微笑生长起来了。她一直垂头站着,她担心自己刚才的表现令他失望。他接了一个电话后说:“告诉我。”她抬头看了他一眼,发现他真诚地看着她。她摇摇头,然后坐在了自己的位置上,好像一切都没有发生过似的。

三天后,总经理找她谈话了。他们站在饭店的天台上。那会儿,天空万里无云,一碧如洗。她有一种不安感,随时一阵大风都可以把她刮走似的。她下意识地矮了矮身子。他抽着烟,站在一个背风处看着她,他笑了。他说他什么都知道,这家饭店里有他的眼线。她吃惊地看着他。阳光正好透过云层照在了他的身上,他全身金光闪闪。阳光刺了她的眼睛,她看到了沐浴在阳光里的他。他说:“你转个身。”

她转了身。

他走了过来,指着城市说:“你家在哪儿?”

她看到了那条河,它蜿蜒在城市的中央,像一条墨黑的绳子。她指了指方向。

他点点头,手上的烟蒂掉了下来。他用脚踩灭,然后说:“你放心,从今天起,一切都正常了。”她有些不知所措地看着他,他是一个不错的男人,脸形方正,全身上下收拾得很干净。他故意咳嗽了一声,然后拉着她离开了天台。

饭店开了一个会。她跑来跑去地倒茶水,后来,她听到了总经理的一句话。他说:“不要难为年轻人。”她愣了一下,发现与会者的目光都投向她,她慌张地低下头。她害怕这么多目光。但是,恰恰是这些目光令她接下来的日子变得平静。会散了之后,她发现走廊上的人们都微笑地看着她。

她的快乐日子重新开始了。

总经理这阵子不出差，他在办公室里调度和指挥着这家饭店，以及众多的分支机构。一切显得忙碌的样子。她热爱这种忙碌，仿佛只有这样她才感到自己是在这家饭店工作。当然，夫人也偶尔会来一趟，她坐在办公室里喝茶。有时候，他们俩就坐着喝茶，一句话也不说。她的怀疑也终于得到了证实。夫人不会生育。这个结论在饭店里流传，偶尔，会跳进她的耳朵里。她有些同情夫人。

终于有一天，总经理跟夫人吵了一架，他们的声音都显得低沉，仿佛夏天暴风雨来临前低沉的乌云一般。她不知如何是好，走也不是，留也不是。他们显然忘掉了她的存在，指责声越来越大，空气里有两种成分：一会儿是火药味，一会儿是冷冰味。她被这两种成分包裹着，全身的汗毛竖了起来，令她发抖。她捂着耳朵，看着花瓶碎在地上，看着茶杯碎在地上……最后，是她的哭声中止了这场争吵。

他们愕然地看着她。

夫人先离开了办公室，之后，总经理也离开了办公室。她放下捂着耳朵的手，收拾着这残局。花瓶碎片划破了她的手指，鲜血直流。她将手指放入嘴里吮吸。这会儿总经理进来了，他突然抱住了她。他像个疯子一样吻着她的脖子和脸，还有头发。她全身动弹不得，像是被一张网裹住了似的。她的嘴被他堵上了。他粗鲁地吮吸她的舌头，好像要连根拔走。她终于咬了他的舌头，他一下子放开她，退了一步。她捂着脸哭了。他无语地看着她，垂下了头。

三天后，他要出差了。她坐在办公室里，看着他收拾着一只帆布包，旁边多了一只上了锁的红色箱子。箱子很大，简直有她半人高。她没有见过这种大箱子，有些好奇地走了过去，用手抚摸了一下。他看了她一眼，然后说："你把我的公文包拿来。"

她拿了挂着的公文包，递给了他。

他拉开抽屉，取出一个信封说：“拿着。”

她知道是钱。她心想他这是要辞退她吗？她的心紧了起来。

“这是给你的奖金。”

她摇摇头。

他看着她有一会儿，才说：“拿着，有用。”他离开办公室的时候，让她拎着帆布包和公文包，他拖着箱子。箱子有些沉重。在电梯里，他用手轻轻地抚摸了她的头发。他没有亲吻她。他的车子在饭店前停着，他把笨重的箱子用力地塞进了后备厢，然后接过她手里的帆布包和公文包，然后说：“我一周后回来。”她看着他开车离去了。她心里有点儿失落，慢腾腾地回到办公室。

一周后，他准时回来了。他坐在办公桌前抽烟，一副陷入沉思的样子。有一小会儿，他像是失神了，手中的烟灰长长的一截。她走了过去，手指了指他手中的烟。他将烟丢进了烟灰缸，然后说：“从今天起，我住在办公室了。”

她有些吃惊，饭店五楼以上全是房间，他可以选择任何一间房住下的。

他看着她说：“我喜欢办公室。”他用手指了指那个小间。

她突然想起了那只抽屉里有安全套。她的脸红了。他并没有注意到她的神情，而是把帆布包拉开，取出了一条项链。项链下端的心形挂坠是一颗红色的石头，特别漂亮。姑娘们时兴戴这种项链。他说：“给。”

她摇摇头。

他有些不高兴地说：“拿着。”他好像生气了。她红着脸坚持不伸手。

“你要是不喜欢，我扔了。”

她着急地看着他走到窗前，拉开窗户。她说：“要。”

他转过身来，将项链放在了她的手心里：“戴上试试？”他替她戴项链的那会，在她脖子上亲了一口。

她臊得脸红耳赤。她感到他的胡子像板刷一样。他的确没有剃胡子，而且头发也显得长了。他回到办公桌前，坐了下来，将双腿搁在了办公桌上。他说："我要休息一下。"很快，他就睡着了。

她听着他的呼吸声，不禁有点儿心疼。

总经理好像变了一个人似的，他喜欢带着她参加本城的一些宴会。这些宴会可有可无，她觉得像是一次次亮相。参加宴会的男人都带着一个女人，漂亮的，高贵的，浓妆艳抹的，胖的，瘦的，但都比较年轻。香水味像一层雾一样罩在头顶。一开始她有些头昏脑涨。她看着窗户，希望开启一条缝儿。但是，没有人愿意去开窗。他们腾云驾雾。烟雾混合着酒气、香水气味，在包厢里无穷无尽地升腾，她被呛得流泪了。她借着上洗手间的机会，大口地呼吸。他微笑地看着她。偶尔他会喝醉，他们都会喝醉，然后有趴在桌上打呼噜的，也有躺在椅子上像死了一样的，爬地上的也有。那时候女人们开始热闹起来了，她们叽叽喳喳，评判着男人的酒量，好像她们才是这个包厢的领导者。她一般不吭声。一个小时，或者两个小时以后，保安们会一个接一个地进来，将他们扶走、背走，或者抬走。那时候，女人们就散了。

有一回，她遇上了麻烦。照例是醉了，他早早就醉了，趴在桌上一动不动。另外的几个男人也都醉了，但唯独有一个络腮胡子的男人还没有醉。他摇摇晃晃地站了起来，指着她说："来，来，在我身边坐。"她装聋作哑，将头别了过去。络腮胡子拿起酒杯朝她扔了过来，擦着她的头发打在了窗玻璃上。女人们尖叫起来。络腮胡子走了过来，甩了她一耳光，之后他摇摇晃晃一屁股坐地。她感到了屈辱，手捂着脸，流着泪。络腮胡子带来的女人向她表示歉意，但脸上却有一种幸灾乐祸的笑。她们把这当成了一个插曲。她们也纷纷劝慰她，显得她们都是菩萨心肠一样。

他们离开的时候已是半夜。街上静寂，仿佛一个陌生世界。

她独自走着回家。到了楼下时，她站在河边听着包头鱼跳跃的声响。米饭满脸的母亲睡着了。房间里到处都是米饭。她吓了一跳，发现电饭煲摔在了地上。她清除完毕后精疲力竭。她坐在地上发呆。当她发现窗户上也粘满米饭时，怒火像是被点着了似的。她撕拉着自己的头发，有些疯狂。她想怒吼一声。最终她离开了母亲的房间。她在自己的房间里躺了下来。她大睁着眼，放映包厢里的一切。她的泪水流了下来。

络腮胡子很快就遭到了戏弄。那是总经理组织的一次宴会，就在他们饭店。那天只有他们四个人。她和总经理，络腮胡子和他带来的女人。但是包厢却是饭店最大的那间。她有一种空荡荡的感觉。他不停地敬酒，络腮胡子哈哈大笑。她看到他迅速地换了自己的酒瓶，她后来才知道那是一瓶水。络腮胡子很快就醉了，他手舞足蹈，狂笑不止。络腮胡子带来的女人不安地看着他。终于络腮胡子不说话了，他瞪着大大的眼睛，看着天花板。他走了过去，拍了拍络腮胡子的肩膀，然后说："怎么了？"

络腮胡子说："地球要沉没了。"

他说："那么太阳怎么办？"

络腮胡子说："月亮要坠落了。"

他接着问："那我们怎么办？"

络腮胡子说："逃，逃到火星去。走，我们走。"络腮胡子拉着女人的手，大声说，"我们逃，快逃。"他们跌跌撞撞地走了。

他跟了出去，拉着络腮胡子说："走，我们去火星。"他推开了隔壁的包厢，平时那些一起参加宴会的男人女人们都在。她发现就是上次的那拨人。他们喝得都差不多了。

络腮胡子指着天花板说："快逃到火星去。"络腮胡子有些含糊不清，扑通一声摔倒在地，他在地上匍匐前进，引得女人们声声尖叫。最后，他抱着桌腿睡着了。

她发现总经理脸上划过一道不引人注意的微笑。那天晚上，络腮胡子的女人抛下他顾自走了。这是一种报复。因为第二天他就告诉她,作恶之人必将得到报应。他说这句话时有些忧伤。他将脸转向了窗外。窗外正下着雨。南方的雨季刚刚开始。她心里感激他,是他替她拾起了面子。在接下来的宴会当中,没有人再轻视她了,女人们争相亲近她,好像她是领头的。

不知道为什么,她渐渐厌倦了这样的宴会。她开始逃避。她会想着母亲,那些米饭会不会再次糊住脸和窗户。母亲现在就像个疯子。她摔破了三只电饭煲。有一次母亲醒着。她走了过去。母亲捏了一个小饭团扔她。母亲哭了,说害怕,害怕有一天她不回家了。她抱着母亲,梳理母亲杂乱的头发,将米饭一粒一粒地摘下来。早晨,她发现母亲站在窗口凝视着那条河。河水在泛滥。这幢楼里的人们忧心忡忡,每年雨季他们都会担心这条河。她看着母亲的侧影,想起了妹妹。妹妹就是在雨季消失的。母亲的身体颤抖起来,好像打摆子。她走了过去,抱住了母亲。

今天是个休息日。她原计划带母亲去商店买一身衣服。但是这场大雨打破了她的计划。她听到了楼里有人在吵架。之后,传来了哭声。

母亲说:"她死了。"

她不解地看着母亲,以为她说的妹妹。

母亲又说:"她死了。"

这时,传来了一个男孩的声音:"老太婆死了。"

她终于明白那是一楼的老太婆。她好久没有看到她了,好像她早就死了。她奔下楼去,看到有人抬着老太婆走了。他们穿着雨衣,担架上的老太婆却淋着雨。他们很快就消失在雨中了。门是虚掩的。她犹豫着要不要推门进去看一眼,但是,她最终还是转身上楼了。楼道里显得特别忙碌,上上下下的人都脸色沉重。母亲一直站在窗口,像一件固定的家具。

那天下午,她与母亲坐着喝茶,她雄心勃勃地跟母亲说着未来，包括离开这幢楼。母亲突然尖叫起来，那声音像哨子一声刺耳。母亲用力地拍着桌子，把茶杯都震倒了。之后母亲急匆匆去了房间，抱着父亲的遗像出来了。那一刻她明白了。母亲不会离开这幢楼。她有些沮丧。

她在宴会上不时听到贫民窟这个词。每次当女人们问她住哪儿的时候，她都支吾。如果告诉她们，她住在一条乌黑河边的一幢老房子里，恐怕她们的目光里会长出不屑来。在宴会上，她戴着项链，穿着漂亮的衣服，好像上流社会的淑女。她虽然拒绝过于频繁的宴会，却又离不开这些宴会。它们勾住了她的心。

母亲将遗像放回房间，就哭了。她站在门口看着母亲的肩膀抽搐，富有节奏。那仿佛是一个游戏。果然，母亲转过身来时，脸上居然带着微笑。她有些不悦。母亲总是这样戏弄她。她很想朝母亲脸上吐一口唾沫。

一个月后，她突然发现了一件奇怪的事。夫人好久没来了。饭店里流传着一个谣言。她们说夫人离开了这座城市，去了另一个城市。她不相信这是真的。她认为是谣言。她有些愤怒，觉得这是对总经理的侮辱。但是他看上去很平静，像没有长耳朵一样。她曾经想建议他，让夫人来一趟办公室，那么所有的谣言将随风散去。虽然她不愿意见到夫人，但是这毕竟关系到他的名声。如果谣言这么流传下去，那么她也将成为受害者。她跟随他参加各种宴会，人们自然会把他们联想在一起。他基本上都待在办公室里，好像一步也不肯迈出去。她收拾了他的那个小房间。当她看到那只抽屉，心怦怦地跳，好像抽屉会自动打开一样。好奇心始终在引诱着她。她猜想他每天晚上在这儿入睡的时候，会不会有人陪伴。每一场宴会结束之后，她回家了，他却回到了办公室。她擦拭着镜子，余光却瞄着那只抽屉，有一股力量在驱使着她，她的手伸向抽屉的那会，突然发现抽屉上了锁。顿时，她有些沮丧了。她走出小房间时，发现他换了一身衣服，他脱下了饭店的职业装，换成了一件米色的单西装。他梳了一下头发，然后抽着烟。她回到自己的办公桌前，坐了下来。他穿米色的西装真潇洒。她接了一个电话，是前秘书打来的。她听出来了。

前秘书说："他在吗？"

"在。"

前秘书说："哦。"然后搁了电话。

她有些茫然，前秘书这是干什么？她犹豫要不要将前秘书来电话的事告诉他。他却走了过来，将一张手写的纸放在桌上说："通知开会。"

这个会议因为他穿着米色西装而多了一些窃窃私语。他换了一个人似的，开始讲一个故事。多年以后，她依旧记得那个故事，她甚至可以背出一个段落来。他说：他们相爱了，然后他们决定共同创业，当时，有一家饭店要转手，他大胆地找上门去，跟对方谈了一整天，终于盘下了这家饭店。她认为这是一个错误。她的父亲要求他做一个安静的平稳的人，甚至替他铺好了路，当一名建设局的干部。他义无反顾地投身于这家饭店，三年后，饭店扩建，五年后，饭店开了分店，十年后，饭店成了一个集团公司。但是她却郁郁寡欢，这十年来，他们聚少离多，越来越冷漠……当时，开会的人们都静默无声。她一边记录，一边猜想着这个故事。他一直说着这个故事，偶尔，他会点上一根烟。他的声音很平静，仿佛在朗诵一篇课文一样。他说完的时候，闭上了眼睛。她看到了两颗眼泪。会散了之后，他依然坐在位置上，神情有些呆滞。她走过去小声地提醒他说会散了。他站了起来，孤独地走了。

那会儿，她心里像撒了一把盐似的。

因为这个奇怪的会议，在接下来的日子里，饭店里所有的员工都变得沉默了。他坐在办公室里抽烟。他咳嗽了一声。他用手招呼她过去。他拉开抽屉，取出一张照片，是他与他夫人的合影。

他说："替我收起来。"

她吃惊地看着他。

他说："照片千万别弄丢了。"

她接过照片，发现这是一张很久以前的照片，照片里的他俩都很年轻的样子。

他站了起来，走到窗前说："你母亲怎么样了？"

她说："现在还好。"

"想办法去医院治疗。"他说。

她点点头。

他摸了一下窗玻璃，又说："我要出差一趟，需要一个月时间。今天晚上我们在办公室吃一顿饭。"

她犹豫了一下，点点头。她准备打电话通知餐饮部，他阻止了她说："我曾经是个厨师。"

晚上，他们在办公室吃饭。他开了一瓶红酒，据他说这瓶红酒存放多年了。他做了三菜一汤，清炒虾仁、糖醋排骨、炒青菜，萝卜汤。她对他的手艺赞不绝口。她是真心的。他有些高兴的样子。但是，她还是感觉到了一些不安隐隐约约从他的话语里透露出来。他告诉她，那个故事其实是他的故事，现在他后悔了。她有点儿不明白。他说你以后就会明白了，如果爱得越深，伤害也就越深。他们吃了两个小时，她离开的那会儿，他告诉她，如果有一天他离开这个世界了，请不要想念他。

回到家，母亲笑着跟她说，有人送来了一笔钱。她吃惊地问那个人是谁。母亲摇摇头，然后将一个纸盒拿了过来。全是钱。她与母亲数着钱，她心里惶恐不安。一共有两万元。这是一笔巨款了。来路不明的钱她不能收。她绞尽脑汁地想着送钱人是谁，按照母亲的回忆，是一个年轻的小伙子，他将盒子交给她，然后说："给你们的。"他就走了。他没有留下姓名和联系方式。母亲以为是她的男朋友，她反复追问那个小伙子是谁。她说不知道，她没有男朋友，真的没有。她后来想了一个晚上。她好像明白了。如果真是总经理送她的，她必须还给他。

总经理在桌上给她留了一个纸条：我出差了。

她着急地趴在窗前，看到总经理的车开走了。以前它总是停在那儿。她坐了下来，按住自己怦怦跳的心。她面临两个难题：钱的问题，人的问题。给了钱，那么就得给人。两个问题其实又是一个问题。总经理出差一个月，这明显是给她留了一个悬念，或者说一个过渡。待他回来，她就是他的人了，那时候她没有办法拒绝。他有夫人，如果他要了她的人，那么她算什么？她就真的成了大家说的那样了。她的身份将变得十分可疑。暗流涌动。饭店里虽然显得静寂，她还是感觉到那是暂时的冰冻，声音总是要发出来的。冰总要融化的。

她在办公室里转来转去。当她转到小房间那儿时，发现门是虚掩的。她推门进去的时候，吓了一跳。一只女人的胸罩在床上丢着。她明白了，昨天晚上有女人进来过了。她心里一下子轻松起来了。她看着那只抽屉，发现没有上锁。她犹豫了一下，拉开了抽屉，发现那盒安全套不见了。估计是那个女人带走了。她有了一点愤怒，心想他假惺惺送钱来是什么意思？他跟她除了是上下级的关系，没有一点别的关系。他为什么要带她参加各种宴会？她坐在床上，镜子里的她显得有情绪。她不知道怎么处理这个胸罩。她最后决定一切维持不变，将小房间锁上。

事实上，她开始数日子。一天变得越来越漫长。她呆呆地看着他的办公桌，心想他走了三天了。三天里，风平浪静。她强自按住自己的情绪，然后说，才过了三天。她接到了一些女人的电话，她们邀请她参加宴会，她拒绝了。他不在，她不会参加任何一个宴会。她守着那个办公室。偶尔有一天，她在他的椅子上坐了下来，她看着自己的办公桌，展露无遗。本来她以为那个屏风可以遮挡一些的，但由于他的椅子很高，目光就越过了屏风。原来他只要一抬头就可以看到她的一切。她不敢拉抽屉，尽管这些抽屉都没有上锁。这是不道德的。她这么想着，离开了椅子。她像他一样巡视着这个办公室，她用脚步测量了一下长与宽，约莫 120 个平方，这相当于自己家的两倍。她觉得办公室白白地浪费了很多空间，如果隔成小间，可以隔好几个，每个小间都住人的话，这儿至少可以住十来个人。她抑制了自己的这种错误想法，这儿是办公室，不是家。她后来在小房间前站住了。她依然回到了最初的那个问题：女人是谁？难道是夫人？她一拍脑门心想，或许就是夫人。这么一想，她就释然了。因为她一直没有发现他有其他的女人。

第八天的时候，她接到了前秘书的电话。前秘书说："我想跟你谈谈。"

她说："谈什么？"

前秘书说："就是谈谈。"

她们在电话里谈了一会儿。前秘书谈到了一些他的怪癖，比如他不爱说话，有时候一天只说几句话；比如他跟夫人的关系很僵，不仅仅是因为他们没有孩子的缘故，而是夫人出轨了；比如他半夜总是睡不着。前秘书其实是在向她倾诉。她放下电话的那会，心里十分沉重，好像多了一块石头。她最在意的是前秘书说的他半夜总是睡不着。这句话的意思太复杂了。前秘书是怎么知道这个情况的，难道睡在小房间的是她？那个胸罩是她的？她闭上眼睛，想象着她的模样，好久没有见到前秘书了。她有一种冲动，想给前秘书打电话，问她晚上那个女人是不是她，但当她的手一抓到话筒的那会儿，她就退缩了。自己是他的什么人?！只是一个工作秘书。

她那天怏怏不乐地回家。

母亲抱着那个盒子，一脸紧张。放下盒子，母亲小声地说："很安全。"她皱了一下眉，之前她几次三番跟母亲说，把这个盒子放在床底下。但是母亲却总是抱着它，好像遍地是抢劫犯。她准备晚饭的时候,母亲唱起了歌。她们吃饭的时候,母亲提了一件事,她说她要去旅游。母亲一定是被那个盒子里的钱迷花了眼。她摇摇头。母亲说:“你陪我去。”她没有答应母亲。

晚上,她躺在床上,心想她其实可以睡在办公室,那儿空荡荡的,她可以在地毯上不停地翻滚,像表演杂技似的。她听到了母亲的唉声叹气,软塌塌的。母亲现在不拿米饭做道具了,现在拿着那个盒子。她坐了起来,心想再过二十来天,她就可以把这个盒子还给总经理了。但是她没想到的是,第二天一早母亲就消失了,同时消失的还有那个盒子。她发疯般寻找着母亲。她痛恨自己昨晚睡得太死了。

傍晚后,她在公园门口找到了抱着盒子的母亲。母亲弄错了方向,火车站不在城市的东边,是在西边。母亲却一直固执地认为火车站就在东边,结果她在公园里绕了几个圈。她后来转得头晕了,就坐在了公园前的一块石头上。那正是新建成的公园的题名石,上写:世纪公园。母亲的臀部正好将“世纪”两个字给遮盖了。

她拉着母亲在附近一家小面馆吃面,母亲将盒子放在双腿之间,狼吞虎咽,将面汤喝了个精光。母亲说:“再来一碗。”她吃着面,看着依然狼吞虎咽的母亲,泪水就流了下来。

从小面馆出来,母亲说:“丽啊,我抱着它。”

她们沿着河回家,一路上,母亲显得慌里慌张地说,变了,好像全变了。她明白母亲的意思。母亲好久没有走出家了,就像一个被囚禁的人一样。母亲提议去她工作的饭店看看,她拒绝了。她们走到那幢楼下的时候,天完全黑了。母亲说:“丽啊,我想在河边坐一会。”她陪着母亲坐了下来。母亲打开了盒子,抚摸着这些钱说:“芬在那儿是不是没钱花?”说着,她就把几张钱丢进了河里。

她着急地说:“你干什么?”

母亲又扔了几张钱说:“我给芬送点钱,她可别饿着了。”

她一把抢过盒子。她隐约看到几张纸币顺流而去,她就是跳下去也抓不住它们了。她拉着母亲走了。母亲还在念念叨叨，就像中了魔似的。晚上，她清点了盒子里的钱，发现少了600元。她将这个盒子放在了自己的枕头边，然后反锁了房门。她害怕母亲再一次离家出走。她想不好将这个盒子放在哪儿安全。她本来想存银行，但这不是她的钱。家里没有地方是保险的。她决定给自己的房间装一把锁。她相信母亲没有这个胆量砸她房门的锁。

装了锁的房门看上去有种怪怪的样子。她选择了一把大锁，拿在手上沉甸甸的，像拿着一坨铁。母亲黯然地看着她，然后进了自己的房间。当她下楼后，她听到了丁丁当当的声音。这像父亲当年在锅炉房砸煤的声音，那些煤块之中偶尔夹杂着铁块，父亲总是用他的铁锹砸，以此确定它不是煤块。她急匆匆上楼，开门发现母亲拿着菜刀砸那把大锁。母亲仿佛在演奏，她手中的菜刀失去了准头，总是敲在了锁边。

母亲放下菜刀，然后说："我要盒子。"

"那钱不是我们的，要还的。"她说。

"我要盒子。"母亲手里的菜刀又一次敲在了锁上，发出清脆的声响。

她知道按母亲这么个敲法，一年都敲不开这把锁。母亲存心要跟她对着干。她的怒火快冲到头顶了，她想上前一步夺下母亲手中的菜刀。母亲突然停止了敲打，咣当一声，她将菜刀扔在了地上。她走过来，拾起了菜刀。母亲就这么投降了。之前她所有的紧张和愤怒一下子沉了下去。她想了想，拉着母亲的手到了桌子边。母亲像个做错事的孩子一样垂下头，双手放在了膝盖上。她欲言又止，最终她不说一句话地走了。在楼下，她停留了一下，抬头发现母亲就站在窗口。她朝母亲挥挥手就走了。

她坐上公交车的时候，全身上下都弥漫着一股悲伤，好像这满车的人都是越来越模糊的母亲。

距一个月还有三天的时候，几个警察走进了办公室。那会儿她正在收拾一个文件，那是人事部递送上来的文件，关于对一些人的解聘方案。其中一个警察亮了一下证件。他们马上开始搜查办公室。他们分工明确，动作熟练。她看到两个警察戴上了洁白的手套，其中一个还拿着一个放大镜。另两个警察站在小房间前，向她要钥匙。她摇摇头。两个警察低声交谈了一下，其中一个踹开了门。咣当一声。她的心也紧接着咣当一声。她知道发生大事了。她捂着嘴，猜测到底发生了什么。

一个戴着白手套的警察走了过来说："你是曹刚的秘书？"

她点点头。

警察说："你先出去一下。"

她转身欲走。

这时，从小房间出来的警察说："慢。"他拎着胸罩过来了，直视着她说："你的？"

她摇摇头。

警察一脸不信地看着她说："老实交代。"

"不是我的。"她说。

警察厉声说："谁的？"

她摇摇头。其余的几个警察都看着她。她觉得她就像动物园笼子里的一只猴子。她就这么站着。警察们搜查了一阵后，在门上贴了封条。

在那间陌生的房子里，有两个警察询问她。她始终不明白发生了什么事。她如实地回答她所知道的关于曹刚的一切。两个警察不时交头接耳。结果，他们决定让她回家，但是后面拖了一条要求：保持沉默。

她走出公安局的那会，心想总经理摊上大事了。她走在回家的路上，那会儿街道好像变了颜色，变得灰暗不清。她上楼的时候感到头痛。母亲坐在窗前，背影显得肥胖。她愣了一下，走过去才发现母亲居然披着被子,被子一半拖在地上。她揉揉眼睛,然后一阵头晕。她很想躺下来睡一会儿。一连串的事情搅得她现在虚弱无比。母亲对她的愤怒并不在意。她把母亲身上的被子扯下,然后抱进房间里。当她再次走出房间时,发现窗口的母亲哭了。母亲像个傻子一样哭了。她预感到了不安。她奔到窗口,才发现一张张纸币穿在一根线上,随风飘荡。她慌忙伸手去拉线的那会,线断了,风把纸币飘走了。一切都完了。后来,她一直想母亲是怎么做到的?她居然能将这么多纸币穿在一条缝衣服的线上,她的动机是什么?母亲一直没有说。或许母亲早就忘了。

这件事引起了楼里的轰动。很多人看到那一串纸币在风中散乱,有的落在河里,有的飘过了河……总之,最后她下楼捡到了5张纸币。她心里荒凉而冰冷。她再也无法还清这笔债了。而且,楼里的人们看她的眼神发生了翻天覆地的变化。他们原谅母亲,但无法原谅她。这些纸币像一粒子弹,正中他们的心脏。这幢楼里的人们习惯于隐秘地生活,他们从来都不会透露家底,更不会张扬。谈钱是一件卑鄙的事情,也是一件耻辱的事情,耻于谈钱是这幢楼的传统。她心里没有想那么多,只想着一件事,怎么还钱?她害怕还钱。现在她基本确定这钱就是总经理让人送来的,而且他现在身陷麻烦。询问她的警察还是透露了一点风声,说曹刚被他们逮捕了。她欲哭无泪。母亲再一次害了她。

曹刚的事很快就流传开来了。他杀了妻子。

她听到这个消息时,站着发呆。办公室被封条贴着,她成了丧家之犬。她转悠了一圈,就离开了饭店。她站在饭店对面的一家杂货店,看着这幢刀子一样耸立的建筑。以前她没有仔细打量过这幢建筑,现在看着就像一把刺向空中的刀子,楼顶就是刀尖。杂货店老板正在跟人说着曹刚的事情,几个男人女人听着。他们的脸上有些笑意,仿佛自己是预言大师。按照杂货店老板的说法,曹刚将妻子杀害后,用刀子将她割成几块,然后放在一只箱子里,丢在了外地……她全身冰冷。她想起了那只巨大的箱子,如果装一个人那是完全可以的。她摸过那只箱子。她看着自己的右手,回忆摸着箱子时的情景。她其实在摸一个死人。她顿时呕吐起来。在众人吃惊的眼神里,她落荒而逃。

她再一次被警察叫去询问后,终于知道了全部真相。曹刚杀了妻子,碎尸之后装进了箱子。他借出差为由,将箱子运到了500公里之外的大海边,他将箱子丢进了大海。他以为这事干得漂亮,一点痕迹都没有留下。至于他妻子为何失踪,他可以有无数个借口,他出差在外,什么都不知道,或许她去旅游了,或许她离家出走了……他将所有的细节都想过了,自认为天衣无缝。他后来真的忘掉了他是怎么将她杀死的。但是,他恰恰漏掉了一个重要的证据:那只箱子。一个渔民将箱子捞上船的那会儿,心情无比激动。渔民以为箱子内一定是有财产的,结果却是一个头,两只手,两只脚……那只箱子防水性太好了,那张脸居然还没有腐烂。当警察找到曹刚时,他正在参加一个会议。他是真的出差。他看了照片后一声不吭……之后,所有的事情就明朗了。曹刚表示他忍受不了这种家庭低温,快到了结冰的状况了。他只有杀了她,结束现状。

警察询问她的都是关于曹刚的一些生活细节,包括他与她的关系。她不知道如何界定他们之间的关系,他是她的恩人,她是他的下属,是工作秘书。他们之间没有私情。她对他的了解仅仅只是工作上的,是送一些文件资料让他签字,是开会通知他不要迟到。她隐瞒了那笔钱。警察却有些不依不饶的样子,非要她说出他的一些隐秘情况。她表示一无所知。警察再次提到了那个胸罩。他的目光有些游离,在她的胸部多次掠过。她突然想起了前秘书,她应该知道得更多。警察对这一信息十分重视,马上通知了前秘书。她离开公安局的时候,心里七上八下。她觉得这是出卖,其实她没有必要提到前秘书。她愧疚的心越来越沉重。她担心从此以后，世界上就多了一个仇人。

她再次去公安局的时候，心里像发了霉一样。警察说曹刚的这件事其实是合谋，是曹刚和前秘书共同合谋的。她不相信这是真的。尽管她猜测那个胸罩是前秘书的，但前秘书不可能跟曹刚一起合谋杀人。警察没有过多地介绍案情，而是表扬了她提供线索。她心里翻江倒海，如果前秘书真的是合谋，那就说明这是蓄谋已久的谋杀案，夫人的死是迟早的事。但是曹刚为什么待她这个现任秘书这么好，她曾经错误地认为他喜欢她，他们之间一定会发生一些什么。他给了她那么多希望。原来她只是他的障眼法，是他整个谋杀案的一个棋子罢了，无足轻重的一个棋子。她有些混乱。过于复杂的情况令她有些茫然。她很想见曹刚一面，听他说说他设计的全部阴谋，只有这样，她心里才能全部清晰。但是她没有机会了。警察也不再找她了。至于饭店有别人接管了，她失去了她的秘书工作。

曾经有那么几天，她像个傻子一样坐在窗前，看着那条河。她重新梳理了思路：曹刚重用她，让她当秘书。前秘书走了，但不时会询问曹刚的情况。夫人冷若冰霜。曹刚动了杀心，开始策划谋杀。曹刚谋杀成功。前秘书在晚上躺在了小房间，与曹刚共度良宵。但是，前秘书为什么要扔一个胸罩在床上？她不明白。这像个死结一样纠缠着她，没有任何合理的解释。她撕扯头发，疼痛也无法令她清醒。

母亲冷冷地看着她，目光像结了霜。这多像夫人的目光啊。她回忆起夫人的目光就是这样的。她开始梳理夫人的情况：夫人来办公室，不说话。夫人与曹刚吵架，那目光透露了杀气。夫人与曹刚没有生育，他们没有孩子。她突然明白了。如果前秘书有孩子，或者怀孕了，那么就有可能是合谋者，否则，这是一个骗局，一个曹刚自己导演的骗局。

她去公安局找那位警察，警察对她说的不以为然，他告诉她，案子完成了侦查，现在检察院准备公诉。她表示这是很重要的一件事，她隐约觉得这可能不是一件谋杀案。警察劝慰她忘掉这件事，毕竟这件事跟她没有关系。她情绪激动，简直要疯了一样。警察后来叫了一名女同事，将她拉走了。她站在公安局楼外，痛哭流涕。她知道，她无法救曹刚。

三个月后，她从报纸上看到了曹刚被法院判处死刑。前秘书不知所终。

半年之后，她遇到了前秘书。她毁容了。她们是在一条弄堂里相遇的。当时，离开了饭店的白丽在一家服装店当营业员。这个城市的一条街成了女装一条街，主要经营从广州、石狮运来的外贸服装，生意红火。她所在服装店的老板是个温州人，他与他妻子在这条街上开了一家服装店。那是一个下着雨的星期六，她很清楚地记得那一天，因为那天是她的生日。准备打烊的她拉着卷闸门，忽然一个女人撑着伞走来了。这个女人站在店门前的路上，一声不吭地看着她。这是一个陌生女人，但她觉得似曾相识。女人离开的时候，她想起来了，女人就是前秘书。前秘书的背影在她的印象中太深刻了。她叫了一声。女人停下脚步，缓缓转过身来，泪流满面。

她们在附近一家肯德基坐了下来。肯德基店内全是排队的人们，孩子们则一脸向往地望着肯德基的标志——美国老头。她心里有愧疚，觉得是自己的原因，才让前秘书牵涉进去的。她不停地表示歉意。

前秘书说："你错了，全错了。"

按照前秘书的叙述，她之前的猜测全是错误的。前秘书去了公安局，警察告诉她，是曹刚说她是他的情人，这是他们之间的隐私，他们不管，但杀人的事必须要了解。前秘书告诉警察，自己不知道曹刚为什么会杀人，她也没有参与。警察一开始并不相信，多次询问她。一共询问了六次，每一次询问都像是一次煎熬。她第六次去接受询问的地点不是在公安局，是在一个招待所的楼上。两个警察在询问之前，警告她这是最后一次机会，她依然如实地诉说，但是其中一个警察很不耐烦地走了过来，扯住了她的头发，告诉她如果再不老实交代，将被拘留。她痛哭流涕。他们询问了她一天一夜。凌晨的时候，趁他们睡着的那会，她跳了楼，脸正好被花坛里一个巨大的仙人球给扎了……前秘书边说边流泪，好像之前遭遇的全是噩梦。白丽递着纸巾，心想幸亏选择的是一个角落，否则，她们将成为众人目光里的异类。

前秘书沉思了一会儿，接着说的另一件事则令白丽无比震惊。前秘书说她跟曹刚其实不是情人关系，他们之间没有任何男女关系。他们很纯洁。因为曹刚是个性无能，他的身体早早就坏掉了，他无法勃起。前秘书竖了一根手指说："他很疲软。"曾经有一次曹刚抱着她想巫山云雨，但是却无法勃起。他与夫人之间的问题不是一天两天了，而是历史问题了。夫人早就出轨了。前秘书咬牙切齿地说："那是一个淫荡的女人。"曹刚曾经跟踪夫人，在一家酒店的房间里，他抓了个现行。男人仓皇逃跑，夫人却一脸平静。他们的关系从此江河日下。很多次，曹刚想要离婚，但是夫人却一直死死地拖着他，她认为就是离婚，也应该是她提出来的，曹刚没有这个资格，他的一切都是她父亲和她给的。曹刚为此三天两头地出差，以缓解压力。他是个工作狂。但是夫人的盘算并没有到此结束，她在布一个局，那就是将饭店转给她的情夫，当然这也是离婚的必要条件。曹刚无路可走了。悲剧就这么诞生了。前秘书把故事说到这儿的时候，双手掩脸。

肯德基内的一起吵架事件中止了前秘书的叙述。离她们十来米远的一张桌上，两个男人隔着桌子吵架，嗓门很大。围观的人越来越多。吵吵嚷嚷的声音几乎把整条街都吸引来了，门内门外人山人海。她感到身边的人像是从天上降落下来的，有人的腿碰到了她的腿。前秘书垂下了头。吵架事件终于在警察的干预下得以平息。当人群被驱散时，一个男人流着鼻血，另一个男人昂着头，好像要赶赴刑场。前秘书就再也不说话了。

前秘书走了。

路灯亮着。她看着变得空荡的街道，闭上了眼睛。与其说曹刚杀了夫人，倒不如说夫人杀了曹刚。他们两败俱伤。至于她，却完全被蒙在了鼓里。她自作多情。她离开肯德基是在晚上十点左右，那会儿她听到了警车的鸣叫声，从她身边驶过。前秘书说了，警车去抓曹刚时，他很平静，好像等着他们来似的。只是，有一个谜还没有解开：他为什么要送她钱？她边走边想，到了那幢楼下时，她想她明白了，他之所以给她钱，是为了维持他的尊严。一个杀人犯也有自己的尊严。她流着泪上楼。

母亲失踪了。她推开虚掩的门时就感到了一阵不安。天黑了，母亲从来不会将门虚掩。白丽回家，总是要用钥匙，哪怕就是拍着门叫着母亲，母亲也不会开门。窗户都开着，过堂风穿过，有些声势浩大。她呆呆地站了一会儿，狂奔下楼。她先去了河边。河水平静，仿佛就像入睡的婴儿一样。她奔跑着离开了那个生活区。她在一棵树下喘息。月光清冷。她没有找到母亲，天亮的时候，精疲力竭的她坐在房子里，空荡荡。

早晨的第一缕阳光落在窗玻璃上时，她抬了一下头。她吃惊地发现家里居然多了一面镜子。镜子里的她一脸无奈和悲伤。她走到镜子前，抚摸着镜面。显然是母亲买来的，但为什么要买这么大一面镜子呢？她检查了镜子的背面，发现弯弯扭扭地写着几个字：丽一生快乐。她流泪了。这是母亲送给自己的生日礼物。但是母亲去了哪儿？难道她要离开这个家吗？她捂着嘴哽咽。

她再次下楼的那会，在河边找到了母亲。头发凌乱的母亲坐在河边，往河里扔着小石子。她紧紧地抱着母亲。

“丽啊，我想死了。”母亲说。

她说：“你不能死。”

“我活着没有意思了。”母亲说这句话时，口水流淌下来，并且露出了她的牙床，猩红之中带着黑色。

她感到一丝恐惧。

母亲站了起来，摇摇晃晃地指着河水流淌的方向说：“他们都走了。”

是啊，他们都走了。

父亲和妹妹，这个家庭里最坚定的一对同盟者，他们各自以不同的方式走了。但是她跟母亲还活着，既然活着，那就一定要活下去。她不知哪儿来的力气，抱着母亲走了几步。母亲的身体在那会儿变得十分柔软，她觉得她抱着的母亲是某种特殊的软体动物。

母亲的柔软在楼梯上变成了沉重。她喘息着攀登。到达房门口时，她全身汗湿了。她开了门，拖着母亲进了房子。那会儿，她有一种绝望，仿佛觉得自己是曹刚的合谋者一样，她拖着的是夫人的尸体。她无数次想象过夫人死去的样子，那么优雅的女人死亡时会不会跟这楼里的女人一模一样？至于切割身体，她倒不害怕。她想象夫人就是一头案板上的猪。一头猪被切割是很容易的。她亲眼目睹过这样的场景。有一年，宿舍区的一个工人的乡下亲戚送来了一头猪。工人就在河边杀猪。她挤在一群孩子的中间，目睹着一头猪从嚎叫到死亡的过程，她丝毫没有感到血腥，反而觉得这是一种快乐。她有一种跃跃欲试的想法，拿着刀子利索地划破猪的肚皮。事实上，那个工人用刀子划开猪肚皮的时候，她感到无比畅快。当猪肚内的胃肠等统统流泄出来时，有个孩子大叫：猪粪！的确，那头猪的粪便跟随着血液、胃肠流淌出来了。

母亲终于躺了下来。

她站在床前，看着床上的母亲，心想她不能离开房间半步，否则，母亲又会哭闹不停。至于镜子，她认为这是个意外，是母亲在短暂的清醒之中留下的痕迹罢了。在这个乱糟糟的家里，她不用看镜子就知道自己的样子，尽管她胖了一些。

她再一次见到前秘书是在半个月之后。当时，她正在人民路上走着。因为某个大人物要来城里，所以人民路正在清洗。环卫工拿着水枪冲刷地面，溅起的水花有点儿腥味。她是去医院拿药的，全是止痛片。母亲总是说她身上疼，吃了一颗止痛片后，她就会心满意足。前秘书突然叫了她一声，愕然回头，发现她坐在一辆汽车里。前秘书向她招手，示意她上车。她犹豫地上了车。司机是个一头白发的男人，苍老而冷漠。

汽车在郊外的一个树林前停了下来。她有些不安，一路上前秘书一声不吭，好像她的任务就是把她带到这儿来。她们下了车。前秘书指着树林说："里面埋着一个秘密。"她吃惊地看着前秘书。前秘书接过白发男人递过来的一把铁锹，然后招呼她说："我们走。"

水杉树林有些荒凉的样子，但每一棵都刺破云霄。前秘书一棵一棵地看过去，仿佛树上有什么标记似的。风特别冷，好像泼了冷水。她不解地看着前秘书奇怪的样子，猜测这儿到底会发生什么。终于，前秘书扶着一棵水杉说："就这儿了。"

她走了过去，发现这棵水杉上刻着一把匕首图案。她刚想开口，前秘书就说："有东西埋在这树下。"

"什么东西？"

前秘书说："不知道，曹刚埋的。"然后拼命地挖着，但是一无所获。

她茫然地看着这一切，看到白发男人站在树林外抽烟。她不认识这个男人，前秘书也没有告诉她，他是谁？她感到荒谬，太荒谬了。她觉得白发男人与前秘书好像是合作关系，之前她没有听到前秘书提起过她的私生活，包括这个白发男人。在她猜测的时候，前秘书突然发出一声尖叫。一个铁盒子平稳地搁在一块石头上。前秘书取铁盒子的那会儿，白发男人跑了过来。

前秘书端着铁盒子，兴奋无比地说："找到了。"

在车上，前秘书打开铁盒子的那会儿，一脸沮丧，盒内空空如也。这或许就是曹刚的一个恶作剧。她看着前秘书愤怒的脸，突然明白了，那个床上的胸罩应该就是前秘书的。她几乎断定了前秘书之前跟她说的都是谎言。她冷冷地看着铁盒子。

白发男人的声音十分怪异，好像嗓子里堵着一粒石子。他说："一场空。"

前秘书突然将铁盒子扔出了车外，然后掩面痛哭。

白丽犹豫不决，不知道该不该继续坐在车上。白发男人冷冷地看了她一眼。她知道那是一种暗示。白丽下了车。

白发男人发动汽车，他们走了。

白丽站在原地，有种梦境的感觉，仿佛她做了一个梦。事实上，她不认识这儿。她看着地上的铁盒子，走过去拾了起来。她发现了一个秘密，盒子底部刻着一行字：什么都是游戏。这是曹刚的笔迹。她不明白曹刚为什么要玩这个游戏。他完全没有必要弄得这么神秘和古怪。后来她想，事情没有这么简单，这个铁盒子恐怕是前秘书自己推算出来的，也就是说，曹刚根本就没有告诉她关于这个铁盒子的秘密。她像个傻子一样端详着这个铁盒子，直到后来她发现了一条裂缝。她拿起铁盒子重重地砸在了地上，掉出了一枚钥匙。

那天是个雨天，前秘书显然有备而来，她手上还拿着一把卷着的雨伞。前秘书的意思是，白丽肯定知道曹刚的秘密。白丽说自己根本就不知道。前秘书拉着她离开了服装店。那个白发男人坐在车内吸烟。她们把她劫持了。车子开进了一个废旧的仓库。白发男人将她扯下了车，然后将她绑在了柱子上。他们轮番审问她。

前秘书说："曹刚为什么要给你两万块？"

"我也不知道。"她说。

"你撒谎。"前秘书道，"你要是不说，你母亲会说。"

她愣住了。这件事跟母亲有什么关系？看来前秘书也真是疯狂了。白丽闭上了眼睛，然后说道："我真的不知道。"

"给她吃点苦头，她就肯说真话了。"白发男人突然沙哑地说道。他从车里取下了一根皮带，在空中甩了甩。

前秘书走到她的跟前，一脸狰狞地说道："你要是不说，就得受皮肉之苦。说不定还会毁容。"

"我真的不知道。"她说道。

白发男人拿起皮带，却被前秘书制止了。她皱着眉道："看样子，她好像真的不知道。"她点了一根烟，吸了几口，然后再次走到她跟前道："曹刚给过你什么东西吗？"

她摇摇头。

前秘书气愤地吐掉嘴里的烟，怒声说道："你还想骗我，我告诉你，你现在说还得及，要是迟了，你的脸就跟我的一样了。"前秘书显然是在虚张声势。

她一脸恐惧地说道："我真的不知道。"她哭了，一副害怕至极的样子。

白发男人与前秘书一番窃窃私语，他们给她松了绑。在半道上，她下了车。她看着车子开走了，他们威胁她，不许把这件事说出去。她蹲了下来。

她走到宿舍区已是天黑了。她全身被雨淋透了。晚上她发高烧，全身烫得吓人。母亲手足无措，后来就抱着她睡着了。她醒来的时候，全身大汗淋漓。身上的热度是退了，可是嗓子里干得要冒火。她轻轻地将母亲的臂拉开，下床，然后去了母亲的房间。她看着父亲的遗像。月牙般的钥匙就在遗像后面夹着。这是一枚奇怪的钥匙，至少她长这么大从来没有见过这样的钥匙。她怀疑这是银行保险柜的钥匙。前秘书显然就是想要这枚钥匙。

她想到了那张曹刚给她的照片。她马上搬了凳子，在大衣橱顶部摸到了照片。一枚钥匙和一张照片就摆在小方桌上。她苦思冥想，觉得它们之间有某种联系。这张照片有点儿厚，仿佛是有夹层的。她发现这个秘密之时，紧张的汗水再次涌了出来。她轻轻地撕开照片，发现了一行字：工商银行 188 号。

几天后，她去了工商银行。当 188 号保险箱打开的那会儿，她愣住了。一箱子的美元。她根本不认识这是美元，是银行的工作人员告诉她，这是美元，一美元约合 8 元人民币。经清点，一共有 6 万多美元，也就是说，相当于 50 万元人民币。她热泪盈眶。她将这笔钱依旧存在了工商银行。办完手续，走出工商银行之后，她去师娘家。她有很多话想跟她说，虽然她们好久没有见面了。她要带着母亲离开这座城市，走得远远的，从此再也不回来了。

师娘真的老了，脸上的皮肤也松弛下来了，眼睛有些浑浊。她说这是白内障，她快看不见东西了，她就要成为一个瞎子了。房子里有一股臭味，好像无处不在。她终于在厨房里发现了腐烂的一只死老鼠。它安静地躺在角落，看样子死去有一阵子了。她将死老鼠扔掉之后，又在房间里发现了一只死老鼠。师娘说晚上太吵了，她在家里放了老鼠药。她卷起袖子将房子里清理了一遍。她意外地发现了一封信，显然是罗英来的。她认得罗英的笔迹。在这封简单的信里，罗英告诉师娘，说她们的恩怨就要了结了，她快要死了。她看了一下信里的时间，发现是 1999 年 7 月 15 日。也就是说，这封信到达师娘这儿已经有半个月了。

师娘居然趴在桌上睡着了，看上去好像死了一样。她轻轻地将椅子上的外衣给她披上，然后带上门，走了。她必须去见罗英。她口袋里的这封信告诉了罗英的新地址。

她在第二天中午到达了罗英的新住址。原来这儿地处城郊的敬老院。罗英嘴里念念叨叨地坐在靠窗的桌子旁。桌子上有一张黑猫的照片。房间陈旧，长长的一条裂缝从左至右地将玻璃窗上的一块玻璃一分为二。床上混乱地堆放着衣服，床底下的鞋子破得不成样了。黑猫躲在床底下，警惕地看着她。罗英好像并不记得她了。这几年,她长高了。她将信放在了桌子上。罗英一把抓住了她的手臂。罗英的手就跟鸡爪似的,青筋毕露。

她说:“我是白丽。”

罗英松了手,然后慌张地关了门。

“我是一个人来的。”她说道。

罗英点点头,然后拉开抽屉。满抽屉的信都是写给白丽的,但是一封都没有寄出。很显然,罗英这些年一直生活在煎熬之中。她拿起一封看了起来。罗英在信里说,她要搬家了,她要躲到一个谁也找不到的地方去。但是她害怕有一天自己悄无声息地死了。她又拿起了另一封信。罗英在信里说,她有一个梦想,就是跟白丽一起生活……

罗英突然轻轻地抱住了她。

她带着罗英去敬老院外面的小饭店吃了一碗面。她不知道的是,她走后的第二天罗英就死了。罗英的所有财产都消失了。半年后,她再次来到敬老院的时候,发现罗英躺在了公墓里。至于罗英是怎么死的?敬老院的说法是吃面的时候噎死的。她没有听到详细的细节,至少在肥胖的女院长跟前,她感到一种压力。女院长极不耐烦地说罗英什么东西也没有留下,信全烧了,一双破鞋也扔掉了。她问到了阿强,也就是那只黑猫。女院长说早就不见了,罗英死后就不见踪影了。她在敬老院的外面走了一圈,期望碰到黑猫。但是这显然是不可能的,半年了,一只猫不是死了,就是跑了。

在敬老院门口,她遇到了一个老太太。老太太带着她去了敬老院外面的一棵树下。她用手挖开了松软的土,发现一块石头压着一个用塑料袋包裹着的东西。她打开系在上面的绳子,发现原来是一个笔记本,本子里夹着年轻时的罗英的照片。

坐在公共汽车上,她热泪盈眶。在这本笔记本里,罗英把一生都记录在上面了。很显然,她曾经有过一个男人,也有过一个孩子。但是,她没有注明这个男人是谁,孩子在哪里。这个笔记本就像一个谜。她合上了笔记本。她不得不去师娘家，现在，师娘应该把一切都说了吧。

师娘躺在床上，奄奄一息的样子。她上次去师娘家时，师娘还能走动，像个转动缓慢的机器人一样在房子里走动。现在，她只剩下最后一口气了。

她说："罗英死了。"

师娘的眼睛像是闪亮了一下，她居然从床上坐了起来。她笑了。她的笑容多少有一些凄凉。她说："我终于可以死了。"也许，她就在等着这一天。

后来师娘死后，她在抽屉里发现了许多信，都是写给罗英的，但她一封也没有寄出。在师娘的叙述里，师傅复活了。他与师娘结婚后，在一次出差的旅途中遇到了罗英。当时罗英在一家食堂里上班。罗英的父母早早就去世了，好像死于一场运动。她独自一人长大，成了老姑娘。师傅与罗英终于跨出了那一步。师傅每个月总会抽出一晚去罗英那儿。师娘是从师傅的梦话里听到罗英这个女人的。她一声不吭地留意着，直到有一天，罗英来到这座城，她尾随师傅到了那儿。他们在某个旅馆的房间里缠绵。她在门外站了很久，然后伤心欲绝地离去了。她与师傅相安无事地生活着。后来，她知道罗英有了师傅的骨肉，她再也忍受不了。她想杀了罗英，让她在这个世界上消失。结果她失败了。罗英突然从他们的生活中消失了。师傅有几年都是郁郁寡欢的样子。多年后，白德贵突然出现在他们的生活之中。她猜测这是师傅与罗英的血肉，但师傅一直说他是个孤儿……

白丽明白罗英就是自己的奶奶，师傅就是爷爷。她离开师娘家之后，好久没有醒过神来。她想起了父亲用铁锹铲煤的样子。或许父亲已经知道他自己的身世，但是他不想公布于众。

母亲显然依旧蒙在鼓里。在师娘的葬礼上，母亲哭了。母亲的泪水并不代表她的内心，或许她的内心是欢快的。师娘跟母亲斗争了这么多年，她们一直没有和解。母亲很快就对师娘的房子有了打算，她的意思是卖掉。白丽却不同意卖掉。母亲不知道她们其实有很多钱存在银行里，无需再靠卖掉房子维持生计了。

有一天，公证处的人找上门来了。他们告诉她们，说师娘的房子一年前就做了公证，归国家所有。他们拿出了公证的复印件。母亲气得破口大骂。她目送着公证处的人离开这幢楼，她知道最后还是师娘胜利了。母亲那天晚上出奇地冷静，好像变成了另外一个人。她看着母亲，发现她的身体一直在颤抖，打摆子一样。

母亲第二天再一次去了师娘家，她砸了窗玻璃。

一年之后，师娘的房子里住进了一对夫妻，男人断了一条腿，女人少了一条手臂。

梦十：

唱首歌吧！跳个舞吧！把痛苦全部丢掉！这是某个地方墙壁上的一行字。那是个什么地方，我想不起来了。我很想唱歌，我看到小时候的我曾经站在父亲的锅炉房里唱过一首歌——《我爱北京天安门》。我穿着一条小喇叭裙，扎一条辫子。那个时候，我还远远不知道快乐是什么，痛苦会在人的思想里留多久。

后来，我母亲把我从人群中拉走了，她愤愤不平地跟一帮男人女人说："你们想干什么?!"

长大之后，我却成了一个不会唱歌的人，所以我的快乐始终不会有。

我坐在一个墙头上，看到风一阵接一阵地刮着。那个流汗的男人伤心地坐在地上哭着。不知道因为什么。我很想跳下去问问他。但是当我看地面的时候，发现我坐得那么高，我跳下去的结果只能是粉身碎骨。我吓了一跳，我问自己，我怎么坐在了这上面。风越来越大，我整个身子摇了起来。如果我再不想办法下去，风一定会把我吹下去的。有谁会来帮我一把。哪怕是站在下面朝我喊一声："你别怕。"

梦十一：

他走过来了，看不清他的脸，好像有许多雾游来游去。他站在那儿不动了，一直没有动。

我走近他，他像我的一个朋友，可是他叫什么我就是叫不出来，但是那种感觉却是很真的。当我与他面对面时，他的脸奇迹般地不见了。我想伸出手去摸一下他的脸，却发现什么都没有……我转身才发现，他站在我刚才站过的地方。

梦十二：

我一会儿坐在船上，一会儿坐在飞机上，我仿佛有两双眼睛，一双在天上，一双在地上……我在流汗，大股的汗流了下来，我关在一个火热的炉子里，火永远烧不死我。

我像蝴蝶一样飘出炉子。飞了很远，我才想起来这个地方很熟悉，真像父亲的锅炉房。

第八章　那个人叫刘原

耳膜一阵接一阵发痛，好像有虫子咬着。她张开了嘴，保持气流的贯通，但这样也容易吸进大量灰尘。她只好重新闭上，然后感受四处嗡嗡的响声。她看到熙熙攘攘的人，觉得他们都不像是这个城市的人。他们像一群羊或者牛什么的，驱赶与奴役他们的鞭子便是生存。生存这家伙堂而皇之地指挥他们，在拥挤的地面上从东到西，或者从西到东地流浪。

她不知道她为什么要来火车站。她在心里接连问了几个“为什么”。风没有回答，阳光也没有。没有为什么。似乎是这样的。但在她的意识中似有一根不可捉摸的线，正是这根线牵引她来到这里。她沿着火车轨道走，铁轨铺着向前，粗犷的是宽大沉重，细腻的是长而细，往远处看就会知道铁轨有多么小，就像男人腰中的皮带一般。火车轮子滑过的痕迹变得发白。很多野草从石头缝里钻出，茂盛得有些惊人。旅客遗留的一些纸屑没有痛苦地飞荡。她踩着有如小孩拳头大的石子，走了一段又一段，脚底被石子硌得有些烫了。前面就是那个废弃的站台，如果她没有记错，那一定就是父亲与母亲相遇的地方。现在却已成了废墟。水泥站台边长起的苦艾草与野薄荷，足有半人高，不分彼此地相容相拥，散发着浓郁的草香。

距此约半里之外的新站台，气势雄伟。她站在这个旧站台上，发现只是几间简单的水泥房，靠近铁轨的一面漆有一条手掌般宽的白线，大概是告诫旅客不能越过白线，否则便会有生命危险。之外，发现水泥地面印着几个脚印，像是当年浇地坪时某个工人留下的，里面积着水，有一只小甲虫在里面悠闲地沐浴着，褐色的脚圈成一张网。

她蹲了下来，借着积水看到了自己的模样：说到底，一个憔悴的人。尽管她的脸上还没有道道皱纹，但没有皱纹并不意味年轻，她想自己其实已经老了，心老了。一想到此，她不禁涌上一股痛楚。这股痛楚向四周散发，流着金色的光线。在断断续续仿佛无所连接的金色之中，她看到一个剪着短发的女孩，从时空中走来，站在她身边，问她说："你是谁？"

白丽说："我叫白丽。"

女孩说："我也叫白丽。"

白丽看到她的脸与自己的几乎一样，在眉心处有一颗不易发觉的痣。

女孩说："我想走到将来去。"说完她便走了。金点便全然消失了。

白丽摸到了那颗痣，在她的眉心的地方。

她长时间站着，失去知觉一样。远处火车的轰鸣在悠长而细致地回荡。她离开了站台，回头走了。她想她是走不到尽头的。

她也走不回过去。尽管她是多么愿意这样走下去，一直这样走下去就好了。是啊，就这样走下去，无所思无所想。只是走。走啊走。但那明显不可能，因为行走不是梦魇。梦魇无法成为行走的一个包袱，它只会远远地掉在后面。

前秘书来到宿舍区，这是一件意外的事。

当时，母亲正在燕子河边散步。她不再讨厌燕子河了，而是天天把燕子河挂在嘴上。燕子河仿佛成了她亲密的爱人。不知道她跟母亲说了什么，反正母亲当时就跑上楼来了。她正在做饭，门被母亲用力撞开。母亲像个凶手一样扑上来按住了她。

她大声叫道："你疯了？"

母亲用力地扯着她的头发。她痛得全身都软了。母亲说道："你骗我，你骗我。"

她刚想开口说话，却发现前秘书站在门口。那一双红色的尖头皮鞋就像两根烧好的铁钎似的。她曾经在锅炉房看到过那红色的铁钎，一沾到水，就会哧的一声腾起烟。前秘书走了进来，若无其事地在小方桌边坐了下来。母亲将手松开了，愕然地看着前秘书。当她发现前秘书将她的茶杯摔在地上之后，她害怕地退后了一步，躲在了白丽身后。前秘书的脸好像整容过了，至少比上次见到时要好看一些。

白丽走了过去，然后问道："你来干什么？"

前秘书瞪着她，好一会儿才说道："你骗了我。"

为了让母亲获得片刻的安宁，她跟随前秘书下了楼。她每走一步，都在思考下一步会怎么样。前秘书来者不善，说不定会以死相搏。走出楼道口，她发现白发男人就候在墙角，他一脸阴郁地抽烟。

"我忘了告诉你，这是我的男朋友。他叫曹强。"前秘书说道，"他是曹刚的哥哥，他要取回属于他自己的东西。我给你最后一个机会。"

很显然，前秘书像是了解了一些什么情况，否则她不会卷土重来。以前在饭店，她跟前秘书交往的时间并不多，但多多少少了解她的性格——不达目的不罢休。听说她曾经为了一件事，追着营销部经理从三楼打到一楼。

"还跟她废什么话？"曹强说道，"把钱交出来。"他走上前来，手一伸就扭住了她的臂。他使了劲。

她痛得额头直流汗。

"快说。"前秘书走上前，打了她一巴掌。

此时，母亲突然冲了过来，勇猛得像一头野兽，她用头撞倒了前秘书。曹强松了手，他扭住了母亲的手臂。母亲痛得哇哇大叫。地上起来的前秘书扇了母亲一个耳光。她冲了过去，大不了一起掉进燕子河里。哪知道身后的母亲又叫了起来。曹强将母亲的手臂从背后提了起来，母亲痛得一只脚离地。她知道他们抓住了她的软肋。母亲是无辜的，她什么都不知道。

按照前秘书的说法，她通过关系，去各个银行查过白丽的存款记录。在工商银行，她发现了白丽的一笔钱。这笔钱就是他们要找的钱的一部分。前秘书说这 50 万可以给白丽，但还有 300 万必须交出来。她听得目瞪口呆。难道还有几只保险箱？还有几把钥匙？她发现自己好像掉进了一个陷阱。死去的曹刚给她设了一个局，她成了替罪羊。

她有些头晕目眩。她说："只有 50 万。"她紧接着把如何取得 50 万的经历说了一遍。她发现母亲的嘴张得很大。当她说完的时候，母亲骂道："你疯了，你为什么不跟我说，我们可以拿着这笔钱离开这儿，走得远远的，从此再也不用见这些恶人了。"是啊，她曾经有过这个想法，但最后她发现自己并不想离开这座城市。

扭着母亲手臂的曹强看了她一眼，然后命令前秘书押着她上楼去取银行存折。她上楼的那会，发现这幢楼里的人都站在了各个楼道口，沉默无语。她进了房子，在走进房间后，她关了房门。前秘书在房门前说道："别耍花样。"过了一会儿，她拿着存折，开了房门出来了。前秘书接过存折，看了一眼，然后放入口袋道："你居然一分钱都不花，傻到透顶。"

下楼的时候，她听到议论声越来越大。好像她站在了人群中央。曹强松了手。她抱住母亲，母亲却在她的肩头咬了一口。她咬牙忍着。他们转身欲走的时候，她说道："你们俩以后会得到报应的。"他们走了。

她搀扶着母亲上楼。母亲直愣愣地看着她，好一会儿才说道："我疯了，你也疯了。"她沉默不语。

这个晚上，她肩上的伤口一直在渗血。

半个月后，她听到了前秘书死亡的消息。这个消息居然是保安大哥捎给她的。他们在菜市场相遇。保安大哥的脸上多了一条疤痕。他告诉她，他认得曹强。他被抓走的那天就在这条路的尽头。他很快就知道了事件的来龙去脉。曹强杀死了前秘书，他将前秘书肢解之后装在箱子里，丢在了河里。但是这只箱子却神奇地浮了上来。她愣住了。曹强、曹刚两兄弟杀人的手法如出一辙。他们都喜欢用箱子装尸体。她问了保安大哥的近况。他说他妻子死了。他现在是另一家酒店的保安队长。

她看着保安大哥离去的背影，突然觉得有些害怕。前秘书或许死于她之手。她在前秘书来取存折的那天，在那本存折的后面写了一句话：最信任的人可能是最危险的人。她认为曹强并不信任前秘书。前秘书既然是曹强的女朋友，怎么又会跟曹刚保持情人关系？前秘书分明是脚踏两只船。如果她猜得没错，曹强对前秘书有了疑心，之后杀了她。他一头白发的样子，说明他的神经本来就很过敏。

然而一年之后，她所有的判断都错了。那是一则新闻报道，主角是保安大哥。按照报道中说的，保安大哥是凶手。他谋杀了前秘书，取得了 300 万元，然后嫁祸给曹强。保安大哥也谋杀了妻子。他是被人揭发的……她觉得脑子乱了，简直乱得不成样了。

她去了一趟饭店，在总经理室见到了曹强。报道中说，被冤枉的曹强开始接管饭店了。一头白发的曹强安静地抽烟。他对她的造访并不感到吃惊。他说他很久没有吃药了，现在像个正常人了。他们坐在靠窗的位置，看着街道车流如织。汽车越来越多了，正在占领这座城市。

他把这个离奇的故事告诉了她。

前秘书是曹刚的秘书，因为无法生育的夫人对她恨之入骨，她就起了杀心，她唆使曹刚杀害了夫人。她知道曹刚有一笔巨款私存着，因为他害怕某一天离婚之后，变得一无所有。她想利用这一石二鸟之计，独得那笔巨款。与此同时，她与曹强开始了交往，为的是控制这家酒店。那时候曹强得了抑郁症，他整晚睡不着觉，每天神情恍惚。她需要一个帮手，保安大哥是合适的对象，他们曾经是恋人，但是在饭店没人知道他们的关系。曹强很快就中计了。第一步完成了，但是麻烦的是曹强也知道曹刚有一笔巨款。她故意将矛头对准了白丽，促使曹强仇恨白丽，曹强也中计了。但是螳螂捕蝉，黄雀在后。保安大哥见前秘书毁了容，又知道这笔款子就在她手中，他开始想象属于自己的生活了，于是，就杀死了整容失败的前秘书，将款子占为己有。喝醉酒的曹强恰好做了替罪羊……这个离奇的案子里，每个人都天生有着说谎的本领。曹刚骗了她，前秘书骗了她，保安大哥也骗了她……她不寒而栗。

她回到家，全身发抖。如果不是真相大白于天下，她会跟一个残忍的杀人犯——保安大哥成为好朋友，他们或许还会经常见面。曹强说保安大哥是因为谋杀妻子而被人揭发，从而将这个离奇的案子也带了出来。如果他没有谋杀妻子，那么他或许一辈子都平安无事。她拒绝了曹强的邀请，她再也不想去饭店工作了。

她在行走，生活与生存的重量压在她的肩与头顶，沉重得使她不断地听到骨头收缩的叫声。静夜，咔嚓咔嚓声，从她的身体里向外传出，她的血肉、骨头与一些细微不可见的细胞齐心协力地运动。她站直，手臂伸起，面壁而立。墙壁同样在回应她的咔嚓。她行走在墙壁上，脸朝下，看到一些碎片，像是从她身体上掉下来的。原来，身体上总不知不觉地躲着一些东西。她真的担心有一天自己会挺不住了。当酒液从她的喉咙滑下，进入到她的胃，分散在她的血液里时，她开始兴奋了，忘乎所以了。有人暗地里称她为“午夜美人”。

她感觉自己就是一个十足的颓废者，当痛苦来临的时候，她唯有放纵，唯有大口地喝酒才可以缓解一些；痛苦像个幽灵，总在意想不到的时候出现。有时她正在某辆车上，行走在某条街上，霎时感到心被猛地扯了一下，她便死命地咬住自己的手，出血了，咸味的血流进了嘴里，血咽下了，痛苦才算是止住了一点。当她重新舔着新鲜的牙印，她觉得自己有点像狼，一种变得陌生的凶猛动物。这样的情景总是间歇性地发生。

那晚她照例从一个酒吧中出来，外面寂静而发白，冷风到处晃荡。她走了几步发现有人在盯着她。两个抢劫犯？心怀不轨者？她不得而知。那两个人在盯了她一阵后终于按捺不住耐心，疾步上来拉住她的头发，然后拳打脚踢。他们朝她身上吐唾沫。她并不想挣扎。身体上的痛并不是她所害怕的。他们还没有那个胆子弄死她。她也没有尖声喊叫。相比之下，那晚她对那个胖子的戏弄确实让她觉得很过瘾。她只是觉得凌乱的头发遮住了她的脸。她多想看看他们恼怒的脸。他们越是愤怒，她心里就越有快感。他们越来越放肆了，其中一个居然解开裤裆准备在她身上撒尿。她想站起来，但是他们中的一人用力地按住了她。

这时驰来了一辆摩托车，几乎是呼啸而至的。车主跳下车便大声地喊：“住手！”接下来的情况就跟电影情节一模一样。身手敏捷的车主把那两个人打得抱头鼠窜。车主把白丽载到了他的家，然后开始一场紧急救护。其实她没有大碍，她懒得动。她想这个男人现在虽然有点手忙脚乱，一副正人君子模样，但不一会儿便会开始计划怎样摆弄她了。现在的男人就是这样的。他们是欲望的动物。她并不觉得身上疼，那些还算不上伤口，只是血挤在一块的缘故。她微微睁眼，看着那个晃动的人。他还有点模糊。直到现在她还没有正面看过他。其实看不看也无所谓。她咽了一口口水。酒喝多之后，首先需要的是水。

他给了她一杯水。她一饮而尽。在他手上还有一颗白色的药。她想他果然让她安睡，一颗安定片就想把她搞掂。他让她把药吞了。他说:"这是止痛片。"鬼才相信。她心想,但还是吞了。她有吃过四五颗安定片不入睡的定力。他看着她把药吞下后,又看了钟,想了一会儿,然后去里间拿了枕头与毛毯,放在沙发旁。然后一个人去了房间,丢下了一句话:"你今晚上就睡在这里吧,如果需要什么请敲门。"他进了自己的房间,听到咔嚓一声,他把保险按下了。

他把客厅留给了她。沙发便是床,一块印花毛毯便是被子。她装作昏睡醒来的样子看了看客厅,很安静,只有不确定的光在铝合金窗上鬼魅般移动。她多心了?她想这只是他的第一步。不久,他就会实施他的第二步。她在前半夜一直处于一种醒着的状态。毛毯十分暖和,外面的冷风一点也没有影响到室内。他也没有半点动静。她懒得再想下去了,也真有点累了。

醒来时才发现阳光透过一扇百叶窗掉在了她的手臂上。她觉得受伤的几个部位生痛。尤其是脸上,出现了一大块乌青,使她的整个样子十分狼狈。这时她才有点恨昨晚上那两个混蛋,差点让她面目全非。她面对镜子轻抚了一下脸,有点痛,又稍重按了一下,尚未伤到骨头。沙发上掉下了她的头发,光泽暗淡。她简单地梳理起来。她用牙咬住一只银色的发夹,把脸朝镜子凑近一点。在梳理的时候听到头发沙沙的响声,她想有一点可以保证的,那就是昨晚上那扇门没有开,那个人始终没有出来过。

现在,那扇门还一直关着。

他推门进来时发现她对着镜子在发呆,毛毯与枕头被她折叠好了,放在沙发上。他扬扬手说:"吃早饭了。"原来他一早就去买早点了。一杯豆浆,两张饼各夹一根油条。他将热腾腾的豆浆倒在两只白瓷碗里,两人一人一碗,一人一张饼。他什么话也没说,低头喝着豆浆。她很多天不吃早饭了,自从她开始昼伏夜出之后,每天睡到太阳照在床前为止,那个时候应该是中饭时间了,楼里的人家都开始叫唤孩子们了,船上的人家也开始淘米做饭。她的胃不由自主地颤动了一下，她的右腿也像被针刺了一下地痛了痛。他抬头看了她一眼，便又重新喝豆浆。这是甜豆浆，有一股奶油的气味。她端起了白瓷碗，然后喝了一口，胃全部张开了，她有点饥不择食地吃起来。她接连打起饱嗝。

他递给她一叠粉红色的纸巾，说："我还不知道你叫什么，住哪里。"

她打了一个饱嗝说："我叫女人，住在城市里。"

他听了便乐呵呵地笑了。

她趁机打量了他，很年轻，乌黑头发微卷，一身休闲装，面带笑容。她突然觉得似曾相识。她便仔细看他。这是一个健康的人。他是明亮的，他的牙齿没有一丝烟垢，洁白得耀眼。

他也愣住了，好一会儿才说道："你是白丽？"

他就是"花菜"，其实他叫刘原。当年他们曾是一个班的同学，而且还是同桌。他后来转校了。这一次相遇令他们都觉得兴奋，他们说起了往事。他考上了重点高中，又考上了大学。白丽静静地听着，泪水流淌了下来。眼前的"花菜"，仿佛就像另一个世界突然跑来的使者，要拉着她的手离开眼前这个浑浊的世界。

刘原的脸上飘过一丝不易觉察的红晕，他像是鼓足了勇气一样说："如果昨天我早到十分钟，也许你就不会被他们打成这样。"

她说："如果你早到十分钟，也许我现在就不会在这里。"

他听了，又是显得忠厚地笑了笑。她觉得很陌生，他居然可以这样笑的，自然得像风，像阳光。她对他说："你再笑一下行吗？"他显得有点摸不着头脑，奇怪地看了看她，然后又笑了一下。笑声清脆而明亮，像来自天外。啊，啊……她突然感到想流泪。什么时候见过这样的笑容，听过这样的笑声？从她的童年到现在，她听到的笑声都是神经质的，压抑的，浸着痛苦泪水的。父亲几乎没有笑过，母亲的笑是带着无耻的，妹妹呢，她的笑仿佛像一把冰冷的刀，让骨头都在颤抖,师娘的笑是阴森的,而她自己仿佛也没有开开心心地笑过一回。而现在刘原却笑出她从来没有听到过的笑声。她禁不住用手抚了一下脸。她像是中了魔一般,怔怔移动着,撞倒了一面竖着的镜子与一只大笔筒,浑然不知。

刘原再次异样地看着她,笑容慢慢消失,取而代之的是严肃。他像是感悟到了什么,默默无语地看着她。在安静之中她醒悟过来。看着一地的碎片她无话可说。她只好沉默。她不能在他面前失态。其实她想她已经失态了,他的笑容让她控制不住地失态。她竭力平息自己,用她的内心或者她的思想,就在这一刻。她几乎要咬紧牙关了。他坐了下来,好像有什么话要说。可是当他抬头再次看到她这个样子时,却说不出一个字来。他环视四周,仿佛这里不是他的家。她想到他也许要去上班。她在内心平息后又坐着喝了一杯水,她把这只透明无比的玻璃杯搁上茶几时,觉得应该离开这儿了,可是刚一站起便觉得右腿一阵痛,她哎哟一声重新坐下了。

他十分关切地扶起她,让她坐下,犹豫了一下后又用手轻轻按了按她的右小腿,说:"是这里痛吗?"

她咬紧牙点点头,现在她感到钻心的痛。

他又轻按了几下,温柔而又小心,他的手指秀气干净,丝毫没有被烟草染黄。他肯定地说:"骨折了,得去医院。"

"医院?"她挣扎起来,"我不去医院。"

他不由她说,一弯身将她扛了起来。

她大叫道:"你想干什么?"

他说:"我送你去医院。"

"我不去,我不去。"她使劲地推着他的手,可是他的两条手臂像铁一样坚硬,鼓起的肌肉像鹅卵石。她只好捶打他的胸,甚至还咬了他一口,但是他一声不吭。

在住院期间,他每天都来医院,上午一次晚上一次,就像上班一样准时。鲜花是上午捎来的。她跟他说："喂，你这样子花钱，不心疼？"

他咧开嘴说："值得，我觉得很值得。"他把鲜花插好，然后给她倒上水，命令她吃药，叫她早一点睡觉。他好像很在行的样子。她心里暗笑，他把她当作一个孩子了。他在她睡着后才离去。离去之前，他一定会把她的床头柜收拾一下，把她的鞋放正，一丝不苟。隔一天，他会从饭店里烧一只菜来，也不知怎么回事，烧的菜都是她爱吃的，比如红烧鳝丝、清蒸千张结、热豆腐，等等，他像是她肚子里的一条蛔虫。

有一天她说："喂，你帮我买酒来。"

他说："其他我什么都会答应你的，唯独这酒我是不会给你的。"

"没酒我吃不下饭。"

他提醒说："你现在是在医院，你的身份是病人，规矩一点。"

她看到他这个样子，便想存心捉弄他一次，看他会有什么反应。有一回他来病房的时候，发现她端着一只不锈钢杯在喝酒，她喝一口便赞叹一声："好酒。"

他发急了，慌忙张望那个酒瓶所在，但一无所获。待他要上前夺她杯子时，她哈哈笑了起来，果然不出她所料，他中计了，原来她的杯里是可乐。看着他被捉弄后一声不吭，她突然觉得自己过分了，于是便跟他道歉："喂，你没生气吧？"

他显得并不在意地说："你现在是个病人，我不想跟你计较。"

她的病房是415号，共有三个病人。一个是从农村来的大婶，南瓜脸，她的腿被汽车撞了，那个司机却逃之夭夭。他男人在城里的建筑工地做小工，每个月700多块都花在她腿上了。那是个沉默的拐一双罗圈腿躲着吸烟不说话的人，一脸忠厚相。

大婶有一天偷偷跟她诉苦："我男人你看他整天不说话，像个老实人，可是有一回我去工地看到他跟城里一个打扮得妖里妖气的女人脱得精光缠在一起……我骂他，他说现在城里都这样的。

他的每个月工资都掉在那个无底洞里去了。我不相信咋一到了城里人就变坏了，我记得以前他一点也没这种心思的……那天晚上我就是想证实一下城里是不是都是这样的，就到街上去侦察一下，结果我还没看什么却被那个短命的驾驶员撞了。我想问你，城里是不是这样的？老实人到了城里就成了坏人了？”

白丽倒被她问住了，便说：“我也不清楚。”

大婶听了有点失望，抚着绑着绷带的腿说：“我还当你是个城里人，知道的比我多。”

小米的脸裹着纱布，只露出一双乌黑的眼睛。不知道因为什么而受伤。看她的身材听她的口音估计只有十七八岁，但她说话很放肆。每回刘原捧着鲜花来到病房，小米便要变着法子跟他开玩笑。有一回，她当着白丽的面问他说：“你是不是喜欢上她了。”他顿时满脸通红，支支吾吾说不出来。小米便笑得颠三倒四。

那天小米突发奇想，说要他给她们唱一首歌，还一定要唱关于爱情的。这真是苛刻的条件。他当时求救地看着白丽。白丽眯上眼睛装作不知。小米则鼓动他说：“喂，你一定要唱，对了，就唱那首《我真的好想你》吧。”

他说：“我没听过，我只会唱《草原情歌》。”

小米听了便说：“也行，喂，你就唱那首叫什么来着，哦，《草原情歌》。”

他便唱了起来。他还真行，唱得有板有眼。这下把小米给震住了，好一会儿，她才说：“喂，你唱得还真够味的，喂，对了你叫什么？”

他老老实实地说：“绰号花菜，大名刘原。”

小米笑得肚子都疼了。

小米与大婶都把刘原当作是白丽的男友了。大婶对刘原是赞不绝口。小米说：“丽姐，他是个标准的好男人，现在这样的男人非常之少了，碰上一个便是幸运。”她没吱声，心想小米说得有几分道理，但她对现在的刘原了解甚少，也许他是戴着面具生活的人。她想到了保安大哥，曾经是一个她信赖的人，结果却是杀人凶手。小米的男友白丽见过，是一副街头烂仔的派头。据小米说，他们是在一个舞厅相识的。的确，刘原与小米男友相比，不知要正派多少倍。但是正派背后隐藏着什么？她想只有天知道了。她见过那么多的男人，他们的正派像纸一样脆弱。她并没有跟她们澄清她与刘原现在的关系。她只是看着打着石膏绑着绷带的腿，想早一点离开医院。母亲让她牵肠挂肚。

躺在床上，她有时睡不着。她听到了大婶在说梦话，是在骂她的男人不争气；小米睡得比她晚，她表现得相当自由自在，仿佛从来就没有一点不愉快，更没有痛苦的体验。她喜欢跟白丽说话，没遮没拦，她睡着的时候往往已是子夜。也只有在那个时候小米才会像一个真正的孩子一样发出香甜的呼噜声。而她却在想。她检点着过去的痕迹，从她漫步空虚开始都干了些什么。她感到了烦躁不安，仿佛很想出去在大街上狂奔，不管逮住谁就狠狠地咬他一口，像一条疯狗。当她合上眼睛，她会想到父亲与妹妹，他们像两只风筝一样飘着，而她却像个什么都不懂的痴呆儿，只会木讷地仰望。她跳不进他们的天空中去。

出院的那天，是个大晴天。小米的纱布还没有拆去，她站在窗前抬头眯眼看了太阳，说这样的天适合郊游。小米与大婶一同把白丽送到医院门口。

小米低着头说："丽姐，我真有点舍不得你走。"

"我们总有机会碰到的。"

刘原一声不吭地站在白丽后面。他与她一起与她们道了别。他扶着她走了一段路，她转头时发现小米还站在医院门口，一动不动。她心里微微有了些异样。

他又扶着她继续走了一段路。她说："我自已走。"她小心翼翼地一步又一步迈着，僵硬了一些时日的腿终于自由了。刘原显得很愉快，他跟她说："你的腿完全好了。"她发现他们两个影子在地上并排移动，原来她都是一个人走的，现在突然多了一个影子。

她对刘原说："我想到你家去看看。"

刘原说："当然欢迎。"

刘原带着她到了停摩托车的地方。树荫很厚，摩托车完全站在阴影里。当他发动车子后，想起了什么似的，将自己的头盔递给了她。她坐在后面觉得整个人像是在飞。在某一瞬间，她心里一沉。刘原渐渐地跟她脑子里的男人融为一体，同一张脸，同一个躯体。两人到了刘原家。她仔细地看了刘原的房子。房子装潢雅致，地上铺着光滑鉴人的大理石，墙上挂有几幅建筑画，原来那个晚上她躺的沙发是黄颜色的真皮沙发，旁边还有一盆银边吊兰，那个晚上她居然没有将它踢下木架。

她问："就你一个人住？"

刘原正在倒水，听了转过身来说："我父母住在上海。"

她又说："怎么不带女朋友来住呀。"

刘原居然红了脸，说："她不愿意。"

她的情绪突然有了一些变化。她喝了一口水，然后就势在沙发上躺了下来，她拍打着沙发说："你过来吧。"

刘原有些发呆地看着她。

她一边脱着衣裳一边说："也难为你这么多天的照顾。我不想欠人家。"

刘原顿时明白了，他愤怒了，握紧了拳头，骨节格格地响。

"反正总是要来的，不如干脆一点。"她说。

刘原听了，恶狠狠地走过来，狠狠地扇了她一个巴掌："你以为我是那种人？"

她咽下一口血，然后舔了舔嘴角边的血，说："你以为你是哪种人？你又以为我是哪种人？"

刘原低头了，他茫然地看着她，居然不知所措，然后呜咽起来。

一个男人在自己面前呜咽，多么新鲜。他的头低得如此低，像一个做错事的孩子。这令她想起了当年她拉他的手一路狂奔的情景，那时候她觉得他们好像会一直跑下去，没有尽头。但是，现在尽头明白无误地呈现在她的眼前。他是一个有女朋友的人。一个有女朋友的男人是不应该待她这么好的。他做的这些都是虚情假意。他是别有用心。她必须硬着心肠离开这儿，否则最后受伤害的一定是自己。

她走出刘原家，泪水哗啦啦地流淌下来。她擦着泪水，然后朝着母亲的医院走去。她觉得一股陌生情绪包围了她，以致她时不时想停下来回头看一眼，刘原会不会站在门口眺望她？她终于没有回头，当看到大街上勾肩搭背的男女后，她觉得离开是正确的。她没有资格去获得他的纯真爱情。她不再是以前的那个白丽了，她经历了这么多黑暗的往事，她好像是燕子河里爬上来的，散发着一股腥臭。她快到了医院的时候，才发现刘原家离医院很近，只需拐过两条街。她进了电梯，心里很平静，仿佛什么事也没有发生过。

她与刘原再次相遇是在那个下着细雨的下午。事后她一直在想，不会那么巧，一定是刘原那天尾随了她。她现在的直觉准确无比。当她后来在他们某个亲密无间的时候问起刘原时，他只是笑笑，没有给她一个答案。

她站在窗前看着漫天飞扬的雨丝。

她每个月至少到医院十趟，三天一次的见面会对母亲的病起到辅助治疗的作用。为了配合治疗，医院给她增加了探望日。医生说，现在病人需要的是亲情，如果世界上还有一剂灵药的话，那就是亲情，这份亲情是最最昂贵的。母亲显得安静，头发梳得很齐整，在她床前的一只痰盂里盛着清水，病房里弥漫一股意想不到的温情。当白丽静静地坐在她身边时，她安静地望着她小声地说：

“外面下雨了。”

白丽望着玻璃上的细碎晶莹说:“雨很小。”

母亲说:“雨再小也是雨。跟眼泪一样,再少的泪也是泪。”她说话时脸上有了点幸福的光泽,目光祥和。

白丽说:“不久会停的。”

母亲用手抚着白丽的手,这是柔和的体现。她立即感觉到自己与母亲一下子贴近了许多。母亲的手有一股微微的暖意,手背上几根细细的筋很清晰,是青色的。

白丽闭上了眼睛。

不一会儿雨真的停了。母亲的腿因躺床过久,显得肌肉萎缩。她推着母亲,在医院前面的大广场上呼吸新鲜空气。其实这时的空气也并不新鲜,只是显得纯净些,却比病房里好得多了。白丽抬头看到窗户里的很多脑袋,那些也许都是无法长久挪动腿的人。他们眺望着,用目光接触地面的草坪。母亲似乎有点困,本来这是她午睡的时间。她轻声地跟白丽说了一阵话后,竟然在轮椅上睡着了。她歪着头,一只手搭在轮椅上,另一只手按住自己的腹部。

她把轮椅停靠妥当,然后蹲在轮椅旁边的微湿的草地上。她的裙摆遮了下来,已经盖在了草地上。草叶上缀着无数可爱微小的珠子,雨水居然会这么美丽。草地的气味浓郁,其中含有雨水的香味,是很细微的不易感觉到的。但她闻着似乎感觉到其中掺杂着一种锈味,如果她再低下身一些,这种气味会更加浓郁。不知为何,她想到了父亲、妹妹、母亲,还有自己。死者留给活人的只有那张宁静或痛苦的脸,这像一张塑封了的照片,不会泛白与腐化,只在记忆中沉淀。而生者留给这个世界的又是什么,灵魂与自由?自从那天她从刘原家出来后,她开始读一些书了。她有时就变得心事重重了。

正当她神情恍惚时,一个男人的背影突然出现了。背影似乎像是躲了很多年,现在一下子却钻了出来。她在目瞪口呆之后,想到的是他。她一定神，发现那个背影已经滑得很远了，他不应该再次失踪。当她站起来的时候发现一个人挡住了她的视线。眼前这个人就是刘原。她猛地一侧身，可是那个背影不见了，活生生地消失在她的视线内。总是这样。

她自言自语地说："他又走了。"

刘原把手插在裤兜里，冷冷地看着她，一句话也没说。

她却可以感觉到他的眼睛在喷火。如果真的喷出火来，她相信可以把潮湿的草地烧成焦灰。

她说："终于想通了。"

刘原说："对呀。这样的便宜不赚是傻瓜。"

"我答应你的事，我会做到的，不过现在不是我的营业时间。"

刘原头一昂说："我知道。"他朝那个男人消失的地方看了一眼，然后又看了一下母亲，走了。

雨又下了起来，淅淅沥沥。母亲依然安静地睡着，她的呼吸清晰，像是说明她并非是一个疯了的人。她看了母亲有一会儿，觉得眼眶湿了，仿佛是被雨淋湿的。她推着母亲进了电梯，她有了一种幸运的感觉，如果母亲与那个男人面对，那将是一个怎样的场面，永无安宁？刘原的出现，却使得自己又一次失去了质问那个男人的机会。她为了这个机会已想过很多次了。她有一次在城市里没有目的地乱走，进出一个又一个酒吧，拼命地东张西望，心想会不会碰到那个男人。如果碰到了，她会把他带到母亲面前，让他跪下，让他对着母亲忏悔，让他在河边向妹妹磕头与忏悔，让他在那个锅炉的位置向父亲忏悔。哪怕她与他生死相搏。可是她担心，当那个男人有一天真的出现时，她会不会无话可说。她其实能说什么？她又能要求他什么？就这而言，幸亏又是刘原的出现才使她无法质问那个男人，如果要她质问，她质问什么？天哪，她质问什么?！站在他的对面，也许她无法质问一句话，甚至一个字都无法从她的口中说出。她不是妹妹，也不是父亲。

她推着母亲进入病房，母亲已经醒了，惺忪着眼自己站了起来，重新躺到了床上，但很快又睡着了。雨正在下大，草地上有一些人开始逃窜，他们拔足狂奔的样子仿佛下的不是雨，而是冰雹。

门是虚掩的，只一推便可以看到正趴在桌上画图纸的刘原。他穿着一件棕色毛衣，留一个棕色的背给她。他全神贯注，专心致志。这让她有点犹豫，她来的不是时候。她刚想转身，门却声音很响地敞开了，原来是风在使坏。刘原转过身来，看到了她，霎时愣住了。她索性装出大方来，说："我打扰了你。"刘原站了起来，不相信似的看着她。也许今天她打扮得尤其漂亮，套裙、高帮鞋，身材愈加高挑。然而刘原的目光是停留在她的脸上的，而非其他。而他自己的脸却通红异常。

她进去后，扑坐在了沙发上，跷起一条腿直截了当地说："你想现在开始，还是等我喝一罐啤酒。"她的样子显得相当玩世不恭。

刘原醒悟过来，脸火一般红，说："不急，你先喝啤酒吧，多喝一罐也行。"

她便从沙发上站起，打开冰箱。刘原一直在看着她。

她喝了第二罐啤酒后说："怎么样，你也喝一罐。"

刘原摇摇头。

她一口气喝了三罐啤酒。刘原看着她一罐接一罐地将酒液滑下去。她荡着第四罐啤酒说："再喝下去你会焦急的。"她放射出一种妖艳。刘原不声不响地看着她，他的眼睛仿佛在充血。他手中的笔都掉下来了。他却浑然不知。

她朝着刘原的卧室走去。卧室应该就是那个晚上他关上门的那一间。现在这扇门开着，可以看见光滑的木地板。刘原失魂落魄一般跟在了她的后面。她在床前站住了。这是一间显得清洁的卧室，在床头上方有一幅《蒙娜丽莎》；写字台上有一盏台灯，灯帽仿佛是用丝绸做的；一双无跟拖鞋，鞋尖对着她趴在床前地板上；仿佛还有一股白兰花的香，也许是他喷了空气清新剂的缘故；窗帘是墨绿的，把阳光遮得严严实实。

她在床上坐了下来，垂着头说："你可以吩咐我。"

刘原扶住门框显得痛苦地说："你真以为我是那种人吗?"他的声音顿时沙哑了。他的影子只有半个，半个还在外面。

她依旧垂着头说："在我的眼睛里所有的男人是一个样子，除了我的父亲。"

刘原上前一步说："我再问你一遍，我真的是你想的那种人吗?你只要答是或不是，就可以了。我不需要解释。"

她一怔，抬头看到刘原的眼睛里流动着一股酸楚。他的脸在渐渐苍白。她心里一动，仿佛有只手神不知鬼不觉地扯了一下她的心，她猛地咬住虎口。待她把手重新放下，回到现实中，她说："这是我愿意的。"

刘原头一垂说："你走吧。从今以后我不想看到你。"

"你真要我走? 过期便失效了，不后悔?"

刘原说："我不后悔。"

她说："我倒小看你了，真是失敬了。"

刘原转过身去说："我只是无法面对自己的良心。"

她觉得心一下子又被狠狠地扯了一下，痛得要命。她的手抓紧了床单，仿佛要抓出水来。她把视线投向那扇开启的门，钟正在敲响某个时间。眼眶在一阵阵发突，似有一股泪要猛烈地、汹涌无比地涌出她的眼睛，但她忍住了。她猛地一拉刘原，两人便倒在了宽大的席梦思上。他的嘴被她的嘴疯狂地堵上了。她的手放开了床单转而圈住了他的背。他的脚蹬飞了那双安静的拖鞋。

她离开刘原家时，刘原跪在地上说："我爱你。"

"我并不爱你。"

刘原说："可是我爱你。"

"可是我不会爱你。"

刘原说："你会爱我的。"

她只是生硬地笑笑。

她边走边想，他是标准的男人。她可以想象自己的脸是混合的，痛苦与快乐同在。刘原是建筑师，衣食不愁，而自己却为生活而挣扎，是个沦落风尘的人。他们的出身包括他们的生存环境有着天壤之别。他们只能像一朵云与一朵云的相遇，然后朝着东方与西方而去，从此无法再次相遇。刘原的表白是临时的、带着冲动的，尽管事实上他并无女友，他把真相告诉了她。当他有一天理智了、清醒了，他会后悔。

她走着，身体变得轻盈，像失去了灵魂。

嗡嗡嗡……她感到身体被撕裂般的痛。她仿佛就是一个不完整的人，像断了一臂，或失了一眼，她是用畸形的肢体在折磨自己的灵魂。梦魇里的人物仿佛以同样的状态结束。现实与梦魇根本就是天衣无缝。在刘原面前戴着面具才能让她心里踏实。她感到自己碰到了困难。到现在她才碰到这种困难，她不知道有什么办法可以解决。他居然在她的意识中一次次出现，他的笑容他的神情像是保鲜着，一直也没有变质，她闻不到任何一点馊味。难道这就是爱情？一颗已经扭曲了的心对于爱总是充满疑惑与不安，就像一只受过伤害的小兽一样总是用敌对的目光看着人类。

在深夜她睁大着眼睛倾听河水流淌的声响，久久不能入睡；在白天，她似乎总在寻找接近他的理由，总感觉有一只手在拉着她。那个房子，那个人，还有那张笑脸。日子变得长了。她有时走在街上觉得自己像是走在一条陌生的路上。而在路的尽头处仿佛有一个人在等着她，她与他的距离随着她的脚步在缩小。如果她一旦走错了方向，那个人便在喊她，让她跳上另一条路走向他。不像以前，她即使走到天明也不会有这种感觉。可是她清醒无比地看到她与他之间的差距。不可能的。她没有什么好寄托的，如果她感到无事可做，阅读倒是一件不错的事。或许由于阅读，她发现自己开始对那些声名狼藉的场所感到疲倦。原来她可以在那里喝个通宵，没有白天与黑夜；她还可以与那些准备拈花惹草的男人打情骂俏，或者与他们共度夜宵。现在她感到这一切对她来说仿佛是个噩梦。静静地阅读是一种享受，远胜于那种浮光掠影。她可以看到一个个爱情故事：有情人终成眷属的，或者是生死两相许的爱情悲剧。相对而言，她更喜欢那些悲剧，有时候她不知不觉地流泪了。

她在母亲病床前看书，母亲仿佛也安静得多了。她出神地看着她手中的书。她有时也读几段给母亲听，她发现自己读的时候很自然，口齿清晰，抑扬顿挫。母亲微微地闭上了眼睛，仿佛陶醉其中一样。母亲少女时代的梦想便是过这样的生活，诗情画意，只不过读书的人也许不该是白丽，而是一个女佣，或者她的情人。她有时也要求白丽读几段，那都是风光优美、语言优雅的段落。在无声或有声的阅读当中，白丽有时常常会神游书外。也许是因为一个词、一个句子，甚至是一个标点都可以让她想到一个人。他顽固地站在她的思想的门前。

令她始料不及的是刘原来到了母亲的医院。他给了她一个措手不及。她无论如何都忘不了那个下午，她一如既往推开病房的时候，看到刘原坐在母亲的旁边，正在替母亲剥一只橘子。刘原也看到白丽的到来，没有说话，只是轻轻地笑了一下。

愕然之余，白丽生气地问："你来这里干什么？"

"我来看伯母。"他脸上依旧是自然的清新的笑。

母亲显得很清醒，她似乎很喜欢刘原。刘原把橘子送到她的嘴里，她笑嘻嘻吞了下去，然后吐出核，刘原用手心接住。她吃完了一瓣还要一瓣，她调皮地张大着嘴。刘原不厌其烦地把理光了筋络的橘瓣送到她的嘴边。他手心站着许多墨绿色的橘核，它们的头顶一律向上。

白丽觉得自己倒成了一个陌生人，仿佛母亲非她的母亲，而是刘原的。就连刘原的走动都比她自然得多。他把窗户打开些,让清新的风吹进来;他给母亲擦脸,轻声跟母亲说话。母亲脸上一波一波地呈现快乐。母亲并没有想与白丽说话,她把话的内容与形式都让给了刘原。她与他是一个世界。她对刘原笑着,说着。刘原一直很忠诚地笑着。从窗外落进的阳光像金子一样贴在他脸上,生动而细致地流动,他的脸始终保持这种平和。他们对视,像是不经意,又像是早有默契。他的目光充溢着明亮,衬着金色的光芒。他把鲜花插好,然后用一绢纸将花瓶擦拭一遍。他把母亲扶下床,交给白丽扶着,然后用力把病床稍稍移动,让阳光能直接照在床上。

她心中的障碍不见了。刘原的笑容便是最大的宽容。她开始无法不爱他了。

像所有真正热恋中的人一样,她与刘原开始了幸福时光。

刘原一直紧紧地抱着她,像是一种依赖。刘原站在城市的广场上紧紧拥抱她,又在城郊的西山上对着城市宣誓:我爱你。听着声音在山间美妙回荡,她仿佛有点头晕目眩。有时夜半醒来,看到刘原平稳地呼吸着,她的脸上布满了喜悦。这是他们两个人的世界。每一声呼吸都是他们自己的。还有无拘无束的心跳。她一直没有化妆。刘原跟她说,脸应该是干净的,灰尘扑在脸上只要用水一冲即可。女人的脸因为修饰而妩媚,那是因为青春正在流逝。每次听到刘原的观点,她觉得有一种不知名的失落。尽管她认同,但是始终有一种不安在她的神经末梢颤动。

刘原沉浸在无边无际的幸福之中。他有一天站在梧桐树下跟她说,过去的就让它过去,什么也不要去想,没有人一生都是洁白的。她看到了褶皱的树皮,感到了刘原话语的力量,像一颗穿透身体的子弹。而那是个过去的身体。过去的身体在被击碎之后将重生。再生之后新的身体是如此地不同,包括每一寸肌肤都是洁白的,每一个毛孔都是清洁的,散发清香的。是刘原给了她一个全新的身体。这是她一生中最为快乐的时光。

母亲也像是受到了她的感染。她清醒的次数一次次增加。她清醒的时候便看着白丽与刘原，双手合拢放在胸前，一字一字地说：“你——们——很——好。”之外她就想不出比这更恰当的话了。因药物的作用，她显得有些发福了，谈吐也有着中年女性的丰厚。她喜欢看到刘原坐在她的床头。也许是吃橘子，有滋有味地；也许是听她的回忆，讲起了她的童年；也许什么话也不说，只是静静地坐着呼吸着。刘原像个听话的孩子一样坐着。他没有任何不耐烦的表示，脸是沉静的。他心平气和地做一个听者。他有时帮母亲梳头发，母亲像个孩子一样很听话。他把母亲的头发托在手中，象牙般的梳子轻轻地一下一下地滑动，发丝便跟着滑动。他把偶尔掉下来的头发收在了一起，交给母亲处置。他有时代替白丽阅读，把报纸上的新鲜事说给母亲听。母亲往往因此大笑不已，不是那种神经质的笑，而是正儿八经的笑。护士们偷偷地看着刘原，还有母亲，抿着嘴笑。

刘原的细致让她望尘莫及。她有时甚至想着刘原是不是那个男人，或者是他的替身，否则母亲没有理由那么开心。在她的感觉，或者说印象中，母亲只有在那个男人面前才会像花一样灿烂。她对自己的错觉有些恍惚。她有一回游戏般地对刘原说：“母亲把你当作了她的初恋情人。”

刘原说：“她说她的故事只讲给我听。她跟我说了妹妹，还有父亲。”

她吃了一惊，没想到母亲向刘原敞开了她的世界。没想到母亲说出了父亲与妹妹的秘密，那可是母亲在清醒时最不愿意提起的，她会讲到白丽的童年，会说到自己做姑娘时为了一条印花格子的布料偷了家里的钱，但不会说到父亲与妹妹的一丁点。

她流了泪。

刘原紧紧地拥抱着她。刘原像个神奇人物，走进了母亲的心里，也攻开了自己的堡垒。她觉得刘原是带着爱的使者。他的话便是翅膀，可以捎着她去一个快乐的地方。

她带着刘原去河边，他们是去寻找妹妹。天空是蓝的，有一股极其纯净的味道。他们坐在船上，沿着流水去河的尽头。乌黑的河水并不让她感到刺鼻，她听到旋律简单、直接的渔歌在河面上回荡。城市越来越远。她转头四望，发现铁壳船在河面上犁出了一道道很深的皱纹。包头鱼追逐着他们，不时地跃出水面，吱吱地叫。刘原刚上船时显出一种孩子般的快乐，似乎是去远游，当船驶离城市之后，他像换了一个人。他安静地看着河水，像是沉浸在对妹妹模样的猜测之中。之前他很多次问起过白丽，妹妹是不是就像"希望工程"那个黑眼睛的小姑娘。因为在白丽的叙述中，妹妹脸上唯有一双眼睛含着很多感情与心思。还有她因快乐而飘动的额头上的头发，不可思议。在船上他却一句也没有问。

船主蹲在船头无声地吸烟，额头的皱纹像叠起的水波一样。他有时就随手捞起一桶水，往发动机上的水箱加水。他们到了河的尽头，发现他们其实已置身于一条大江的江口。乌黑的河水原来最终汇入了江中，然后又会随着江水流向远方。乌黑稀淡了，几乎已成乳白。白丽绝望了。她原以为河的尽头是一片荒草丛生的沼泽，妹妹也许会在沼泽地定居，拥有一小块土壤，可眼前却是一条奔腾不息的江，永远地漂流。漂流的妹妹，不会再回来了，因为无法定居，她顺着江水也许会到东海，到太平洋。

白丽流泪了。

刘原说："妹妹她会生活在海里，海是阔大的，她会更加快乐。"

他们望着白茫茫的江面，感到江风像刀子一样刮着他们的脸。刘原说："妹妹是独特的，你也是独特的。"说完深情地望着她。在此时，刘原的话像是滴在心上的一滴水，融化在她的心里，也正是那么的一滴水开启了她的最后一道防线。她知道刘原从此定居在她的心里，就像妹妹一样。她想妹妹在完成她与河的融合后，并不痛苦。她可以想象出那个傍晚的妹妹，她是平静的，她渐渐地没入河中，包头鱼变得像精灵一样围绕着她，然后它们又簇拥着她流向远方。

她在河的尽头捞了一壶水回来，虽然乳白且混浊，但那可能沐浴过妹妹身体。拣了一个日子，她与刘原一同去了父亲的墓地。她让刘原在父亲的墓碑前燃起了很多支香烟，烟雾袅绕不息如同烟与水的共舞。她闭上眼睛吮吸着。风吹动她的脸，像是柔和地抚摸着她。她又把这一壶水洒在了父亲的墓碑前。傍晚的一道阳光像是召唤着什么。烟与水之中，父亲的脸又在墓碑上隐现。父亲满足地长长地叹息了一声，然后把脸渐渐隐去。当父亲不见的时候，她发现所有的烟都已消失。唯有土黄色的烟蒂随地躺着。

刘原同样与她泪流满面。

刘原在公司给她找了一份文秘的工作。她上班第一天觉得天是新的。虽然这个城市让她产生许多痛苦，但是她现在感到了它的生机。她走在街上能感觉到穿过大厦之间缝隙的阳光的温暖。她用指甲朝空中弹射，似乎弹掉了过去。

他们下班后便一同去母亲那里。刘原甚至烧得一手好菜。这样，母亲的饭菜便由刘原亲自煮烧。母亲很喜欢刘原烧菜的口味，胃口也好了许多。他们在母亲的病房里陪母亲说话。母亲时常显出欢天喜地的样子。母亲的主治医生也对她说："你母亲的病有好转的可能，如果你们一直以这种最为朴实的亲情方式延续下去，记住，要坚持。"她使劲地点头。

刘原有时跟她说："母亲好像好了很多了，气色也不错。"

她说："这一半功劳在于你。"

刘原只是笑笑，然后深情地拥住了她。

从母亲的医院出来，他们便回到刘原的家，两人总是长时间拥抱，一刻也不愿意分开。刘原闻着她的体味，抚摸着她的头发，显得陶醉，他说："我们结婚吧。"她也闻到了刘原醇厚的男人气息，像一股原始的魔力，给人一种无比幸福的眩晕。她点头答应了他。他们疯狂做爱。刘原有时候像头小公牛，他十分迷恋她的身体。他们在地板上，在沙发上，在床上，在浴室，甚至在门背后做爱。他们在房间里赤裸身体，她看到自己的身体变得极为明亮，像是有灯在身体内部亮着。刘原就是点灯的人。刘原的身体充满无尽的力量，若隐若现的肌肉起伏不定。他们的激情似乎像源源不断的江水，永不会枯竭。

刘原有时跟她说一点建筑设计上的事，他有时会加班。在他加班时，她坐在床上就着台灯读书，各干各的。她不会先行睡去，总是等着他进房间来。有时夜很深了，她便起来去厨房煮点咖啡什么的。刘原已经教会了她应该把煮好的咖啡放在热杯里，这样咖啡的香味才不会跑掉。当刘原喝了一口后，便赞不绝口，然后把工作灯拉灭，他们相拥着走向卧室。

在一个阳光明媚的休息日，他们在床上起来后，刘原突然说："我们去登记，把证领了。"

"就现在？"

刘原兴奋地说："就现在，走。"

他一把拉住了她。他们匆匆出了房子，然后去街道办事处。她坐在摩托车后座，紧紧抱着刘原的后背。在她眼前闪过很多脸。阳光打在摩托车的前盖上，晶亮得仿佛可以印出许多张脸。她一张也没有记住。她可以想象出自己的脸，一定是幸福得不得了。

到了街道办事处，他们碰到的是一位严肃的大婶。她问了他们的情况后，说："你们登记了，就是法律意义上的夫妻了，你们可得慎重考虑，我前几天就登记了像你们这么一对的，不到三天便来办理离婚手续了，唉，像玩似的。"

刘原说："我们想了很久了。"

"那就好，婚姻大事非同儿戏，戏里都这么唱的。"大婶说。

白丽有点被她逗笑了。刘原填好了登记表,轮到白丽填表时,才发现身份证没带。大婶对白丽说:“没有身份证是不能登记的。这是国家规定。”

刘原急了,说:“我回去拿。”

“我快下班了,要来你们也得下个星期一来。”大婶说。

他们走出街道办事处,她低声说:“都怪我,忘了带身份证。”

刘原说:“怪我,是我急着要来的。”

两人偎依着走了一段路,上车时,刘原说:“下个星期一我们再来。”

如果不是星期六的那顿晚饭,也许他们将会成为一对夫妻,恩恩爱爱白头到老。那顿晚饭让这个美好的愿望成了一个泡影,成了一个永远的痛。她在以后的日子里不止一次地想起那天的情景,历历在目。她想,美好总是脆弱的。

刘原在星期六的晚上带着她去巴巴罗餐厅吃饭。据说这家餐厅是一个留美回来的人开的,里面的布置与装潢都是美国风格的。他们选了一个临街的桌位,陆续点了几道美国菜,还叫了红酒。刘原深情地看着她。她的手上已提前戴上了刘原买的戒指,是一枚耀眼夺目的钻戒。

两人轻声说笑着。

当最后一道菜上来时,出现了意外。一个人突然抱住了她。也就是这个人的出现,导致了她与刘原的彻底决裂,那是三天后的事了。她当时吓了一跳,刘原也吓了一跳,但他马上镇定下来说:“你是谁?放开她。”

这个人明显喝醉了。他敞着西装,跪在地上抱着她的腿说:“我们回家,我们睡觉。”

她的脸顿时煞白,她并不认识这个人。她使劲挣脱他,说:“你醉了,喂,你放开我。”

可是倒在地上的这人依旧抱着她的腿说:“我爱你呀,我没办法才让你走的呀，你回到我身边来吧。”

很多人围过来看热闹，他们脸上挂着旁观者的讥笑。两个服务生也隔山观虎斗般迟迟不过来。

刘原的脸像是在喷火，他对着地上的男人狠狠地踢了两脚，说：“滚开，滚开。”

男人的惨叫让她不忍心，便对刘原说：“你别踢他，他醉了。”

刘原愤怒地说：“他是你什么人？贱货！”说完猛地甩了她一个耳光，便把皮夹里的几张钞票往桌上一掷，气乎乎地走了。她愕然。整个餐厅都在旋转。地上的男人还在含糊不清地叫喊着，他吐着，他醉得不成人样了。

她不知道自己是怎样走出餐厅的。灯光闪烁，周围的人似乎都在嘲笑——贱货！你是一个贱货！汽车的紧急刹车声尖厉无比。司机把她的惊呼置于一边，大声训骂她是不是不想活了。她漠然地看了他一眼，走了。

第二天刘原向她道歉，说晚上他不应该这样粗鲁地待她，不该这样的，他昏了头了。当刘原骂出那句“贱货”后，她就知道其实自己在刘原的心里留着一块黑色，远不是他所说的洁白。是黑色就是黑色。刘原的愤怒是理所当然的，直接的结果就是这样。归根结底刘原是一个感情上的孩子，一个负气的孩子，所以他才无邪地伤害到自己。她麻木地站着，没有任何言语。

晚上，她坐在房间里，翻着书，神思恍惚，以致后来她竟枕着书睡着了。外面风很大，一扇窗户的一块玻璃掉了下去，风灌了进来，吹醒了她。她站在窗前，任凭河面上卷起的风扑打着她的脸。当风平息下来，她面对镜子时发现自己的脸黑乎乎的，像锅底与河水。

在刘原相约见面的天桥上，她对刘原说：“我想过了，我根本就配不上你，我会伤害你的。”顿了一下，她又说：“这不仅是我自己的想法，其实在你的心底里你也是这么想的，这无法改变。”

刘原努力辩解说他只是一时气急，他被醋意弄得昏了头了，他该死。但是她却走了，已无法说了。天桥下面的人跟他们一样也只是匆匆走过，没有说话。她踩着天桥的台阶，觉得在飘，宛如妹妹在那个世界一样。

刘原痛苦万分。他的手反复地从裤兜里掏出，又伸进去，他想拉住她，但是她已经离开他的身边了。刘原站在那里大声地喊："白丽，我后悔我说错话了，难道你想让我一生与痛苦为伴吗？"

她没有回头，一步一步地走下来。她的心像是被刀一样绞动，不能停住。她对自己说，走，走，走，我要走，我不走他才会痛苦，我不能让他痛苦。她大股地流泪，匆匆而过的人惊奇地看了她一眼又一眼。当她擦干泪转身回望那座天桥，发现它也在渐渐淡去。她的眼睛捉不住它了。

接下来的日子，刘原像个孤苦伶仃的孩子一样时常在她家门口站着。他对着紧闭的门说："白丽，我爱你。我可以把心拿出来给你。"

她觉得这些话像是河面上飘过来的。她不想再伤害到他。如果她成了他的妻子，在以后的某一天她还是会伤害到他的。因为他无法真正正视她的那段风尘生活。她说："你走吧，我们已经无法挽回。"

刘原说："白丽，就请你原谅我一次吧。"

她说："刘原，这不是原谅，也不可以原谅；如果可以原谅，我一定会原谅你的。"她的泪水便扑簌掉了下来，她用手猛烈地捂住自己的嘴，免得发出一点哽咽。

看着刘原沿着河走了，楼里的一两个孩子好奇地跟了他一段路，他长长的影子投在了地面，显得颓废而没落。她闭上了眼睛，泪水正在不绝涌出，她不能再看，多看一眼都可以让她无法平静，她会放声大哭的。她只有克制，死死地按住狂跳的悲愤的心，让它平静下来。但是，在落日余晖消失前，她还是低声地哽咽起来，她背靠着门，后来她整个身体滑了下来，抱头放声大哭起来。

她坐在了河边。河水流呀流，发出轻微的响声，像妹妹的低吟。妹妹，如果这个时候你出现了，多好，你可以让我抚摸你的头发，让我看看你的眼睛；妹妹，如果你想起了我，你一定会踏着河水而来，叫我一声姐姐，我已想不起来了，你什么时候曾经叫过我；妹妹，河水有一天完全清澈的时候，我一定能看到你了，你那么安静地躺在河底，我想跟你做个伴。她把脚伸进了河水里。借着月光，乌黑像一条线沿着腿直往上蹿，快得很，一会儿便不见了。她觉得心里阵阵痛，像被什么东西刺了一下。

河水流动飞快，河水似乎变清了，妹妹站起来了，水珠溅落。妹妹说："姐姐，我多想回来。"

她说："你就回来吧。"

妹妹说："我只是有点累，我走不动，那么远的路……"

妹妹说完话后，重新躺进了河底，然后像一张树叶子一样漂走了。

她坐着，夜风掀起她的衣裳。朦胧中父亲也来了，就在妹妹不见的一会儿工夫之后，父亲就坐在了她的旁边。只是父亲不说话。父亲他坐在河边的时候很少说话，以前也是这样，如果说话，那只是他的口琴声。她也没有说话。旁边的父亲与她一同看着流动的河。

她后来听到了父亲的口琴声，悠悠远远的，仿佛是从河底升起来的，又仿佛从遥远的地方飘来。父亲走了，天已亮了。河又不再是平静的了。

阳光又泻了进来。

清晨，她茫然地看着母亲的脸。母亲的脸居然很苍老了。那些皱纹像是从天而降。这是她以前一直没有注意到的。母亲啊母亲，你原来在渐渐老去。

母亲问起了刘原。因为刘原有几天没有去医院了。母亲感到了一种孤单，母亲说："刘原呢，他去哪了？他怎么不来陪我？"

她看着母亲，平静地说："刘原走了。"

"走了？"母亲像是顿时明白了什么，她一下子倒在了床上，大口喘气，眼直往上翻。她赶紧叫医生。

母亲重新被推进了一间观察室。

回到病房的母亲脸上显得相当疲倦。她似乎不想睁开她的眼睛。白丽替她掖好了被子。母亲刚刚被打了镇定剂。母亲醒来一次，便会问她一回："刘原呢，他去哪了？"她的回答只能是——他去上海了，那里才是他的家。母亲听了便显得宽慰了许多。她便一件件数起刘原的好来，然后计算刘原什么时候会回来。她如孩童一样扳着指头。不知不觉她又开始流着止不住的涎水。

她看着母亲仿佛看到了若干年后的自己。母亲感觉到了日子在消逝。母亲在扳了许多回手指、流了许多涎水后算是弄清楚了。母亲便不想吃药了，躺着流泪。眼睛窝边糊着眼屎。不用细看，斑黄脸上沾着的眼泪也是斑黄的。

刘原一身疲惫地站在门框边。他忧伤地看着她。她视而不见。母亲欢欣地说："刘原，你进来，快进来，陪我说话，我还给你讲那个故事。"

刘原像个失去思想的人一样机械地移动步子，到了母亲床前，他说："我会陪着你的，我跟你说话。"

母亲从床上坐了起来，用她蜡黄的手抚摸刘原的脸："你瘦了。"她的母性像是恢复了，她说："你不要离开我。你坐在我身边。"

她从病房出去的时候，回头看见刘原安静地坐着，母亲却已心满意足地睡着了。母亲的一只手握住了刘原的一只手。稍后，刘原出来，他站在她面前说："我已经惩罚了自己，只为求得你的原谅。"

她说:“你不用我的原谅,我们已经没有任何瓜葛了。”

刘原说:“如果你现在还不肯原谅我,那我一定得继续惩罚下去,直到你原谅我的那一天。”刘原说完便走了。电梯的门很清脆地响起。她闭上了眼睛。她仿佛看着他消失在人流中。正是下班高峰期,无数的车与无数的人赛跑的时候。

她无法入眠,在她心灵深处刘原总像个影子一样时常浮现。他就在她的前面走着,冷不防地回头,他那灿烂的笑容很快消失,取而代之的是痛苦与忧伤,且像一面巨大的旗子一样罩了过来。她心想是不是自己不够坚定,刘原是真的爱自己。她难道非得让刘原的脸一直痛苦下去?她已经看过了许多痛苦的脸,她一直活在痛苦的脸的阴影里。她觉得自己摇摆不定。

等她闭门思过般,再次回到病房的时候,一个护士转交给她一张存折与一封信。刘原在信里说:我走了。我想了几个晚上,发现我做了一件错事。我无法原谅自己。粗暴扼杀我们爱情的人是我。我想你永远不会原谅我。我曾一连几夜在你楼下一直站到子夜。我真想上来再跟你说一声,请你原谅我,可是我没有了勇气。对我而言,在这个城市,失去了你便失去了一切。没有想到爱情原来这么脆弱。

几天后,她去了那幢房子,现在有了一个新户主,也是一个年轻人,他甚至也有刘原一样一口洁白的牙齿。

“你找谁?”他问。

她头顶是太阳,她有一种晕眩。她说:“我找刘原。”但是声音轻得像蚊语,连她自己也感觉不到自己到底是否回答了他。

他好奇地打量了她有一会儿,然后关门了,里面有一个女孩的笑声传了出来。

她又过上了那种生活。

当她在夜晚沉醉在酒液之中,当她在昏暗的黄昏看着一轮落日，当她在镜子里照见自己的脸，当她在翻江倒海的呕吐后，她根本就不是她。只是，在无数个长长短短的梦中，她时常会看到父亲、妹妹的脸，他们愤怒地看着她。

她习惯了，她觉得所有的梦加起来也没有她目前的这个真实的梦来得可怕。她有一阵子迷上了解梦释义。在城市的某条小巷里，有个瞎了一只眼的测字先生，他行动诡秘，样子奇丑，但他自视奇高，一般人即使给他相当高的酬金，他也不测。因为传说他不测则已，一测便灵，于是门庭若市。她有一天也去了那条小巷，当天没见着他，据他雇的年轻保姆说，大师被一地位显赫的人物接去了。几天后，当她再次前往时，却传来那个大师不幸死于车祸的消息。

母亲一开始真的相信刘原走时留下的话，刘原跟她说他近段时间有点事要离开。待过了几天刘原还没有回来时，她焦急了。待她知道刘原真的走了，她羞愧不已，认为是自己的故事让刘原无法忍受，她不应该喋喋不休地跟他讲那个没有多大意思的故事，他厌了烦了，所以走了。母亲在病房里大声地忏悔。当她安静下来后，觉得自己不应该显出真面目见人，于是就又用上了那块黑布，然后一直没有取下。

白丽想跟母亲说刘原的离去与母亲无关。但她知道母亲无法相信她的辩解。在她与刘原之间，母亲更信任刘原。一切都像是命中注定。如果她忘了母亲的脸的模样，那她会趁着母亲熟睡的时候偷偷揭开那块黑布。在揭开黑布时，一个声音断断续续地说："他走了。"那仿佛是母亲的腹语。

梦十三:

有人在唱歌,有人在哭泣,有人在狂笑,有人在行走,有人躺在地上,有人浮在水面……我一直在走,从一条仿佛熟悉的街到另一条同样熟悉的街,可是所有的人都是陌生的。他们好像是在舞台上表演一样。

我看着他们,他们也看着我。后来,他们全部安静下来,全部静止了。他们在看着我的脚,仿佛在猜测我到底先出哪只脚。我不敢走了,我发现这么多人看着我的脚时,我生怕迈一步就粉身碎骨了。我就这么站着……

梦十四:

一条蛇游来游去……我是在一个公园里,绿茵茵的草地上,突然游来许多蛇,它们的头上系有一块红手帕,七寸上抹着口红。

我奇怪地看着游来游去的蛇,突然有人在大喊:"美女蛇!"

这时,我感觉浑身很痛,一块红色的手帕飘过来了……

我听到有人在惊恐地叫道:"天哪,到处都是美女蛇。"

我飞快地游走了。

第九章　小　　米

小米来时已是傍晚。

当时白丽正在房子里听歌，把音量调得很大，小米在外面按了门铃，不下五次，可是她戴着耳机沉浸在这首流行的《心太软》之中。她现在想要的东西可以如愿得到。只是，她得到它们的时候总觉得它们稀松平常，没有那种应有的兴奋。有一回她花了近万元在一个小型拍卖会上得到了一件知名设计师的样品衣裳。当一些女人有些妒忌地看着她时，她觉得她很快乐。她觉得物有所值，她极大地得到了满足。可是当她独自一人面对它时，觉得它一点活力也没有，她甚至不愿穿它。后来她把这件衣裳送给了小米。

小米按门铃不行，便想了个办法。她踩在空调外壳上，攀在了两米高的窗栅栏上，窗帘没有拉上，她看到闭眼听歌的白丽斜躺在沙发上，像是睡着了。她喊了几声，然后用银手镯敲窗，玻璃发出沉闷的却节奏明显的响声。她刚听完了这首歌，她站起来想把它倒回去再听一遍，这时发现了攀在窗户的小米。

小米进来后一直抱怨："丽姐，我嗓子都快叫哑了，我累得不行了。"说完重重地倒进真皮沙发。

她起身给她拿饮料。

小米扑的一声拉开易拉罐，痛饮一大口说："丽姐，我男朋友被人砍了。"

她吃了一惊，问："怎么回事？谁干的？"

小米把易拉罐往茶几上一搁，一条腿抖了起来："我也不知道，昨天晚上我们说好在新华剧院门口见面，然后去迪厅的，可我等了一阵也没有等到他，后来我赌气走了，走过子阳街时，发现有人围着看热闹，我凑上去一看，他躺地上半死不活，我吓坏了，赶紧打110，警察与我一起把他送进了医院。他还没醒来，医生说没有生命危险。住院需一大笔钱，我哪有那么多钱，我想了一晚上，只好来找你了。”

“要多少？”

小米说：“一万。”

她想了想便说：“一万够吗？”

小米把手指送入嘴中，咬住了一会，然后说：“医院说住院先交五千，我想……”

“我拿给你。”她说完进了卧室，扭开置在暗柜里的保险箱。

小米接过钱，有点儿哽咽地说：“丽姐，我先拿去了，过阵子还给你。”

她说：“快去吧。”

一个月来，小米这是第三次向她借钱了。第一次是在月初，小米说她父亲病了，急着要钱，借给她二千；第二次是在上个星期天，小米满头大汗找到她说弟弟被汽车撞了，急需用钱，给了她三千；这回是她男友被人砍了，也是急得很，拿了一万。白丽站在门口看着小米打的，一溜烟走了。

她回到房子里，觉得没有了听歌的欲望。

她倒了一杯红酒，轻轻地摇晃着。红色酒液荡起圈圈涟漪，红得发亮，如梦魇里的一盏灯。她站在窗前眺望，远处有一股黄烟升腾着。她知道那是一个水泥厂开始烧炉了。

她很久没去河边的那个房子了。

晚上，她喝了太多的混合酒。她扶着路灯的金属杆大口地呕吐，杆上贴满了办证请呼×××，求医请到×××等。地上流淌着一些糊涂的液体，散发一种浓郁的酒气。她摸不到纸巾。她的包半挂在她的臂上，随着她的呕吐晃荡。她就地坐了下来，呕吐耗尽了她的力气。来往车辆射出的光一截一截地落在她身上，像是要肢解她。她朝它们挥挥手，像是老朋友了。

那个胳腮胡子的士司机也熟悉了她，他会在特定的时间内停在这个地方。司机为此也会付出一定的代价，他不得不清洗车子，那些酒气很难在短时间之内消失得无影无踪。但他觉得满足，像她这样的女人付车费时是不会让他找零钱的，她大方得很。甚至还可以跟她开开玩笑，调节一下情绪。

当回到河边的房子时，她觉得很害怕。一个生活了很多年的闭着眼睛也能摸到的地方会在一个夜晚让她产生恐惧？越是熟悉的东西越是让人害怕，在没有希望与明天的时候。五楼的那户人家搬走了。四楼的那户人家已经空无一人了，自从那个孩子遇上一场车祸后。所有的家具变得阴冷、生硬、麻木，用古板的光射她。她清醒着。从沾满灰尘的镜子里可以看到脸上还有两道浮着的泪痕，不太容易消失。她把门关紧，然后抵上一张椅子。然后把所有的灯打亮。一盏日光灯在变幻不定地跳动。她把窗也关了。所有的窗户都已陈旧，木框显得腐朽，有白蚁啃过且留下的粪便。玻璃蒙上了厚厚的灰尘，按一下可显现一只清楚的手印。只有河水依旧在很平缓地流着。她听得到。声音穿透了玻璃与墙壁。

她又把窗打开，趴在窗口看那条河。她把提在手上的白色高跟鞋扔了，朝着河的方向。她似乎听到扑通、扑通的响声，像有人相继掉进了河里。她像是扔掉了自己。她笑了，使劲地笑。第二天，她又照旧一杯一杯地喝酒。任凭或苦涩或酸甜的酒液在她身体内部无休止地作怪。她不在乎自己。她把自己的身体当作一件与她毫不相干的东西，扔来扔去。

她完全堕落了。

那个晚上，她几乎是浑身湿透地进入迪厅。人头攒动时，温度一度、一度地升高，她头发上、身上的湿很快便干了。她喝了酒。她陪人跳了舞，尽管那人的腹部紧贴着她，但她仍像是在自舞，像一个失去了控制的机器一样在舞厅中央发疯地旋转、旋转，很快、很危险，像一道光。她停下来的时候，那人站立不稳坐在了地上，还直嚷，“别转了，别转了”，惹得旁人哈哈大笑。她的身体出汗了，一半似是刚喝下不久的酒，还没有完全被她吸收便变形出来。

当音乐暂停少顷时，她突然有些头晕目眩，眼前的一切都像是倒立与倾斜。她趴在座位上休息了一下，马上便又重新归入疯狂一族。她仿佛身不由己。等她停下来的时候，她发现自己像是走不动了，如同一枚坚硬的钉子，抑或是地板上像是有胶水粘住了她的脚。

灯光亮起来了，有人突然尖叫起来。地板上流着血，在耀眼的灯光下赫然的醒目与完全的真实。血流的速度惊人地快。人群四散。她还是动不了，一个巨大的光圈罩住了她。她茫然。她微微低头才发现血还在继续滴着，她可以清楚地听到——滴答，滴答……像钟在最后的行走，像心跳到了最后。她睁大眼睛，发现地上的血流成了一条细河，她整个人像一个鲜血工厂。她慢慢地移动，逆着血流的方向。腿像是铁做的。当她好不容易挪出迪厅，发现外面的雨帘几乎可以盖住她视线所及的任何之处。周遭一片黑。她像个盲人。她有一种不知置身于何处的虚幻。雨把她浇得东倒西摇。她只听到有个人踏着水声向她奔来。飞溅的水花与飞快的脚步。

小米当时并不是奔向白丽，她是奔向躲雨之处。她与男友吵架，她扇了他一个巴掌，他也扇了她一个巴掌。他的力气大，所以她嘴角还留有血。她跑了出来。她浑身湿淋淋，下颌缀满雨珠。当她冲到迪厅门口不远处正要闯入时，她与一个女人对面了，她感到这个女人像一棵被锯的树一样正在倒下。她的手本能地接住了这个女人的手。然后借着迪厅敞开的大门，看到了血，从女人身上下来，血还在奔流。小米吓坏了，在这个时候她腿一软便刚好接住了这个倒下的女人，她们一同倒下。小米发出了一声惊呼。小米挪开压在身上的女人，她觉得这个女人软绵绵的，像全身上下没有一根骨头。闪电突如其来，一道接一道照耀着她的脸。小米发现她像是见过这个女人。地上的女人呻吟了一声，又呻吟了一声。小米知道她是谁了。

她叫道："丽姐，丽姐，你怎么了？怎么了？"

父亲喘着气说："丽……你怎么了？"这是不是她在八岁那年的一场高烧，咳嗽的父亲正在问她，她脸红如血。

妹妹惊恐地说："姐姐……你怎么了？快起来吧。"这是不是那年她学骑自行车时摔在地上，一动也不会动了，膝盖破了，流着血，跟在后面的妹妹突然发抖了。

"我……我倒下了吗？死……了吗？"他们没有回应她，只有像雾一样的水汽在游动，身上每一个关节都在被一只无形的手取走。

她醒来的时候看到了小米。瞳孔里的小米的眼睛飘忽不定。她重新闭上眼稍稍安定后又睁开眼。小米正凑在自己身旁，睁大眼睛看着自己。这是一双熟悉的眼睛。这双眼睛在纱布解除之后显得有点模糊，但却不会错的。她看到了小米的整张脸，嘴角边有一颗黑色的痣，下巴有一道浅浅的伤痕。尽管如此，但小米也算是一个美人。

"谢天谢地！"小米有些惊喜地说，"丽姐，你醒来了，你可吓死我了，你都昏迷一天一夜，都是血。"小米站直了。

她试着挪动了一下，骨头痛，零落的血还在流。

小米连忙按住她说："丽姐，你在我住的地方，安全了，是不是有人追杀你？"

她摇摇头，然后半坐着。这是一个小房间，没有卫生间，里面混乱不堪：棕色皮箱开着，可以看见有衣裳袖子搭在箱边，一个乳罩的带子飘出外面；搪瓷脸盆积着半盆水，飘着从屋顶掉下的一只褐色的蜘蛛，鼓鼓的肚皮朝天；地面有明显的痰迹。整个房间像一个堆满杂物的仓库。外面尚有些不太明亮的阳光落在一扇矮小的木板门前三尺处，仿佛是固定的。她很想赤裸地躺在太阳底下晒一晒，让阳光把自己抚摸一遍，把整个身子暖过来。

“这是我租的房子，一百块一月，”小米一边说一边给她擦头发，“能见到你太高兴了。”她用力恰到好处。白丽觉得头顶有点麻酥酥发热。小米又给她喂了水，说：“丽姐，我们一定是有缘人，上次在医院见面，这次是在晚上见面，那个叫刘原的人呢？”白丽焦渴的喉咙一下子被湿润了，她不禁又张大嘴喝下了几大口。小米还在看着她，仿佛在等她的答案。

她使劲地咽了一下说：“他走了。”

小米瞪大眼睛愤愤不平地说：“他抛弃了你，我看走眼了，他妈的男人就是这样可恶。玩了就走人了。”

“不怪他。”可是她的声音小得跟蚊子叫，小米听不到。

小米说：“丽姐，你在心里一定还没有忘了他，你昏迷的时候接连不断地喊着一些人——父亲、妹妹、母亲、刘原……你喊得声嘶力竭，当然你喊得最多的还是那个刘原。你说我说的对吗？”

她实在不愿再回答这个问题，不禁掩饰般闭上了眼睛。但她却真切无比地感觉到眼眶很热，似埋着一颗火炭。

小米把她的蓝色毛毯盖在了白丽身上，她自己躲在门背后打盹。她仿佛在晚上根本没有睡过，已经接连打了几个很大的哈欠。每打一个哈欠，她都要流出一次泪水。她比白丽先睡着，以致她的呼噜在门背后突然响起时把白丽吓了一大跳。白丽一直觉得皮肤像被热油浇着，外面是火烫，里面同样是渗出来的火烫。她的整个嗓子被堵住了。

她若有若无地看到了妹妹。仿佛这是因小米而起，又仿佛是一个梦魇的开始。妹妹，一张平静的充满哀怨的脸。妹妹不是已经死了？她与父亲一起了，他们相依为命。难道她又回来了……

蓝色的梦与灰色的梦在接二连三地出现。它们一会儿相融了，一会儿又彻底分开了；它们一会儿交替上升，一会儿又共同下沉。总而言之，它们在相互交织着，重叠起来，像千层糕般厚实与丰满。

小米像只可爱的老鼠，在门背后发出轻微的呼噜。她的呼噜声起先是宏亮的，时长时短，然后就变得如雨点敲打塑料雨棚的响声。她缩成一团的样子足以说明外面的气温多么的低。天很暗的时候，小米还没有醒来。尽管她的呼噜声已经听不见了。只有微微的呼吸声在一起一伏。倾听时间长了，就连那点微弱也不像有了。好在白丽也不觉得饿。她眨了一阵眼睛，然后也昏昏沉沉睡去。

拂晓的时候，她觉得自己恢复了很多。她挺直了腿，腿仿佛有了点力气。她转了一下头，感到饿了。这便是复原的最好证明。她的包还在，里面的钱包也在，尽管看上去显得凌乱，似有人翻动过。小米醒来了，她擦了嘴后还在门背后打着哈欠，仿佛还没有睡醒。她用手掩住了一个刚想出来的哈欠，眼泪汪汪地说："丽姐，天亮了。"

白丽被她的话牵引得愈加饿了。她说："附近有店吗？"

小米明白了她的意思，说："有。"

当她把钱递给小米时，发现小米慌乱地低下了头。她让小米去附近的商店买卫生纸，买些吃的东西。

小米大包小包丁丁当当进来的时候，她闻到一股浓重的香味，顿时觉得饿得不行了。两人狼吞虎咽起来。小米边撕烧鸡，边灌啤酒，满嘴是啤酒泡沫，她说这回她是蹭油了，也算是饱餐了一顿，她已经两天没吃过一顿饱的了。

啃着一只肥厚的流着油的鸡腿，她觉得自己从来没有这样饿过。她没有要啤酒。昨夜的酒还在胃里造反，不时地升上来一个难受的嗝。

小米喝啤酒像是在吹气儿，她把两只空了的啤酒瓶往门背后一送，说："丽姐，吃饱了，有力气了，我送你去医院。"

她说："我没事，休息一下便行了。"

小米说："你流了那么多血，会元气大伤的。"

她说："是女人总要流血的。"

小米便想起了什么说："丽姐，我听我妈说女人来那个了千万不能碰水的，可是你淋雨了，你，你要我帮忙吗？"

她摇摇头说不用了。当接连打了几个饱嗝后，她想起来了，还是要小米帮忙的。今天应该是探望日，上一个探望日，她没有去看母亲，她在一个酒吧喝醉了，昏睡了整整一天。她对小米说："小米，你还真的要帮我一下，替我去看看一个病人。"

小米正在把这些鸡骨头呀什么的盛进一只蓝色的塑料袋里，她转过身点点头说："丽姐，你尽管说。"

她便把母亲的医院与楼层病床号一一跟小米说了，之后又叮嘱小米说："你见了她，不要多说话，只要陪她坐一会就行了。"

小米把塑料袋扔进离门不远的一只白铁皮铁桶，进来说："我就做一个哑巴好了。"

她在小米走后，把卫生纸铺开，她的隐秘部位由于血流得过多，像个伤口。她把一些黑色的瘀血用指甲轻轻刮去，然后把纸垫了进去。尽管由于吃了些东西增加了热量暖和了些，但她还是觉得冷。她把头顶上一个悬挂的灯泡拉下一点，使它几乎贴在了她两腿之间。她好像看到了丝缕的寒气被灯泡吸走了。她身上披着小米的毛毯，她怀疑这块毛毯小米有一个月不洗了，散发出一股霉味。但她顾不了这么多了。她背靠墙，缩着身子，闭着眼，就这样躺一会儿。

小米回来了。小米推开门大声地说母亲很好，她蒙着一块黑布，没有问她是谁，只是握了她的手，像朋友一样。

白丽说："她没有掀开黑布看看你？"

“没有。”小米红通通的脸上显现出同情的神色。

她见小米坐下来后显得心神不安，便问小米男友怎样了。小米摆出深恶痛绝的样子说他是一个该杀的人，然后就不肯多说了。她便也不再问了。小米又从箱子里翻出一件皱巴巴的黑色呢大衣，盖在了她身上，并且说她妈以前就穿这件黑色的呢大衣。她闻到这件大衣有一股浓烈的樟脑丸气息，好像在箱底放了很多年。

小米开始简单收拾起房间来。她仿佛意识到房间里的脏乱，说：“丽姐，我这个地方够偏僻的，别人找不着。”白丽看着飞舞的灰尘，心想小米总以为自己像是在逃难，自己这个样子不能不让她怀疑。但她又能说些什么呢？她把视线从小米身上收了回来。她闭上了眼睛。

小米把一些零碎的垃圾扫在了一起，由于没有洒水，很有些尘土飞扬。小米到外面拧开水龙头接了一盆水，她用绞干的毛巾替白丽擦了脸，凉丝丝的。她用给白丽擦脸的毛巾给自己擦了一把脸，然后又拿了那只红塑料壳的暖瓶灌满水，把热得快放了进去。不一会儿工夫，尖叫声响起，水开了。小米把脸盆的积水倒掉，洗净后把大半壶热水倒了下去，掺了少许凉水，然后端到白丽面前，便替白丽脱袜子，又把白丽的双脚放进热水之中，搓揉起来。

水汽蒸腾，她觉得自己心里一下子暖和了。她想用手抚摸一下小米的头发，像父亲抚摸妹妹那样。小米默默无语地搓揉，仿佛一下子换了一个人。

小米搓揉好后，又将白丽的脚擦干，然后自己脱下了袜子，把双脚浸在了水中。她闭上了眼睛，似乎很陶醉。一会儿工夫，她擦干脚，穿上一双从床底下翻出的无跟拖鞋，把水泼在了门外。然后，她将门关上了。当站在白丽面前时，她犹豫了一下，然后不假思索地钻进了毛毯之中。她们共同靠着墙。她听到小米的呼吸声，是如此的清晰，甚至有一股酸酸的气味。屋内的光线暗暗的，仿佛是暴雨来临之前的天空。有一会儿，她们没有说话。小米忽然抽泣起来，一声接一声的，就在她的耳边。

她轻声问："小米，你怎么了？"

小米用哽咽的语调说："没什么，我就是想哭。"

她将小米搂了过来，然后说："小米，有什么伤心的事，你就说出来吧。"

小米止住了哽咽，吸了一下鼻子，说："丽姐，我真的没什么，就是觉得心里酸酸的。"说完她便问白丽："丽姐，你有烟吗？我想吸一支烟，吸一口烟我就会好的。"

她说："在我包里。"

她们一起吸着烟，烟雾很尖很细，好像缕缕轻纱。在安静之中，墙上的一面镜子突然摔在了地上，碎了。

"碎了。"小米说，"我爸跟我妈离婚了，我妈跟一个广东人走了，后来听说她死了，是被车撞死的。我爸是个酒鬼，每天睁开眼珠便要喝酒，这是从他从棉纺厂下岗后开始的，他什么活也不干。我逃学了，然后在社会上混，有一餐吃一餐，我什么都不会，我男友让我去酒吧做服务员，可是那里的男人没一个正经的。我不想干了。他说你不想干吃什么，喝西北风去呀。我还是逃出来了，可有家不敢回，饿了三天，一点力气都没有，在第四天我只好又去找他了，他就让我去接客，他说，这样来钱快，反正趁我年轻我又不损失什么，并说我要是不去，他就每天揍我。上次我在医院就是被他打的，整张脸肿得吓死人。我一开始不想做那些事，谁都知道这是个多么肮脏的行当。但是他说你若不去做，就饿上你三天，你就想通了。真是饿呀，饿呀，饿呀……

我每天晚上在街头看人，一看有没有警察，二看有没有我的客人。警察是我的敌人，客人是我的生活之源。我跟你说吧，就是警察里面也有坏的，害群之马大概就是这些人。我就碰到过一个。当时我正在一家旅馆接客，那个戴着警帽的人进来后把我的客人铐上，然后叫另一个警察把他带走。他说他要审问我，我当时很害怕。我看见他腰上有电警棍，我最怕这东西了，听说电击一下骨头都会碎的。我发抖的时候，他关好了门，然后对我说，站起来。我站起来了。他又说，对着墙壁站好。我按他说的做了。他眯起眼看了我一会儿，然后说把脸转过去。我转过去了。他又说站着不要动，不许出声。我真的一动不动。他顶得我很疼，我觉得仿佛是他的电警棍在捅我。我真想大叫大喊，可是我只能咬着牙忍着。在把我带出房间之前，他对我说，到了派出所你不许乱说，要是乱说，嘿嘿……我的客人什么角色都有，因为我男友说我胸不够大，皮肤不够白，就不能只接有钱人的客，应该什么人都接，只要是男人，只要他肯出钱。

我有时对着镜子看看，我是不够漂亮。我在晚上看到这样的女人，她们用的香水是法国的。我很想去整容，但听说很贵的，我根本整不起。我有时老是在做梦，梦想有一天我被一个大导演什么的看中了，然后演一个电影，然后就出名了，到那个时候呀，我就不愁吃穿了。

我跟你说吧，有一天我还真的做了一个梦。那回我的一个客人是个打工的，他也是被他的女朋友骗了才找个女的玩玩的，他跟我说他在一家饭店当厨师，一个月有三千块。他跟我说，你长得这么漂亮，干脆就当我女朋友好了，我把你介绍到饭店去。我看他说得真的像一回事儿，便相信了他。我偷偷地把钱交给他，他说过把我们赚的钱存银行，以后就在城市里买一套100平方的房子。有一天，他睡了我之后，说现在他想做一票生意，路子是他的一个朋友给的，包赚不亏。我们银行里的那点钱全部拿出来还差一点，如果再有一万元，那就成了。看着他一脸苦巴巴的样子，我对他说，再忍几天吧，我这几天多做几笔生意，一定多赚点钱。他抱住我当时都流眼泪了。等过了一阵我把五千块交给他后，他就不见了，从此再也没有看见过他。我到他说的饭店去找他，他们说根本没有这么个人。这样，我所有的钱全被这个混蛋骗走了。

我死了这条心了。现在即使是世界上最美好的梦,我都不会相信了。也不知怎么的,从这以后我一直做噩梦,有时睡一个小时不到都要醒来好几次……

我想了又想,还是他好一点,虽然他打我,骂我,让我去接客,但他有时候也给我买一点东西,有一回他还给我买了一只手表,说是送给我的礼物,原来他还没有忘记我的生日。现在我住在这里,是因为前几天我跟他吵了一架,他又一次打了我,我就逃到了这里。”

小米说到这里狠狠地吸了一口烟,然后把烟蒂摁在墙上,然后重新又点上了一支。小米把头重重地撞了一下墙壁说:“丽姐,我现在有点想我爸了,他不知道怎么样了,也许又喝醉了,在门槛上睡着了。人真是没法子选择的。我有时老是在想,如果可以重新选择,我一定不要他做我的父亲。丽姐,在医院里看到你母亲,我便想到了我妈,在我的记忆中她很漂亮的,她会跟我讲故事,她在广东的时候还给我写过信、寄过钱,她跟我说她是瞒着那个广东佬的,所以我不能去找她也不要写信给她。我那时候恨死她了,我觉得我的一切都是她造成的,如果不是她抛弃我,我今天也不会这个样子的。后来我接到一封信,是从广东的一个医院来的,我妈在临死之前委托那个好心的医生把信寄了过来。我捧着信大哭了一场,我觉得我不久便可以跟她在一起了。”

离开小米是在第二天中午。

一早起来,白丽觉得自己恢复得差不多了。她在阳光下裸露双肩站了半个小时,让热流遍全身。走过的人惊奇地看了她一会儿,然后脚步匆匆,仿佛她是一个精神病患者。小米的房东站在二楼房间的窗户前张大嘴看着她,没提防他女人已揪住了他的耳朵,他痛得大叫。小米还想留她。短暂的相处让她们的心贴得非常之近了。她似乎把她当作了她的亲人。她仿佛在她面前变得毫无保留。可是白丽去意已定。她不是不想待在这里,她只是觉得多待一分钟,她就多一分钟的痛。在这个房子里,她的心跳得石头一样重。

她回到了河边的家。她感到窒息异常。

她便又去医院。母亲依旧睡着。医生跟她说,母亲睡的时间越来越长,每天不能少于10个小时,她的心智也越来越低下了,像走不动的生锈的钟。

医生说完看了看她说:“白小姐,你的脸色也不是很好,是不是太累了。”

她猛的感到一股热浪,控制着自己的情绪说:“我没事。”

她走出医院,把泪水强自逼了回去。一个陌生人短短的一句话却让她如此动情。她想自己是怎么了。她不是已经麻木不仁了,活着与死去无异了?她在街道的电话亭旁看着人流,感觉到身体热了起来。她似乎要走进这一群人之中去,上班,下班,喝茶,会友,逛商场,可是她的现状却一把把她拉出了那个走动的方阵。没有理由哭泣,也没有理由快乐,像她这样的人,已经漠然于喜与悲了。

她走在回家的路上。她看到节日的气氛,再过半个来月就是春节了。她只能在病房与母亲团聚。她想,母亲她只能这样活着,一年又一年。但是活着就够了,只要母亲还活着。

日子在母亲的沉睡中无声无息地拉长。

当万家灯火通明,爆竹声震耳欲聋,当所有的游子坐在圆桌旁时,当新春的喜悦跳上人们的脸庞时,病房里静静地流着明亮的光线。这是两个女人的孤独世界。母亲跟她说了一阵话后就睡着了。她似乎已经忘了今天是什么日子。也许在她的意识中,每一个日子都是相同的。

白丽站在窗前,眺望着城市的繁华,她仿佛与这个城市有着一道不可逾越的距离。她长时间地伫立,把时间忘得一干二净。当她醒来时,发现新年的第一道阳光落在了她的额头上,她居然在地上睡着了。母亲还在安睡，她的呼吸如此平静，城市任何巨大的声响都惊醒不了她了。

夜深沉的时候，她走在街上。冷冷的风，凄凄的路灯，丁丁的脚步声。她没有朋友，也没有任何人的问候。她不时地仰望一些高楼，它们的样子模糊。她走在空旷的街道，像幽灵在游荡。而城市在这个时候恰恰才是最宁静的，最温馨的。

芳姐的出现并非偶然。当白丽在一个晚上喝得无法离开酒吧的时候，芳姐帮她结了账又把她带到了她的住处。芳姐说注意她很久了。白丽记得那是一个月圆之夜。吃了醒酒药后，她站在芳姐金碧辉煌的大客厅里，许多或古朴的画表情严肃地贴在墙上，在客厅中央巍然停着一架蒙着大红厚布的钢琴。距它两三米的地方，一个人造假山上流下了极细的水，像一个微型瀑布。酒柜上各种酒一齐站立，棕色的瓶子，红色的瓶子，白色的瓶子。

芳姐顺着白丽的目光取下了一瓶酒，那是一瓶法国白兰地，她拧开盖子倒了两杯。芳姐把酒递给她说："要喝好的酒。"芳姐接着又拿出一对酒杯。这对酒杯被一块紫红色的布蒙着。芳姐说："好东西应该有好东西的待遇。"酒杯上的布揭去后，客厅顿时大放光芒，酒杯像是用金子打造的，金光四射，让白丽的眼睛一下子受到刺激，她不敢睁开眼了，当她再次睁开眼时，发现那光柔和了，似流动着的水一样柔与细，她禁不住产生要抚摸一番的欲望，而且越来越强烈。

"这是什么杯子？"她问。

芳姐说："这是什么杯子不重要，重要的是它的珍贵。"

白丽抚摸到了杯子的光滑。绝对的光滑。芳姐把酒倒入了杯子，然后用手指轻弹杯子。杯子几乎无声，白丽感觉到有一只蚂蚁爬在了脸上。

在那个辉煌的地方，她明白了同一个职业的不同。就像任何一种工作一样，其中一定有出类拔萃者。她明白了，社会是面镜子，有亮的一面也有暗的一面，不知是谁说过这么一句话，也许是她的一个客人。她现在是在暗的这一面生活，当她习惯这种灰暗之后，至于明亮的那一面只能在她的梦里出现了。

“面具女郎。”白丽对着镜子喊，发现脸上的肌肉扯了一下。

“面具女郎。”她再喊一下，发现她的表情有点像别人的表情。她接着喊下去，直到她喊出这个称谓，脸纹丝不动，仿佛与她毫无关系时，她才停了下来。她是个演员。“面具女郎”，她像是咀嚼一般叫了她。然后她嘴角边添上了一点笑。

夜晚，她慢慢走，目光检阅街道。路过一家名牌时装店时，突然看到小米在前面不远处一个宾馆门口站着，低着头，一副无精打采的样子。她走过去站在她的面前时，小米盯着她的脚，呆了有一会儿，然后猛地抬头了：“丽姐，你……”

白丽说：“你在等人？”

小米摇摇头，只是眼睛里还含着泪。

白丽说：“不等人，你站在这里干吗？”

小米支吾地说：“我，我……”她把头低得愈加低了，像做错了事被当场捉住。在宾馆门灯的照耀下，小米的影子细小如一棵被狂风横扫的小草。她十八岁了。她把小米拉进了一个酒店。小米还没吃过饭，这从一路上她不停地舔嘴唇，肚子不时咕噜叫几声可以知道。

当菜上来的时候，小米两眼放光，狼吞虎咽。她把桌上的醋碟都倒空了。白丽又点了几个菜。小米几乎把桌上所有的菜都吃光了，筷子一直不停，她的肚子鼓得像安了一面鼓。白丽说：“小米，慢慢吃，别噎着。”小米又喝了一碗汤。

从酒店出来，小米一直不停地打饱嗝，她双手按在肚子上说：“丽姐，我吃饱了，我真吃饱了。丽姐，你知道我最怕什么，最幸福的又是什么吗？”

“怕什么？幸福什么？”

小米说：“我最怕肚子饿，肚子饿就什么都不管了。我最最幸福的就是肚子吃饱，就像现在。”

白丽觉得心酸。离别不到半月，小米便落得如此地步。不知这半个多月来小米是怎样过来的。她感到了她与小米之间有一种共同的命运，小米的样子及她的话引起了她对昔日生活的回忆。

“饿真是难受，吐酸水，整个人就浑身无力，眼花头晕牙也软了。”小米补充了一句后又说，“丽姐，我们去哪？”

“去一个你没去过的地方。”

“哪？”

“家。”

白丽把小米带到河边的家。小米把房子打量了一阵，低头不语。后来她说她在白丽离开后的第二天去了家，发现房主已换成了别人，父亲不知去向。当她在暮色中找到父亲时，发现他烂醉如泥，躺在一条巷子的一家花圈店门口……她站在宾馆门口是在等客人。白丽借着雪白灯光细细地打量了小米，发现她打扮得怪里怪气，脸上像尽失青春的老女人一样抹了手指甲般厚的粉，嘴唇画得血一样红，眼线深如墨，香水是劣等的、最为便宜的，好像公园里给树喷的除虫药水。

她对小米说：“看你打扮得像个老妖精，快去洗了。”

小小的卫生间泼水的响声让白丽想起自己在小米那个年龄的故事。恍惚之中，小米的脸忽然一下子成了她自己的脸。她猛力摇头，脸又变了。她发现自己与小米之间除了共同的命运之外，似乎还有一种难以割舍的东西。

小米在卫生间里哭了出来。她放声大哭。白丽赶紧推开门，发现小米浑身赤裸，捧着自己的乳房，眼泪一串串地掉下来。小米伤心地说：“丽姐，我的乳房一大一小了，以后不会有客人光顾我了，再也不会有客人了。”

看着那两只显得畸形的乳房，白丽心里像被插了一刀，仿佛妹妹站在她面前哭着跟她说。她一阵头晕，攀援般地扶住门框，说："不会的，有人就专门喜欢怪模怪样的，他们变态。"

小米说："真的吗？"

白丽点点头。

小米便破涕为笑，喉咙里却仍有点哽咽。

重新关上门后，她觉得像是用完了力气，一股被记忆埋了多年的沉痛毫不留情地袭击了她，多年前那个晚上的她也捧着自己的乳房在无声地哭泣，那时她还是一个少女，在最初的摧残之后她孤立无援地面对着乌黑的河水。

小米出来后打着哈欠，手臂上的水也没有擦干。她说她已经有三天没有好好睡过了，现在什么都不想了，就想躺下就睡。白丽把她带到妹妹的房间。小米夸张无比地惊叫一声，然后像条鱼一样欢喜地游进了床。白丽坐在床前，看着小米在被子里裹成一团，嘻嘻哈哈地笑。小米说："丽姐，我真的像是回到了家。这仿佛已是很久以前的事了，我像是做了一个梦一样。"

白丽点点头。

小米又说："丽姐，记得六岁那年，我妈就是这样看着我的。"

小米很快就在妹妹的床上睡着了。她把手脚放得很开，像是练花样游泳。灯光柔和异常地流泻着。白丽看到沉睡中小米的脸，发现她仿佛就是妹妹，越看越像。白丽禁不住低低地叫了一声："妹妹。"可是小米已经开始了幸福的呼噜。

白丽把灯关了，然后走出房间。她站在临河的窗前，看着显得舒展的河。她仿佛看到了妹妹坐在河边，正转过脸来朝她笑。她听到了包头鱼在低声吟唱，顺着河水的缓慢流动，一会儿近了，一会儿又远了。

第二天一早，小米就起来了，她居然做好了早饭。白丽是被她叫醒的。小米站在她的床前大声地叫道："丽姐，你看太阳。"窗户已被小米一早打开了，雾状的东西大股地涌进来。白丽坐起来大大地张开眼，果然看到一轮火红的太阳挂在了河的上方。有一些似雾非雾的白色东西在围绕与流动着，那仿佛是水汽。

“太美了！”小米惊呼道。

真的很美。在河边这么多年她还从来没有见过这么奇妙的景象，仿佛是一幅画。她跳下床，与小米并肩看着这轮太阳，久久无语。

“这真是一个美丽的地方。”小米说道。

小米与妹妹一样，她认为这是个美丽的地方。她不嫌弃这条乌黑的河。肮脏的东西有时最为接近绝美。她看着小米的脸，被阳光罩着，清纯无比。

早饭后，她让小米在家住着。小米已经喜欢上了这个地方。白丽到外面去挂了个电话。在电话里她说小米是她的妹妹，让芳姐帮她找个工作。芳姐起初以为白丽是介绍小米入行，但白丽说小米还是个孩子时，芳姐听懂了。

芳姐说：“就让她来我这里，拖拖地板，擦擦玻璃。”

她觉得这样也好，小米至少可以衣食不愁，不用站在街头等待客人了。

因为小米在芳姐这里，她便时常来到芳姐处。本来她可以半个月来一次，现在她几乎隔一天便来一趟。小米的肤色渐渐有些改变，变得象牙一样明亮。芳姐对小米基本上是满意的，没有在白丽面前说起过小米的不是。白丽与小米有时在小米的房间里促膝而谈。有时候小米跟着她一道去母亲的医院，小米站在母亲的病床前，总是不说话，但可以看出她的身体在颤抖。回来的路上她便跟白丽说起她一见到母亲的这个样子，心里像是被割了一刀。

好景不长，小米的行踪终于被她父亲寻到了。有一天她们在街上甩掉他后，小米大哭不已。白丽知道小米伤心，劝慰她要硬起心肠，因为她知道小米的父亲为了酒可以不顾一切的。也就是她们甩掉他的第三天，小米父亲醉醺醺地找上门来了。天知道他是怎么找到的。

芳姐在一天晚上叫住了白丽，本来白丽是要上楼去见小米的。芳姐说："白丽，她已经睡了。我想跟你说说她的事。"芳姐平时不多说话，在那天晚上她却说了许多。

"小米的父亲寻上门来后向小米要钱，小米给了他，第二天他又来了，向小米要钱，小米又给了他，第三天，他又来了，向小米要钱，小米骂了他。他打了小米一个巴掌。小米跑进了房子，他不敢随便进来，便在外面骂骂咧咧一阵，走了。小米的男友也来了，他在外面大声喊小米。小米在窗口跟他说话。他说，从今以后会好好待她。他甚至当面跪下了。小米相信了，跟他走了，第二天小米又回来了，她喝得烂醉。她的男友又让她接客了，是一个老头。她不从，他打了她，她是在那个老头进浴室的当儿逃出来的。"芳姐摁了烟蒂，说，"像那种无赖，只有想办法解决了。否则小米永世不得安宁。"父亲与情人都要推她入火坑。没有比这更能打击她，摧毁她了。"我这地方要的就是清静，不能被人打扰，我生平最恨那些无耻的男人，只懂得吃软饭，敲诈女人，真是衣冠禽兽，比妓女还不如。"芳姐说。白丽点点头表示同意。

小米并没有安睡，她坐着，壁灯把光投射到她身上，像给她蒙了一层朦胧的膜。她利用这层膜保持沉默。

"小米。"白丽轻声地、有点颤抖地叫她。

她一动不动，似一尊像。她跟睡着了又有何异。白丽心想怎么问她，她都不会说的，于是便出了房间下了楼。

小米的情绪一直不稳定。接连几次见到小米，她总显得郁悒，跟她说话，她也显得无精打采。白丽担心起来。痛到极处时便什么都无所谓了。那种生活虽然像蛆虫一样，但却有一股彻底与艳丽的烂，很有吸引力，尤其对一个心性不定的女孩来说，那是致命诱惑。白丽无从知晓她的心事。

小米把脸贴在窗户玻璃上，目光呆滞，像一个木偶。

有一天小米突然疯了。这根本像是不可能的，突如其来。但是小米却确实疯了，她当着白丽的面手舞足蹈，用她红色的柔嫩的舌头舔着一个又一个大理石柱子与地上的脚印。她在地上打滚。她在房子里一遍又一遍地叫唤："杀人犯，杀人犯，杀人犯。"她蓬头垢面。白丽拉起她，她却已不认识白丽了，只是反复地说："你是谁？你想杀我对不对，你白日做梦，你这个魔鬼。"小米瞪着她，似乎她就是她意识中的仇人，她的一个敌人。她把手指弯成猫爪状，跃跃欲试。好端端的，怎么就疯了？白丽扳住小米的肩对小米说："小米，你安静下来，不要这样。"小米极其陌生地冷笑。她的脸一会儿像无知觉的妹妹，一会儿又像传说中青面獠牙的魔鬼。小米口中念念有词。白丽拼命地摇晃着她，但她并没有因此而摇动内心。就是白丽狠心地甩了她一个巴掌后，她也不以为然，仍嘻嘻作笑。

直到白丽找到芳姐后，这个谜才算是解开了。芳姐静静地吸烟，张嘴吐着一个个硕大的烟圈。白丽心里一震，不用多问，也不用多想了。如果她猜得没错，他们应该是永远消失了。她观察了芳姐的表情，芳姐闪着寒光的脸上埋伏着一股杀气。自己间接地害了小米，如果她不把她叫到芳姐处，也许小米会成为一个可怕的无法站起来的妓女，但却不会疯了。正常总是远胜于疯癫的。但事实上疯癫正在取代正常。在欲望与臆想的驱使下，许多人比疯癫更加可怕。

小米呀小米。

小米呀小米。

小米呀小米……

她在心中呼喊着。她就这样一遍遍呼喊，其实这根本不是魔咒，也无法缓解小米的目前状态，但是却可以缓解她心里的一些痛。

芳姐叫来了一个新女佣，是个四川籍的妹子，目光怯怯的。

小米暂时被锁在一个小房子内。芳姐说小米现在这个样子弄不好会伤人，就让她冷静一阵，至于一日三餐是不用担心的，饿不死她。芳姐明显表示了对小米的厌恶，她冷冷地说："就当我多养了一条狗。"

白丽一时也没有办法，难道也把小米送到医院去，与母亲为伴？她心里也有一种希望：毕竟小米与母亲不同，小米年轻，她可能只是一时想不开，待到她冷静下来想通了，她也许会恢复正常。但是小米的表现却不尽如人意，因为有一天她把那个送饭的女佣咬伤了。那个四川籍妹子鬼哭狼嚎逃离了芳姐家。这还不算，小米居然从房间里逃了出来，铅笔粗的钢筋被她扳开了一个洞。她没有逃离芳姐的房子。碎了一地的花瓶与酒瓶，酒与水掺在一起随地淌着，流出很多个怪模怪样。小米则坐在地毯上旁若无人地歌唱。

白丽赶到芳姐家时，看到的就是这样一副场面。芳姐对白丽说："你看着办吧！"说完她便上楼去了。从她的脚步可以看出她心里的恨。事实上，她发泄过了，在此之前她已经扇了小米两个巴掌，小米嘴角尚未凝固的血可以证明。她心情复杂地叫小米，小米仿佛成了聋子，充耳不闻，顾自在地上画画，她用手指当画笔，一来二去地划着地毯。她画的是一条蛇，也许是一条美女蛇。她却给蛇加上了一个粗大的尾巴。那些红酒像极了红色的颜料。她却觉得更像是小米身上的血。它们从一个隐秘的地方无声无息地流出。小米仿佛坐在鲜血的中央。

梦十五：

有一个人牵着我的手，在一条漆黑的下水道走着，仿佛是带我去寻宝。这个人装扮很神秘，他戴着口罩与手套。我看见许多肥胖的老鼠窜来窜去，一些混浊的水流来流去，我捂住鼻子，想要呕吐。他另一只手上有一根铁棒，一边走，一边探着路。

我们走得越来越远了……

梦十六：

我一直在哭，好像是在一个巨大的风口前哭。我哭得天崩地裂。

梦十七：

到处都是人。城市好像一下子来了许多移民。他们惊恐不安。他们时而看着天空，时而看着地面。有个孩子问一个女人："妈妈，是不是我们要死了。"我想走到那个孩子身边去，跟他说我们不会死的。

可是那个孩子看见了我，他惊恐地说："霍乱来了，魔鬼来了。"然后飞一般逃走了。

我走过去的时候，发现人们像潮水一样散开了。

第十章　昆虫的最后结局

大厅的吊灯缀满了珠子，一颗颗地投射光与线。暮色降临了。坐在沙发上的她要了一杯白开水。昆虫进来的时候，带着一股浓重的烟味。他穿着质地柔软贴身的麻纱布裤子，短袖金利来，红鳄鱼皮鞋。他没扎领带，手上拎着一只黑皮箱。她走进卫生间，熟练地戴上薄如蝉衣的面具，然后站在了电梯前。他们进了电梯。在两人的电梯内他们会心地微笑。出了电梯，他向服务员亮了亮手中的金卡，588 房间打开了。他顺手将“请勿打扰”的牌子挂正。里面陈设很好，这是金海湾酒店的总统套房。他打开直立冰箱门，拿了椰子汁与啤酒。

她接过椰子汁说：“我想跟你谈谈。”

他陷进了松软的沙发，说：“你有什么条件，尽管提。我一概答应你。”

“我还没有说条件，你就答应我了？”

“因为我心里有底，你不会提我做不到的条件。”昆虫说。

她听了便轻笑一下，喝了一口椰子汁。她的条件很简单——她应该有一定的自由，而不是每天关在房子里。

“这条件我同意，但有一点我也要申明，我叫你出现的时候，你必须出现。”顿了一下，他又说，“当然，我们也不要弄成主人与仆人的关系，我们的关系很平等，我会给你自由的。你觉得闷了，可以出去购购物散散心。”

她点点头。

“那好，我们就这样说定了，”他站起来说，“我希望我们会过得很愉快。”他随手从上衣口袋里夹出一张卡，说：“这是第一年的全部费用。如果不够就跟我说。”他可真是胸有成竹，知道她一定会答应他的。

她接过金色的卡，有种眩晕的感觉。

他没有在意她的表情，他接着递过来一串闪光钥匙，说：“这是你住的地方，那地方从今天起就归你使用了，希望你会满意。”他说完，喝了一口啤酒，抬腕看了看表。他把一支香烟摁灭后，干脆地提起了黑色皮箱，礼貌地跟她道了个别，然后走了。

夜色很快将会埋没一切。她觉得昆虫这个人不一般。芳姐说她与昆虫认识也是一个偶然的机会。现在，她感到宜人的温度在四周妩媚，奶白色的电话机静悄悄的，像一个不引人注意的小人儿。她吸了一根烟。她洗了一个澡，然后看了那张如名片般大小的纸片，这是昆虫走之前给她留下的地址。他写得一手好字。她闭上眼睛想了一会儿，从这里去那个地方大概需要半个小时，那个别墅群建在江边。当然，那将是她的新家。

她走出酒店约莫是在晚上九点。雨虽小，丝丝缕缕的，却凉。有人开始撑起了伞，有人竖起了衣领。她小跑几步，在一个水果摊前买了梨，一个赛一个大，据摊主说是正宗的天津鸭梨。她打的去医院。

医院门口没了白天的人进人出，显出异样的安静。

她进了病房，灯光下母亲呆滞地坐着，那块黑布依旧罩着。一扇窗户好像没有关严，有极凉的风吹进来。她连忙把窗关上。母亲似乎没有感觉到她的进来，她现在的反应如此迟钝了。她把手中的梨放下，然后走到母亲身边。母亲纹丝不动，有涎水在掉，黑布的下端有点湿了。她把手搭在母亲肩上。母亲木然地转过头，隔着黑布看着她。她一边削梨，一边打量着母亲。

母亲摸了摸她的手，才开始咬梨。母亲前阵子一直不肯喝水，老跟医生说有人想要害她。母亲连大小便也无法自理了。她隔着黑布把母亲的眼睛轻轻掩上，让她睡着。她在房里轻轻走了一会儿。她很快又转回到母亲身边，母亲脸上的黑布一动也不动，似乎母亲没有呼吸了。她吓了一跳，忙蹲在母亲身边，把耳朵贴在母亲的胸脯上。她听见了母亲尚有力的呼吸声，她放心了。她该去主治医生那儿了，他一定会加班。她已几次在这个时候碰到过他了。她准备了一个红包。这是她早就想做的了。主治医生把母亲的病作为一个课题在研究，显得相当认真，母亲的任何反常与举动都记录在案。

过道上很安静，偶尔有病人的痛苦呻吟。她走着，听到自己孤独的脚步声，断断续续。墙壁像一个巨大的吸声器，不一会儿她感到自己的脚步声消失了，一点都没有了。她茫然地走着，发现这条过道长而深，仿佛永无尽头。

医生与她的交谈是严肃的。他跟她说，病人的思想相当混乱，简直达到了极点……

我们都是有病的人。她想。

当她走出医生的值班室后，感觉自己就是一个病人。她不久该去那个新家了。从今以后，她不再是个属于自己的人了，她是昆虫的人，昆虫让她做什么她就做什么。她无法支配自己，以后即使来看母亲，也得有一定时间限制。

她在车上还一直在想，这样选择是不是错了。心甘情愿把自己关在一个房子里，像昆虫的宠物，或者一只没有生气的花瓶。她看到夜色中的街道在模糊。她应该在河边的房子里度过最后一个晚上。她以后不会再听到流水的响声了，陪伴着她的将是昆虫的呼吸声。

他们合作得很好。她想昆虫出这个价只是要求她把他侍候好。昆虫很信任她。他虽然与她言谈不多，但她可以感觉出来。

男人信任女人的方式只有一种,即他把她看作了不仅仅是肉体关系这么简单。昆虫把保险箱的钥匙都交给了她。整幢别墅有两只保险箱,一只是红色的,也就是放钱的这只,放在他们的卧室里;另一只是银灰色的,放在隔壁的房间,那里基本上是昆虫的办公室。昆虫说那是他生意上的一些资料。

但昆虫随身的那只黑皮箱是唯一不让她碰的,每回他回到别墅,第一件事便是将皮箱放入银灰色保险箱。他也跟她说过,说皮箱还是不了解为好。她猜测昆虫皮箱里的东西一定不是钱,应是机密。一个人应该有一点秘密的。虽然她到现在为止还不知道他的真实姓名、出生年月等一些其他情况,但她相信这些都不重要,昆虫并没有说要跟她结婚什么的,只有结婚才需要那些。可以说这只皮箱便是昆虫的事业。他提着它几乎不离手。他离家上车时,把皮箱放在旁边的座位。一下车,他便把皮箱提在了手上。从皮箱的体积与大小看,里面像是装着手提电脑。

昆虫几乎没有朋友。他的手机基本上是一个星期换一部。昆虫跟她说过,若有必要与外面联系,请用手机,不应用客厅的电话。如果她想跟他联系,他自然会来电话的。他已给她买了手机,摩托罗拉的,广告做得铺天盖地。她答应了他。她想她不会跟昆虫联系,她是他养着的,他会回来的。可是有一天打扫客厅时,她发现电话线早就被剪了,绝不是老鼠咬断的,齐整的切口说明那把剪刀很锋利。昆虫的做法无疑是想隔断与外界的联系。外面是一个世界,房子里又是一个世界。他为什么要这么做?难道他想做一个与世隔绝的人?可是他还不是提着箱子在城市里奔跑吗?她百思不得其解。

她有时便去医院,去的时候会戴上一副墨镜。这是一个奇怪的习惯。她以前从来没有戴过墨镜。但是当她戴着墨镜走在街上的时候,突然感觉相当好。她仿佛已经变了一个人,没有人会认出她了。在医院的走道碰到年轻的护士们,她们用奇怪的目光打量她。她装作不知，很从容地拐进了母亲的病房。她站在母亲的病房里，摘去这副墨镜。

日子过得很平淡。

她有时站在阳台上看，发现旁边那幢别墅阳台的那个男孩，总是在那个位置看着她。他朝她笑。她也朝他笑。她发现那个男孩的脸特别清晰，仿佛被抹上了一道亮光。她甚至可以看见他脸上有一些淡淡的忧伤，仿佛正午时别墅前古巴乔木下的一点阴影。她浇花时，感觉到有人在看她，她一抬头便看到那个男孩向她笑着。她有一天想问候他一声。可是当她在那个正午站在花坛前抬起头想打个招呼时，发现以前的那个年轻女人也站在那儿，女人警惕且不甚友好地看了她一眼，然后他们不见了。后来她站在阳台上不停地望着那个位置，可是那个男孩一直没有出现。

有一天，她突然想到了小米，她有很长时间没有去看她了。小米现在住在以前租的小房子里，有时清醒有时糊涂。她借出去购物的机会看过小米。她突然想到自己一个人也很孤单，她几乎没有一个朋友。她在别墅无所事事，看看花，听听歌，去购物，她想买只宠物狗的。但昆虫似乎不喜欢一切会动的东西，猫狗鱼什么的。一次饭桌上他说过，那些有爪子的动物会把什么都弄成一团糟的。她怀疑他有洁癖，她想算了。她便想接小米来住一阵子，至少还有个说话的人，她不会把房子弄得一团糟的。况且，一个大房子如果每天只有一个人在自言自语生活着，哪怕堆满了珠宝都会觉得没劲。

她到小米的小房子门口时，发现那个身材矮胖的房东正从小米的房间出来。他叼一根烟，见了她满不在乎地提提裤腰，便一下子快步走了。她进去的时候发现小米浑身赤裸躺在床上，乳房上有牙齿印，她的乳罩与内裤被随便扔在地上。皮箱倒扣，那件黑呢大衣被撕成了两半；搪瓷脸盆被踩扁了，水流了一地。小米苍白的脸上有古怪的笑。房东强奸了小米。杂种。她浑身发冷。她咬着牙扶起小米。小米还有点迷糊，直到给她喝了一大杯凉水，她才算是醒来了。她看到白丽便呜呜地哭了起来。白丽给她披上了衣服。然后又用毛巾将她擦了一遍。在擦拭之中，她觉得小米的骨头多么脆弱，稍重一点似乎都会咯吱一声碎了。她心里在流血。她想一定得把小米带走，否则小米的命都会丢在这里的。

她把小米的东西简单地收拾了一下，塞进了一只袋子。她拾起了那件黑呢大衣，犹豫了一下，裹成一团也塞进袋子。

小米还有点迷迷糊糊，她说："丽姐，我们去哪？"

她说："我们离开这里。回家。"

出来时，碰到了那个房东。她面对房东说："你不得好死！"

房东脸上糜烂地说："我免了她一月房租，公平得很。她还欠我钱呢。"

她扔下了一叠钱，说："你会死得很惨的。"

房东看到她双眼直冒火星，便退了一步不说话了。

在车上，小米呕吐了两次。像是怀孕了。白丽由此想到刚才她看到的一幕只是其中的一次，也许小米每天都在被那个杂种强奸。她搂紧了小米，像是搂住了多年前的自己。小米慢慢地昏睡过去。

她们沿着河走。她搀扶着小米，另一只手提着小米的家当。上楼梯时，她们跌跌撞撞，小米整个人软绵绵地靠在她的身上。她把小米扶进旧沙发，让她躺下。她自己去浴室，烧水。水开的时候，她把小米扶进浴室，替她脱去衣裳，小米的身体散发一股臭味。她擦洗着小米。

浴缸里的小米低低地说："丽姐，你为什么要对我这么好。"

她什么话也不说，只是让水慢慢淹没小米的胸部。小米的泪水一颗颗地落在水中。

喝了一杯豆奶后，小米似乎清醒多了。她说："丽姐，我们这是在哪里，我好像进入了天堂。"

她说:“在我家。”

“丽姐,我活着没有多大意思了,还有谁会来爱我们,我们是被遗弃的人,如果死在这里我心满意足了。”小米低低地说。

她说:“你年纪轻轻的,怎么能死呢?”

小米低头说:“现在,年轻的人更容易死。”之后,她好久不说话,只是指甲拨动着指甲,显得拘谨与不安。

她帮小米梳头,小米的头发很长了,一直垂到后腰上,白丽从房间的梳妆台上拿了一个发卡,将头发卡住。小米一直温顺地任她梳头,水从头发末梢滴答、滴答落下来。小米用一只脚一点点地擦着这些粉碎的水珠,地上便出现了一块小小的污渍。小米又用另一只脚擦这些污渍,地上的污渍便愈加深了,仿佛有滴墨水掉了。

她们沉默着。直到墙壁上的钟照例到点响了后,小米才说:“丽姐,我想请你原谅。”

白丽被她没头没脑的一句话弄糊涂了,便说:“小米你乱说什么。”

“丽姐,我欠你钱,我想我这辈子还不了了。”

她说:“我还当是什么事,就这点事呀,别放在心上,还不了就算了。”

小米听了便跪在地上说:“丽姐,我骗了你的钱。”

她要扶起小米来,可是小米固执地跪着。小米流着泪说:“丽姐,我一共向你借了五次钱,一共有三万块,其实借钱的理由都是我自己胡编乱造的,我没有弟弟,我父亲也没有得病。他……都是因为他吸毒,他离不开白粉,他要我接客,逼我借钱,都是为了他吸毒……”

她听了触目惊心,但她极力镇定地说:“过去的就算了。”

小米说:“他为吸毒丢了命。是谁杀了他,还有我爸,他也被人杀了,是芳姐,她是我的仇人。”小米情绪激动得昏了过去。她的整个身体在簌簌发抖，白丽的衣裳在她身上显得宽大与空荡。白丽扶住了悲痛的小米。小米的身体还在不停地抽搐。

她低低地像是自言自语地说："小米，不要去想了。"她跟小米一样闭上了眼睛。

昆虫接连几天没有回来。他也没有来一个电话。她猜想他去了外地。早晨，她带着小米去江边，看日出，看大桥；回来便在别墅前的草地上浇花。小米在草坪上跳来跳去，追逐阳光。她像是恢复了女孩的天性。看着她身着白衣裙，在绿茵茵草地上像只稀有的白蝴蝶一样飘动，白丽像是看到了妹妹。妹妹呀妹妹，如果她现在还活着，如果她现在就在草地上飘动，如果她现在就在自己的身边，那么她会有多么幸福呀。白丽想她自己可以舍弃许多，为了妹妹。

小米走到了白丽的身边，她脸上满是笑，那像是妹妹的久违的笑。坐在草地上，她像是与成年的妹妹在谈心。她有时跟小米说起隔壁的那个小男孩。小米提议她们去看看他，可是她想到那个年轻女人的样子便摇头说："以后你会看到他的。"

白丽有时情不自禁抬头看那个小男孩常出现的地方，可是自从那次看到他的微笑后，就再也没有看到过。直到那天，她从一份城市报纸上看到那个小男孩的照片，他是一个没有腿的人，原来他不是站在阳台上，而是坐在轮椅上的。他死了，因为白血病。记者报道说，小男孩在临死之前说他有一个朋友，他们从来没有说过话，可是她会朝他笑……报纸从她手中掉了下来，她对着镜子枯坐了一会儿，直到泪水流淌下来。

小米悄悄地走过来，站在她身边，好久才说："丽姐，他死了。可是他活在你的心里。"

小米并没有怀孕，她留心过小米，发现她没有继续呕吐。这样她就放心了。她相信小米只要在这里住一段时间，便会变成一个天真的女孩。她还那么年轻，一切从头开始都为时不晚。晚上，她们同睡一个房间，小米喜欢跟她说话，她每次说话开始都是愉快的，可是到了后来，就变得沮丧不已。有一个晚上，她跟小米说起了妹妹。妹妹的样子，妹妹在最后那段日子里说的那句话："我要死了。"她说时泪水涌了出来。小米同样泪水涟涟，转过脸去轻声啜泣。她快要蒙眬入睡时似乎听到小米也在说："我要死了。"

小米见到昆虫是在傍晚。昆虫进房子的时候看见了正在客厅看电视的小米，他像是吃了一惊，整个身体大幅度地摇了一下。白丽迎他的时候，他低声说："那人是谁？"

她说："我的一个朋友。"

昆虫紧接着问："她来了几天了。"

"五天。"

昆虫坚决地说："明天就让她走。"

"为什么？"

昆虫皱了一下眉，说："没有为什么。"

吃饭的时候，小米显得很文静，她把筷子挑得很轻微与小心翼翼，丝毫看不出她曾有过发疯的经历与迹象。

昆虫利索地吃完了饭便去了卧室。他一言不发。他一直没有出来。

小米问她说："就是他？"

她点点头。

小米说："他不喜欢我？"

她说："没关系，他就这样。"

小米说："我知道我该走了。"

她说："你再住几天。"

小米说："这不是我的家，我终归是要走的。"小米不声不响地进了自己的房间。

白丽到现在才想到自己毕竟不是这房子的真正主人，心中不免有些惴惴，自己把小米带进别墅没有征得昆虫的同意。昆虫是相当讨厌陌生人的，他似乎对所有靠近他的人都有一种警觉。上回那个送牛奶的工人敲门的时候，昆虫显得有点紧张。他站在门背后一眨不眨地看着。她感觉到了，以为是昆虫的什么仇家找上门来了。开门后，见是送奶工人便放了心。昆虫仿佛还不放心，从此昆虫要求她让那个送奶工人送的牛奶放在门外的箱子里。他解释的理由是——要提防贼。她打算再跟昆虫说说，她想跟昆虫说小米就像她的妹妹，她很安静。她满腹心事进了卧室，发现昆虫在吸烟。

昆虫的神态很怪，他说："我有种预感，我似乎会有什么麻烦了。"

"你想得太多了。"她说。

昆虫说："我想过了，今天晚上我把我的事跟你说了。"

她说："有什么事？"

昆虫说："你不知道我在干什么？我现在要告诉你我在干什么。"

她说："我并不想了解你在干什么。"

昆虫说："我知道你对我很好奇。你在保险箱边逗留过，在电话机旁发过呆，还翻看过我的办公室。我都知道，那么现在就让我把这个谜解开。"

她心想昆虫是不是有特异功能。她不相信似的看着他。

"你不知道，我在这幢房子里装了探头。"说完昆虫按了一下墙上的一个绿色按钮，它隐身于同样绿色的墙纸之中，不注意根本不会发现。对面墙上出现了一块晶亮的小银屏；昆虫又在床脚边的一块地砖上敲了三下，然后用手指撬起小地砖，里面躺着一只小小的遥控板。他把遥控板取出，按了一下，屏幕里顿时出现了她。

她有些气愤，脸色发青地说："你真变态，你到底在干什么？"

昆虫说："我不是不信任你，相反我很信任你，我装的探头是对外人设的，所有进入这幢别墅的人都会在这块银屏上显现。”

她有些迷惑，他有这个必要吗？

昆虫又说：“你也许会想我是不是一个疯子，但我可告诉你，这是完全必要的。因为这个。”昆虫说完便从床底下拖出那个皮箱。他看着她。

她把视线落到箱子上。这回他居然没有将皮箱放入保险箱。

昆虫把搁在房头柜的钥匙插入皮箱锁眼，皮箱有三道锁，又有密码。昆虫按住皮箱说：“你真不知道里面是什么？现在我给你看是什么。”说完拉开了皮箱。一皮箱白粉，一包包地排着压着。

“我是一个毒贩。”

她睁大眼睛看他，他怎么看也不像一个毒贩。她摇头说：“我还是不信。我觉得我在做梦。”

“我是一个毒贩，”昆虫说，“你听一个故事便信了。”

她拿起一包白粉，沉甸甸的，然而几乎没有气味，因为这是用三只塑料袋包裹着的，白粉在里面挤在一起，很结实。

“我拎一只皮箱做事业，”昆虫说，“就是这样。从小我过的是苦日子，我父亲在一次斗殴中丧命，我母亲改嫁了，我奶奶把我养到十岁。我流浪到城市，我做过很多活，为了活命；我当过小偷，为了活命；我当上了毒贩的眼线，为了活命。我经历了从跑腿到坐堂，从坐堂到独霸一方，现在整个城市的毒品都从我的手上流出，而我却从来不吸一口，我知道一旦吸上了便是万劫不复。我可以告诉你，我有过许多女人，她们有告发我的，但都被我回避、逃掉了。我知道女人是祸水，我知道女人不可相信，为了钱，谁都可以出卖。我看中你是因为我知道你不是那种一般的女人。我的直觉一贯很准。”

“于是你就包了我？”她说。

“我包了你之后，发现你比我想象中还要独特一点。归根结底我是一个毒贩，但我不是那种冷血的，如果冷血，我会在你对我开始好奇的时候把你杀了。我还有一些感情，我想是农民先天具有的东西在我身上挥之不去，凡是农民，他总想要有一个女人，有一个比较完整的家，粗俗一点说就是传宗接代。”昆虫认真地说。

“你想跟我结婚？”她惊奇地问。

“现在我还没有想好，也许有一天会的。”昆虫显得真诚地说。

她无语。

昆虫把卧室的灯关了。她看到昆虫大睁着眼睛。昆虫说：“我在夜晚时常不敢闭上眼睛，我怕看到许多个白色幽灵会来找我。我一闭上眼睛了，他们就在我的耳边悔恨与痛哭。我会受不了的。”

第二天，她把小米送走了。在走出别墅的时候，小米也没有表现出太强烈的表情，只是一声不吭。阳光一直落在她的背上。白丽也顾不上想她会想些什么了。确实，她理解了昆虫的良苦用心，他每天都是提着脑袋过日子，不能出现一个小小的失误。按他自己的话说，依法律，他可以死一千次了。任何陌生人对昆虫来说都是不安的、危险的。小米也不例外。尽管小米现在可以说是她身边最为贴己的人了。但如果小米在一天，昆虫会提心吊胆一天。

昆虫一早又出发了。他提着他的黑皮箱。那里面全是白粉。城市的吸毒者们会把一箱子毒品吸光，然后等待下一箱子。他们就这样消耗着生命。他们不会知道走在街上的这个人，他提着一只黑皮箱。他就是全城最大的毒贩。连警察也绝不会知道，因为他是流动的，简直是一个流动工厂。

小米住在河边的白丽的家里。这是白丽深思熟虑后决定的。在市中心的那幢房子她卖了，昆虫说过以后这幢别墅也是她的，他没有什么亲人了。河边的房子她没有卖，那里曾经有过她们一家人的生与死。河边有错误与痛苦，也有快乐的时光。父亲，妹妹，母亲，还有她自己。母亲如果有一天突然醒来，她会找不到家的；母亲有一天病愈了，依然是要回到河边的家中。小米已经无家可归。河边的家也许会让她过得愉快，可以听到河水流动的响声，可以看见早晨的日出。这样会使她镇定。白丽给她留了一些钱。她足可以过上一年。在她的意识中小米就是妹妹，妹妹借着小米的身躯在靠近她。在她的梦中，小米与妹妹说话的语气也是一模一样。

她每个星期去看一趟小米。她戴着墨镜沿着河走。她发现以前生活在那个宿舍区的人们已经不认识她了。他们看到她走来，便低头了，她有时想她似乎像个陌生人，他们忘掉了童年时的她。

她走着，仿佛留恋地看着这条河。从医院捎来的残存的药水味一点点不见了。在路上，她会默默地念叨，小米，小米，小米；然后又在念着母亲。她们都是她的亲人。她在某一天看到小米时，发现小米的肚子隆了起来，她吓了一跳。小米跟她说已经五个月了，她以前一直在瞒着她，就是连呕吐也是强自咽下去的。这一定是那个狗日的房东的种。她问小米是不是这样的。小米含泪点点头。

小米跟她说，她想把这个孩子生下来。

但是这个心愿没有达成。小米那天在河边走走，她在晚饭后一定要去河边走走。回来的时候，已一片漆黑。楼道的灯被几个调皮的孩子打碎了。她在快要到家时，在楼梯上绊了一脚，滚下了楼梯。有人听到了女人的一声尖叫。等他打着手电赶到那里时，发现小米整个下身全湿透了，全是鲜血。他也像个女人一样尖叫起来。有几个女人七手八脚将小米抬了起来。

小米在医院里躺了五天，就是以前妹妹住的那个医院，就是白丽以前流产的那个医院。白丽接她出院时，小米脸色茫然。

大约一个月后，小米才显得重新恢复了些。她的脸开始有些红润了。她开始与周边的一些女人们打招呼了。她仿佛已经忘了那个夭折的孩子。她把更多的时间留给了那扇窗，从那里，视线可以越过河，越过一些楼房，到达一个教堂。

小米在房子里看书。她非常专注。她看的书都是从河边不远的一个小书摊借来的。那个书摊是新开的，摊主是个瘸了一条腿的年轻人，长发遮脸。这些都是小米跟她说的。小米见了她便显露愉悦。她时常想留住白丽，与她同床夜谈。但是白丽考虑到自己目前的生活由不得自己，不便留在这里。小米依依不舍地将她送到河边，走了一段又一段。河水映着灯光，小米说是那个书摊的灯光。

小米没有将房子里的东西转移与挪乱，基本上原封不动。小米似乎精神多了，脸上又开始长肉了，显得白净与圆溜。靠河的窗打开着，风不时地拂着她的头发。在小米的膝盖上摊着一本书。一切显得安静与平凡。白丽突然觉得她很喜欢这样的气氛与环境，能在这里安静地生活，原来是很幸福的，对她来说简直是一种满足。她用手抚摸着桌面，上面的那层红漆几乎掉净了，但依旧光滑如昔。

小米把书从膝盖上拿开，说："丽姐，你会跟他一辈子吗？你会跟他生一个孩子吗？"

她说："我也不知道。"

小米说："书里说爱情是伟大的，是纯洁的，是自由的，不受金钱摆布的，可是这是真的吗？"小米的眼睛充满着无比的迷茫。

现实不是这样的。她几乎想脱口而出，可是一看到小米那带点渴望与向往的神情，她不能这么说出来。时间是一剂最好的疗伤药，在平静的生活里，小米正在疗养所受的伤害。她不能一句话就使得她的疗养全功尽弃。她说："爱情应该是这样的。"

小米又说："那么，你跟他是爱情吗？我听那个书摊主人说，如果真爱一个人是不会计较她(他)的过去，也不会拿财富这把尺子去测量金钱的厚薄，更不会用目光去摸索权势的深浅，只会奉献。丽姐，那个叫刘原的人他真的不会回来了？我总觉得他才是你的爱人。"

她心里一震，很久没有人提起刘原这个人了。刘原像是上个世纪的人了。在别墅里，她仿佛一点也没想到过刘原这个人，在她的生活中这个人就像是完全没有出现过一样。在医院，母亲也像是彻底忘了刘原，她只是反复地念叨她的宝儿。白丽觉得那个叫宝儿的人其实已经死了，否则不可能找不到。有一回她在一个酒吧听几个女人说以前常来这个酒吧的小名叫宝儿的男人死于淋病，全身溃烂而死。她们回忆说，这是风流过度的报应。她们你一句我一句地说着，这与她以前见过的那个背影有很大的相像。她便确定他死了。这样的结局是无法改变的。现在小米却提起了刘原。

白丽长久沉默后说："他不会回来了。"

小米说："他是一个不错的人，我觉得他比谁都好。"

两人再次陷入沉默。她打破安静，岔开话题说："小米，对了，今后有什么打算，要学一点东西呀。"

小米说："我想开个书店。"

白丽微笑着，小米不会步她的后尘了。她的未来的生活将会是明亮的，像蔚蓝的天空，像以后即将清澈的河。她背过身去面对着河情不自禁地流泪，那泪是滚烫的。

她从房子里出来，突然想到小米屡次提到的书摊主人。在她的印象中，书摊所在的位置以前是一个小卖部，生意萧条。估计开个书摊生意也好不到哪里去。她信步向前走去，这一段路非常干净，几乎看不到一张废纸，好像经常有人在打扫。书摊的主人正埋头看书，他的头发几乎可以触到衣领了。她在书摊前站定的时候，摊主还没有抬起脸来。书有些乱。这些书几乎一样的陈旧。枯黄的书堆叠着，仿佛是从一个废弃的批发市场批来的。她随便翻了一本，是《简爱》，她在念书时便读过了；她又翻了几本，发现了《百年孤独》、《三个火枪手》。书摊主人隔着长发有些阴郁地看了她一眼。她觉得有种无形的压力，手在发抖，心也在颤动。她走了，因为后来她连呼吸都有点困难起来。她对自己说，为什么会这样？她始终觉得那个书摊主人有点不寻常，这是她的直觉。

昆虫对白丽支走小米感到高兴。他对她的信任便又增加了一成。也许是为了奖励她，他从床底下拖出一个箱子，把一箱子钱倒在床上，说这些全部都是你的。这都是崭新笔挺的百元，生硬。白丽想跟他说，你什么都不缺了，歇手不干吧。可是看到昆虫沉浸在成功之中放着光辉的脸，她止住了想法。

昆虫在晚上显得兴致盎然，他不停地吸烟，以致房间里仿佛生了一个炉子一样。昆虫沉浸在某种想象与回忆之中。他跟她讲起了他某一次被警察追赶，他无路可走跳进了一个粪坑，整个人沉了下去。警察走了，他不会想到他要追捕的人就在他的眼皮底下。他事后包了一个游泳馆，一个人泡了整整一天，把皮肤浸得大米一样白。他说："为了求生与活命，没有办法的。男人不比女人，当时哪怕是刀山也得上，是火海也得下。"说着他脱下了身上的睡衣。

白丽看到昆虫身上有新伤，便问他怎么了。

"前天在交易时被三个警察包围了，有人当场中弹死了，我幸运脱逃了。有一颗子弹从这里擦过。"他指了指耳朵。"我每回交易前先到一个宾馆房间化装一下，有时像个老头，有时像个商人，有时像个外地进城的农民。我还扮过女人，戴个假发套，在胸部塞两个南方大包，穿一双高跟鞋就成了。"昆虫说了一阵便说起了周易，他对周易很感兴趣，说到四柱，说到手掌纹路，说到某种神秘的预言，说到一个人的机遇，说到人死前的一些预感。

她说："那你能不能算自己呢？"

昆虫说："这当然不可能，天下靠算命骗钱的人起码有十万，如果他们都能算出自己的命运，那么他们不都是神仙了？"

她说："那你算算我的命运。"

昆虫说："这要等一个良辰吉日，到那天，我一定给你算一算。你能活到多少岁？你算出来了，我自己也就可以算出来了。"

当半个月后，毒贩昆虫又一次遇险时，白丽终于把话说出来了，她说："你现在什么都有了，有钱，有女人，你还缺什么？就不要再干了。"

这次历险纯属意外，昆虫在过桥的时候被两个警察拦住了，他们说他超速了，要扣他的驾照，当他们查验驾照的时候，昆虫突然发现有一个警察摸了摸腰，他以为是摸枪，便夺过驾照踩了油门直驶出去，把一个警察撞在了地上。他把车开得飞快，以致在拐弯时将一辆奥迪撞了，他头撞在了方向盘上，血流不止。他顾不上了，狂命逃窜。白丽当时看到他捂着额头回来的，他挪开手后才发现有桃子大一个伤。昆虫抚了抚绑了纱布的额头说："车子倒无所谓，反正那个牌照也是假的，他们查不出车主来。只是我太神经质了。"他倒在沙发上叹了一口气又说："人在江湖，身不由己，终日提心吊胆的日子可以让生命消逝得更快，我大概只能活五十岁，我有朝一日脱身了，便也是我生命终结之日。"

她看到昆虫说时脸上现出一股少见的悲怆。他像个纯粹的悲观主义者。他不停地吸烟，然后不停地摁烟蒂，白色的烟蒂堆积起来，像个白色的坟包。也许他心里很痛苦，只是无法解脱。每个人都有痛苦的理由，有人把痛苦摆在脸上，有人把痛苦埋在心底。

她觉得昆虫是个不错的人，至少对她是好得很。毒品会害死很多人的，这一点她也知道，但是她不是警察，抓毒贩不是她的责任。她没有矛盾的思想。只是有一种担心，她预感昆虫总有一天会失手的，终日在刀尖上过日子的人有一天终将在刀尖上终结。她有一天终于把这种担心再次提了出来，她对昆虫说："你还是歇手吧，做其他什么生意都可以。"

昆虫说："不可能的。如果能歇手，我早就歇手了，这是一条河，黑色的河，掉进去了只有游动，否则便是活活淹死。"

她顿时无话可说。昆虫的命运正如他自己所说的，他走到这一步，他没有选择。

昆虫神情一直比较低落。他不行了。哪怕他用一种比较极端的方法刺激它也无济于事。他赤身裸体地跪在床的中央,床上洒满了各种牌子的神油。可是那里依旧毫无动静,像一条蚕蛹。昆虫在床上痛苦地捶打自己时,发现这次历险对他有着致命的伤害。他吼叫着,像野兽的垂死挣扎。他甚至狠着劲地捶打坚硬的墙壁,直到双手鲜血淋漓。他在夜晚、在梦中突然惊醒,然后坐起来悄无声息地哭泣。他拼命地吸烟,然后躲在阳台的花盆旁边簌簌发抖,像一个因恐惧而失去常态的孩子。

他说:“我成一个废人了。”

白丽说:“我并不介意你怎样。”

昆虫说:“一个男人没有了雄性,便不成为男人了。”他很悲哀,手里的一支香烟在跟着他发抖,白色的烟灰一截接一截地掉了下来。他说:“这仿佛是不祥之兆。”

从此之后,昆虫便没有恢复过。她有时看到他跪在地上接连磕头。在一个个月光皎洁的夜晚,他磕头的时候嘴里是念念有词,在他磕头的正前方摆着一个泥塑观音。

小米吸毒是白丽不经意发现的。

接连几天雨,白丽在房子里闷得像要出水。那天太阳很好,天空几乎没有一朵白云。她来到河边的房子,她是来看小米的。她沿着河走,她现在终于知道河水臭的原因了,因为在河的源头处有几家规模不小的印染厂,把经过简单处理的污水直接排入河中。她上了楼,推开虚掩的门叫了几声,发现小米人不在。所有的房间的门都虚张声势一样开着。唯独卫生间的门是关着的。当她推开虚掩的门时,发现小米脸色惨白地坐在马桶上,闭着眼睛直打哆嗦。她还当小米病了,忙喊:“小米你怎么了?”

“我头晕,”小米说,“丽姐,我有点头晕。”

她说:“那赶紧上医院。”

小米说:“不用了,丽姐,我是老毛病了。”

小米出来的时候还有些站立不稳。白丽扶她到沙发上坐下。小米像是很困,懒洋洋地接连不停打哈欠,嘴张得非常之大。白丽又扶她到床边,让她躺下。小米靠在枕头上说她不要紧,然后又是打哈欠。她以为晚上小米出去玩了,回来晚了。她对小米说:“你先躺一会儿,以后早点睡觉。”她把房门轻轻地掩上了。待她再次进卧室的时候,她发现小米闭着眼睛像是睡着了。她不便打扰她,让她睡一会儿,她又把房门轻轻地掩上了。

房子里有些乱。小米好像一直没有整理过。白丽苦笑了一下,便开始整理起来,在壁橱底下她意外地扫出了一些针管。她吓了一跳。拾起一看,针管头上有血渍。

这时,小米出来了,她看到地上的针管,脸都白了。

白丽看到她的脸,心里一颤,说:“你也吸毒了?”

小米低了头。

白丽痛苦地说:“你怎么能吸毒呢?”

小米低头说:“我觉得没有意思,我一个人太寂寞了。我连书也没得看了。”

白丽这才想起刚才来时,好像是没有看见那个书摊,还有那个书摊主人。她转头四望,发现原来每次她来时可以看到的那本没有书名的书不在了。她曾与小米一起读过一些章节,讨论过那个女人的最后结局:是拥有长久的爱情,还是独自一人离去?

“他也走了,”小米说,“我看见他一瘸一瘸地走了,所有的书都让收破烂的老头拉走了。”

“可是你为什么要吸毒呢?它会害了你的。”白丽痛心疾首地说。

“我想他说的是对的,我以前看的书都是以前的故事,可是现在却是现在,我好像做了一个可怕的梦,醒来后发现我所拥有的只是一些空虚。”小米似乎并没有在意她的责问,依旧阴郁地说,“我想我没有多大的意思，活着不就是为了快乐？什么理想，什么爱情，那都是一张纸一捅就破。”

她无语地看着小米，这个像妹妹一样的女孩。

过了一会儿，小米突然抽搐起来，她脸上一会儿青一会白，眼睛向上翻，她说：“要要要，给给给。”

白丽不知她要什么，给她什么。

小米发疯般跑向卫生间，然后把门反锁上了。

白丽一下子明白了，小米在里面吸毒。白丽擂门说：“小米，出来，不要吸毒，不能吸毒呀。”

小米没有理她，在里面喊道：“你不要劝我，我要吸。”

白丽一下子觉得浑身发软，妹妹，小米，妹妹居然吸毒了。

小米出来的时候整个人像变了一个人似的，神气十足。

白丽再也按捺不住心里的怒火，狠狠地甩了她一个巴掌。

小米愤怒地说：“你为什么打我？”

白丽说：“你为什么要吸毒？”

小米说：“我吸不吸毒不用你管。”说完她去了自己的房间，砰的一声将房门关上了。

无药可救的小米。白丽在卫生间的肥皂盒里摸到了一点点刚融化的白粉，那一定是小米心慌意乱不慎浪费的。她的指尖上就沾着它，她甚至可以闻到它在散发诱人的气味。她在水龙头下冲洗自己的手，哗哗哗的水声持续了半个小时。

小米的房间还关着，但当她走到房门口时听到了小米轻微的呼噜声，她是真的睡着了。白丽犹豫了一阵，终于没有敲门。

她轻轻地将房子的门带上，然后沿着河走。当走到一半时，她回头望了望那幢楼，那一盏灯亮着。这像是一个希望，但事实上希望已经破灭。小米已经睡着了。毒品将成为她这一生最大的依赖。小米可以舍弃许多，包括白丽的关怀和担心。小米会选择对她粗暴与蛮横，小米无法离开毒品一天。

白丽走过那个书摊，发现是死一般的沉寂。几扇木板门紧闭着，有一条门缝里居然长出了一棵草，正在随风东倒西摇。她伤心地走着，墨镜被她扔掉了，掉在河里发出了清脆无比的响声，仿佛一条包头鱼的一声尖叫。当她走了很远，回头时，仿佛发现有个人站在那里，两只肩膀像一个斜坡，她赶紧揉了揉眼睛，发现月光正从斜坡上流下。

回到别墅的时候，昆虫已经在客厅了。他依旧背对着她吸烟，灯光把他的影子拖在地板上，他的脚在地板上敲打，这样他的影子便是活动着的。她站在门口有一会儿，直到昆虫转身时不经意地发现了地上的影子，才发现原来她就站在门口，目光痛苦地看着他。他愣了愣，脚停住了敲打，吐出一口烟。她进去了，才发现昆虫是在听音乐，还是那个旋律，充满乡村的纯洁与童年的梦想。他一成不变地生活着，居然从来就没有厌烦的表示。他忘了那次历险。现在，他坐了下来，右腿搁在茶几上，右脚上的皮鞋随着旋律一动一动的。如果他纹丝不动，整个姿势就像是中弹后的死亡。

她压抑愤怒对又开始吸烟的昆虫说："城市又多了一个吸毒者。"

昆虫注意到她的表情及情绪了，他说："他们是自愿的。没有人逼他们。"

"不！不！"白丽失去控制地说，"她是因为痛苦与无望。"

昆虫坐了起来，然后笑笑说："这不是理由，痛苦的人在选择解决的办法，如果用白粉来麻醉自己，很好。我现在也想尝试一下了。"

她突然泪流满面。昆虫轻描淡写的话语让她觉得小米似乎把一根绳子套在了她自己脖子上，而做成这根绳子的恰恰是那些白粉。在她面前顿时出现了幻象：小米伸着血红的舌头，眼珠突出，脸色惨白，手脚冰冷地荡着。

她尖叫了一声。整个房子都在摇晃。

昆虫安慰她说："我知道是你的那个朋友，但是你要知道，如果不是我，是别人在做这个生意，她也一样会吸上的，当一个人的意志无法战胜诱惑时，她便会不顾一切。这大概就是所谓的孤注一掷吧。你无须自责，也无须伤心。毒品在很多时候会让人满意的，活在虚幻之中总比活在现实的痛苦之中好。"说完，他便站起来开始走动。

她看着他，觉得他好像也疯了。

这个世界太疯狂，有谁为爱在流泪？

昆虫沉浸于自己的快乐之中，他在不停地走动，越走越快，他的手不时地挥舞，仿佛驱赶什么；他的脸在发红，一块块的像斑，又像是热油浇灼成的。他几乎是嘶喊道："活呀，都让你们活着去吧。"

晚上，她一直在想着小米惨白的脸，她的痛苦的神情。她浑身冷汗涔涔。床单同样湿哒哒的。她不停地出汗，像是躺在水池中央。她无法再安宁了。

凌晨三点左右，昆虫突然站在她的床前了，他说："你还在想？"模糊之中，昆虫的整个脸不见了，只有一对像鬼火一样的眼睛在闪光。她听到了嗡嗡的声音，仿佛就是一只狠毒的马蜂在尖叫。她坐了起来，说："我在想我害了一个人，是我让她吸上毒的，你不要再贩毒了，不要再贩毒了，求求你了。"

昆虫把灯拉亮，他说："你让我金盆洗手，难于上青天。"说完他开始吸烟。他的脸很快隐在了浓重烟雾之中，无法看清他此时的表情。

她说服不了他。她重新躺了下来，闭上了眼睛，竭力不去想着小米。

昆虫又一次开始放着那曲旋律。夜晚在散发着夜晚的气息。她的眼睛却已不能合上。那旋律如同魔音一般钻进她的脑中。

小米因为吸毒被抓走了。她知道小米迟早会出事的。小米吸毒的量在加大,她把白丽留给她的钱吸了个精光。她又向白丽借过钱,都去买白粉。她跪在地上苦苦恳求白丽,连头都磕得出血了。她说白丽如果不答应她,她就一头碰死在白丽面前。白丽只得给她钱,如果不给她钱,她又会去出卖自己的肉体。一旦吸上了毒,对钱的渴求就是急切无比,纵然有百万家产,不到一年便可以一扫而光。白丽想硬起心肠不给,可是一旦看到小米那副苦苦哀求的样子,她的心又软了。

那个晚上小米在一个舞厅吸毒,警察突然包围了舞厅,这个舞厅警方早盯上了,不断有市民反映这是一个毒窝、黄窝,人来人往。警方在查验身份证后,从中揪出了六个吸毒者,五个妓女,四个嫖客。在经验丰富的警察面前,他们很容易被指认的。只要看手臂上有大小不一的针眼,十有八九是吸毒者;只要在衣着暴露的女人的包里发现避孕套的,八九不离十是妓女。至于四个衣冠楚楚或獐头鼠目的嫖客,是妓女们在耀眼的灯光下当场指认的。小米就是六个吸毒者之一,也是年龄最小的一个。强光四射时,她正惊恐地拿着手上尚未注射完毕的针管。警察冲上来,针管碎地上了。

警察在禁闭室里问小米有几年吸毒史还有没有其他亲人时,小米犹豫再三说出了白丽,她说白丽是她姐姐,说她后天会来到河边的房子。白丽在房子的门上看到了通知。她心里仿佛轻松了一下。她想她怎么没有想到早一点送小米去戒毒所。当她看到面容憔悴、骨瘦如柴的小米坐在一堆吸毒者当中显得异常孱弱,她又变得心疼。小米麻黄色衣服上有血迹,在胸前的位置凝成了几块指甲般大的硬斑。她让警察把小米单独叫出来。小米很缓慢地走到了她的面前。中间隔着铁栅栏。小米坐在了椅子上,咬着苍白的嘴唇。

她默默无语地看着小米。

小米低着头说:"丽姐,我对不起你。"

她说：“小米，不要说了，好好戒毒。”

小米抬起头说：“丽姐，我发誓以后再也不沾毒品了，要是再沾一下我便去死。”

她说：“我相信你。”

小米听了一下子抬起头说：“丽姐，我只是有点害怕。我害怕我会见不到你。我害怕，我快要死了。”

白丽哆嗦了一下，小米的话仿佛就是她梦中的一个场景，在那个梦里，小米四肢冰凉地倒在地上，天上落着无数白粉，最后把小米层层埋葬。但她不敢相信面前活生生的小米会这样死去。她看到小米的一双眼睛，那么忧伤。她安慰小米说：“你不要害怕，很快的，我们很快就会见面的，你把毒戒了，我们又在一起了。”

小米跟着一帮吸毒者走了。走在他们的行列当中小米显得愈加单薄了。她仿佛提不起脚。她不时地回头。他们上了一辆警车。白丽一直站着，直至警车消失。她觉得心里失去了什么，那种可怕的预感又浮上来了。她竭力地睁大眼睛，咬着上嘴唇。

从看守所出来，她有些迷茫，不知自己该去哪里。汽车驰过卷起了尘灰，扑向她。她发现自己在流泪，像是无法控制。她一个人走了一段路，沿着这条城郊的石子路。

她顺路去母亲的医院。她在路上没有拦车，好像是对自己的惩罚。在路上她看到一个年老的乞丐捧着一个盒饭、背靠一根电线杆津津有味地吃着，灰尘扬起，他浑然不觉。她猜想他在这个时候一定很快乐。高跟鞋支撑着她，到了医院已是一个小时之后了。她觉得两腿酸麻，气喘吁吁。

母亲还是那样。她无语地坐了一会儿，惆怅地出了医院，她心里牵挂着小米，她有种无家可归的痛苦。她现在只能回到那幢别墅。

别墅很静。

她站在阳台看到三三两两的人与昂贵的汽车，车轮摩擦过柏油地面几乎没有响声，只有几道太阳的反光穿过树荫在玻璃幕墙上重新反光。没有孩子的大叫大喊，没有机驳船的突突声，没有车间机床的撞击声。偶尔几声手机的清脆叫声打破了这安静。一切体现的是休闲。她的手机一直没有响过。这个号码只有昆虫知道，他不打，就不会有人打给她的。她在床上躺了下来，两条腿在持续发麻。

昆虫近段时间回来的次数越来越少了。昆虫跟她说过，旺季来了，吸毒者会像过季繁殖的鳗鱼一样游进来。他前阵子的颓废荡然无存。他已经忘了那次历险。她可以想象昆虫在城市的各个角落出现与消失，他抖动翅膀，在城市的上空盘旋。他停在哪一处，哪一处便烟雾腾腾，哪一处便白色茫茫。当然，她更可以想象许多脸色惨白的男人女人在街上行走，像阳光下的幽灵。他们在灯光暗淡的包厢里，用长长的针管刺着自己的手臂，那些液体在他们体内制造出无尽的幻象。他们的血液也会变了颜色。她有时不敢睡着，她怕看到妹妹的脸，惨白，像白粉一样。那是小米。她有一天在梦里看到了宁静的小米，一身素白的小米的手臂在向空中挥舞着，像是向她告别。

她弄不清自己为什么老有梦魇。她翻了书，也解释不了。尽管在别墅的日子里，她用看书这种方式消磨了不少时间，但是到了后来，她的怀疑像钢铁般坚硬。爱情是什么？生命的最后终结又是什么？财富与人性哪个更为重要？这类问题终日萦绕着她。她有时嘲笑地对着镜子里的自己说，那都是自欺欺人。她想，如果她每天都睡得安稳，那么她就没有存在的意义了。她想活着就是这样的，有恐惧有痛苦也有快乐，只是快乐往往非常短暂，像流星一样。在房子里她感觉不出有多少情绪来。她曾经想过父亲的脸，母亲的隐秘情事，妹妹与河，罗英与师娘的仇恨……他们仿佛都像是独立的存在。

她有一天突然想到了芳姐，这是一个怎么样的女人，她人生的目的又在哪里？如果说她需要钱来支撑，那么她已经足够了，她一辈子吃穿不用愁了；如果说她是为了把这当作一项事业，那么这明显是不可能的，永远只能在地下、在阴影里像鬼魂一样游动。只能用一种比较通用的叫法来给她定义——变态。她们已经有一段时间没有联系了。白丽不再是面具女郎了。自从小米在她那儿疯了之后。

后来，小米因为注射过量毒品而死了。她是在出卖肉体后注射的。在一场交易之后，她捏着尚在散发着汗臭的纸币找到了她认为可爱的白粉。在她的手臂上，一个新鲜的针眼像弹孔一样触目惊心。她的皮肤已经成了灰白，在她的额头有一簇头发搭着，那是她临死之前所冒的汗所致。

小米是在河边被人发现的。后来经在现场的警察说，如果小米再往前两步，那她就会死在河里，或者就顺着河漂走了。发现小米的人看到小米垂头坐在河边，一动不动，只有头发被风吹动起来，像睡着了。当他走过去的时候，看到地上流着血，从小米的右臂上开始，掉在腿上，沿着一条极细的线流到了河里，融在乌黑的河水中。地上扔着一个巨大的针管，破碎。头发飘起来的时候隐约可以看见她的脸已成了灰白。他撕心裂肺地尖叫与狂奔。他以为这是一宗明白无误的谋杀。

通知白丽的还是上回那个警察，他看到白丽后脸色铁青、一言不发，仿佛小米是他的妹妹。他吸着烟望着窗外的天空。那里一片蔚蓝。白丽流泪的时候，他才显得缓和了，他说："她逃出戒毒所，在里面待了一个星期不到便逃了三次，最后一次她成功了，却也死了。"

在距离母亲医院一墙之隔的另一家医院的太平间，她合上了小米睁大的眼睛。小米死不瞑目。如果她活着，她可能还会跟她说："丽姐，如果我再碰一碰白粉，我便去死。"吸毒者的归宿就是白茫茫与冷冰冰。警察陪着白丽来到这里，他像患了多动症一样，一会儿咬牙切齿，一会儿握紧拳头。他在一起出来时说：“三个月来，这已是这个城市第五个因吸毒死亡了。我非得抓住那些该死的毒贩，是他们毁了幸福的家庭，葬送了许多人的青春年华。他们将一一被带上审判台。”

她不知道自己是怎样离开医院的。小米的身体在静止的时候简直就是妹妹的身体，在她的感觉中，是一样的神态，一样的苍白，一样的安静。天哪，妹妹附着的身躯也死亡了。什么都不在了。她走着，脸上流着泪。她走过教堂，走过广场，走过纪念馆，走过十字路口，泪水一直在流着，流到脖子上，流到手臂上，流到地面上。许多行人奇怪地看着这个在大街上恣意流泪的女人。他们在猜测她有什么伤心的事。有人尾随了她。但是尾随者发现这个女人没有一点哭泣声，她只是无声流泪，仿佛她拥有一个泪之源，永不会干涸。

有人看到这个女人在一个电话亭前站住了。

有人听到这个女人终于拨通了电话。

一个警察问：“喂，有什么事吗？”

她哽咽了很久。

警察说：“喂，请你说话。”

她看到了妹妹，妹妹苍白的身体淹在黑色之中，白色很快便染成了黑色。铁一样沉重的黑色，几乎可以让人窒息。妹妹绝望的眼睛大睁着，她的手舞动着，像是最后求救的信号。不！不！她在心里呼喊。

毒贩昆虫被击毙的消息第二天登在了城市报纸上。报纸用大篇幅叙述了这次追捕事件，昆虫四脚朝天，他的背上、头顶、腿上都中了弹。他绝对是一枪打不死的人。他的黑色皮箱同样是一个个弹孔。那些白色粉末飞溅起来，像创伤药又像花粉一样按在了他身体的弹孔上，还在冒着缕缕青烟。

警方说是一个神秘的女人告发的。警方还留了一大笔奖金给这个女人。只是这个女人从此没有再与警方联系过。

她走在河边,仿佛看见了毒贩昆虫在河里站起来说:“我知道最后的结局就是这样,只是,我不相信是你出卖了我,你不该出卖我。”

她对着河说:“你不要怪我,因为你害了我妹妹,小米她就是我妹妹。”

河里的包头鱼又把背拱了起来。

2004 年的冬天快要来了。